消失的断章

〔日〕深木章子 著

邢利颉 译

台海出版社

◇千本櫻文庫◇

　　文库，原本是指收纳书物的仓库和书库，也指收纳书与记事簿，以及不常用物品的小箱子。以前者为例，京滨急行线的"金泽文库站"就是以前镰仓时代北条氏用来收藏汉书用的，"金泽文库"名字的由来便是如此。东京都的世田谷区也存在着收集着珍贵汉书的"静嘉堂文库"。后者则更多地被称为"手文库"。

　　江户时代以来，可以放入袖袂的小开本书籍逐渐流行起来，被称为"袖珍本"。明治三十六年（1903年），富山房发行了小开本的丛书，起名"袖珍名著文库"。随后，明治四十四年（1911年），讲述战国时代的猿飞佐助和雾隐才藏系列故事的讲谈社"立川文库"发行出版。讲谈是日本民间艺术，以口语化的方式讲述历史故事的形式。而"立川文库"则是将讲谈收录成册集中出版的丛书，据统计，当时刊行量为200册左右。从那时起，文库就脱离了原本的释意，逐渐演变成了现在的类书集丛。

　　文库的说法借鉴了日本出版业界的传统说法。而千本樱源自日本奈良县吉野山樱花盛开的奇景，世人皆称"一目千本樱"来形容樱花美景。千本樱文库的纳入作品皆为日系作品，题材包括推理、悬疑、幻想、青春、文化等类型，正如千本樱满山盛开的绝景。

现代日本，以"文库"命名刊行的丛书系列有 200 种以上，所谓"文库本"只不过是统称而已。日本传统的"文库本"常用的是 A6 尺寸的 148mm×105mm，也叫"A6 判"。千本樱文库的所有书籍将在"文库本"的基础上提升，达到 148mm×210mm 的开本标准。追求还原的前提下，力图带给读者更清晰的阅读体验。

从 20 世纪 70 年代以来，日系推理小说逐步进入中国读者的视野。随着时代更替，涌现出一大批不同风格的作家。日系推理能够长久不衰的原因之一在于设立的各种奖项，这些奖项能为日本文坛输送新鲜血液，不断地创作优秀作品。2010 年，深木章子凭借《鬼畜之家》荣获"第三届蔷薇之城福山推理小说新人奖"。2013 年出版了第二部小说《衣更月一族》，2014 年推出第三部小说《螺旋之底》，连续两年入选"本格推理小说大奖"的候补作品。2015 年第六部小说《密涅瓦的报复》也入围"日本推理作家协会奖"。

2015 年，深木章子还凭借短篇作品集《反转，追诉时效》拓展了自己的风格。本作是它的续篇，讲述了树来和爷爷挑战发生在十年前的一桩诱拐案，其中树来成了大学生，妹妹麻亚知也登场了。首次在现实中直面案件，树来又会想些什么和出现怎样的改变呢？精巧的结构，不断打破既有的想象；厚重的思考，阐述究竟何为"推理"的意义。

千本樱文库编辑部

MULTI-NEW ROUTES OF MYSTERIES

推理的多元新航路

如今，推理已经成为全世界都非常热衷的娱乐元素，冠以推理概念的动漫作品、影视作品、游戏作品更是层出不穷。

随着这些娱乐形式深入到生活的方方面面，作为原生土壤的推理小说却日益被边缘化。为了适应不同时代读者的需求，推理小说也会进行相应调整，因此，世界各国的推理小说都在探索新的内容与形式。

不同的时代会涌现不同风格的文学作品，推理小说也无法脱离时代背景。在经济全球化愈演愈烈的现在，推理也在多元化的大航海中不断开辟着新的航路。所以，我们不仅要挖掘深埋于历史中的名作，也要竭力推广优秀的新作品。

从某种程度来说，奖项和销量是衡量一部作品的重要指标，获奖作品与畅销作品代表着所处时代的文化趋势。但是，任何时代都有很多充满创作热情的作者，他们的作品或许没能满足当时市场的需求，却同样富有个性与魅力。

"推理的多元新航路"旨在敢为人先，在发现、传播新人佳作，为推理文化注入活力的同时，我们也想将埋藏于历史的杰出作品传递给热爱推理文化的读者。宛如大航海时代一样，联结古今文化，共享推理盛宴。

千本樱文库

消失的断章

目　录
CONTENTS

一桩诱拐案

初夏的残阳打在朝西而设的大窗玻璃上，赤红一如燃烧的火焰。尽管室内开足了空调，甚至令人感到阵阵寒意，可在座众人却都是一身湿汗，仿佛对室温毫无知觉。

这是一间客厅，数名男女置身其中。异样的热气从他们急促的呼吸、难闻的体味以及达到了极限的紧张感中产生，充斥着整个房间。

其实，眼下出现了一桩以赎金为目的的儿童诱拐案。而此处正是被拐孩子的家，也是警方开展搜查工作的最前线。

聚集在这里的人员除了被拐孩子的双亲，其余都是警察。他们直到方才还在忙于各种联络、协商工作，同时组装设备并进行调试，而此刻一大半人都停下了手里的动作。

平时都放在客厅角落电话桌上的座机电话，现在被移到了房间走廊中央的茶几上。孩子的父亲坐在茶几前，紧盯着它，表情凝重，孩子的母亲则同样一脸僵硬地坐在丈夫左侧。

或许是为了确认之前商量好的做法，守在孩子父亲右侧的中年刑警正频频向他搭话，可对方却没有回答，只是轻轻点了点头。

在场其他人员也一动不动地注视着这三位核心人物，活像是等待着开炮指令的作战人员，一旦这三人有所动作，自己也将立即行动起来。

诱拐犯说，会在傍晚六点半时再次联络，而目前已经晚于约定时间两分钟左右。

对方上一次来电还是在下午四点二十三分，当时被拐孩子的母亲正独自在家并接到了电话，通话内容大致如下：

"你家孩子在我手里，如果想要她平安回家，就按我说的做。不过，你要是报警，就等着给孩子收尸吧！六点半我会再打给你的！"

对方似乎使用了变声器，声音陌生且刺耳。据说这通电话仅持续了不到一分钟，是对方在单方面传达信息，没有录音。

这位母亲惊慌失措，不仅记不清对方的原话，甚至连确认电话那头的人是否真的是诱拐犯都没有想过。据说那个时候还没有发现孩子回家有点晚，也难怪会这样。

可话虽如此，对于想要得到一丁点珍贵线索的搜查组来说，却不得不咬牙切齿。因为对方只是说了一连串诱拐犯的惯用台词，仅凭这些，是无法判断其性别、年龄以及与被害人的关系的。

当然，警方也采取了相应对策。他们已经获悉了上述那通电话的详细情况，确定了诱拐犯之前打电话的地点就在距离被害人家两千米处的JR东日本[1]M站附近，使用的通信设备似乎是一台"黑

1　JR东日本（JR East）一般指东日本旅客铁道，是以日本关东地区、东北地区为主要营运范围的铁路公司，成立于1987年，共营运69条线路，铁路总线程7,457.3千米，日平均运送乘客量达1,710万人次，是日本最大的客运铁路公司。——译者注

手机[1]”。

现在，M站周边已经埋伏了大量警力，但他们的想法或许有些太过天真，诱拐犯可未必会一动不动地待在同一地点。

那么，诱拐犯究竟会从哪里打来电话，提出什么样的要求呢？

傍晚六点三十七分，就在客厅内所有人的紧张感都快到极限的时候，电话铃响了起来，音量大得几乎震动了整个房间。

被拐孩子的父亲全身一颤，和身旁的刑警对视了一眼，然后缓缓拿起电话听筒。

“你好，我是葛木。”

或许他正拼命让自己表现得冷静，结果语气反倒平静得不自然。

对方却毫不介意，爽快地回了话：

“嗨，让你久等了！”

诱拐犯的声音从音响设备中扩散出来。

那是经变声器处理过的声音，听起来让人极为不快，可这番说辞却常见于电视剧中，简直耳熟能详。

通话内容被搜查人员设置好的自动录音机全程录下，同时通过无线设备同步传送到M警署会议室的指挥中心。

“那么，我现在就告诉你我的要求，给我听清楚了！明天下午三点前准备好一亿日元，全部用面额一万日元的旧纸钞，不许放崭新的

---

[1] 黑手机指以假名或者他人名义开通使用的手机，常用于欺诈或地下金融交易等犯罪行为。——译者注

纸钞，具体交涉方法等我指示，记住了吗？"

对方的用词相当粗鲁，根本不把人放在眼里，这恐怕不光是使用了变声器的缘故。

看来胜负还要等到明天，在场所有人都发出了无声的叹息。被拐孩子的双亲即使担心也无计可施。可先不论他们的心情，搜查人员其实需要更多时间以做周全的准备，因此诱拐犯的要求对警方来说倒也不坏。

由于被对方拿捏得很彻底，在场的搜查人员脸上露出了备受屈辱的表情，然而对方如约打来了电话这一点，则给他们带来了难以掩饰的安心感。不知是不是错觉，原本屏息凝神、关注着现场动态的搜查人员，此刻已不似刚才那么僵硬。

无论在哪个时代，媒体都会对以赎金为目的的儿童诱拐案进行大肆报道。作为世界上最为卑劣的犯罪行为之一，这足以引起全社会的广泛关注，所以很容易给人留下印象，但此类案件在现实中并不常见。

不管怎么说，诱拐案不同于在隐匿处发生的杀人案或盗窃案，不会因为掳走孩子而立即结束，接下来还有索要赎金这一"重头戏"。而且到了这个阶段，大部分被害人家属都会报警。诱拐犯不得不实时与数以百计，甚至数以千计的警察决一胜负，难度极大。当然，此类案件的最终成功率极低，因此下手实施的人也相应较少。

故而，即使是县级警署搜查一科特殊搜查班的老将们，实际经手诱拐案的机会也不多。当然，警方会提前设想种种状况，在平日里就做好周全的演练，可是实战经验不足始终是块硬伤。每每思及上了战场却吃败仗的下场，他们便只得常备不懈，不断在脑海中进行模拟操练。

不惧误解地说，眼下这起案子在某种意义上正是警方盼望已久的瞬间，而且，这一切的发展都像警方设想中所描绘的那样展开。尽管他们紧张得胃部都在痉挛，不过好歹恢复了原有的搜查节奏。只是接下来，完全意料之外的事情出现了，令他们大吃一惊。

"我拒绝！"

被拐孩子的父亲对着电话如此说道。

在场大多数人都没法立刻反应过来他究竟在说什么，心想怎会有人拒绝诱拐犯的要求？

电话另一头的人似乎也是同样的反应，一时语塞。这位父亲则继续放话：

"我根本不想和诱拐犯做交易，不管你怎么威胁我，我都不会答应！把脑子放明白点，现在你只有两个选择：一是成为杀人凶手，而且拿不到一分钱；二是直接把我的孩子放回来！我保证，只要你在今天之内让我的孩子平安回家，我就不报警。不然的话，你就做好思想准备吧！"

闻言，被拐孩子的母亲小声惨叫了起来，而整个搜查阵营的警察都一脸呆怔，哑口无言。

"连小孩子都明白哪个选项对自己有利，我劝你还是冷静下来，好好想想。"

但就在这位父亲不慌不忙地做总结发言时，对方挂断了电话。

第一章

序曲

1

从JR线换乘第三部门铁道，在第六站山南中央站下车后，步行二十分钟，穿过一条位于车站前的朴实商街，接着再一口气走完一条两侧未设人行道的单车道，不久便能来到一片矮树林。那一带既不造房子，亦没有农田，连土地的主人是谁都无从知晓，基本上不见人迹，也不会有车辆经过。

穿过那片树林，继续前进两百米左右，眼前则会豁然开朗，一块没有树影、阳光充足的土地映入眼帘，且出人意料地建有一家有偿提供护理服务的养老院，名叫山南凉水院。

虽说是有偿护理养老院，但入住这里的老人，并不都是生活不能自理的需要帮助和护理的人，也有由于各种原因不在家里而在这样的机构中生活的高龄人士。因此它是一家也接受生活可自理的老人的混合型机构，在共计约八十名的入住者中，有三分之一的人热衷于参加院内院外的社团或各种休闲活动，精神头十足。

这些老人多半都不是山南市人，有很多退休以前一直生活在城市里，直到考察入住事宜时才第一次来到此处，也有不少人被丰富多彩的自然环境及院内自在的气氛深深吸引，当场拍板决定申请入住。

"就在那里！"

君原树来用衬衫的袖子擦了擦额头上的汗水，一边指着前方的建筑物，一边回头对夕夏和妹妹麻亚知说道。

麻亚知当然也不是第一次来山南凉水院了，树来曾在半年前带着她一起过来探望爷爷。但夕夏则是土生土长的C县人，极少离开家乡，只有大学是在东京念的。此刻她瞪圆了一双大眼睛打量着周围，仿佛在看什么稀罕玩意儿似的。

"那个就是吗？好厉害！"

"嗯，就像疗养院一样。"

"因为说是提供有偿护理服务的，我还以为会很不起眼呢。"

"如今的养老院好像都这么时髦。"

正如她们所说，眼前这栋钢筋结构的三层建筑整洁又亮眼，红色的钢制屋顶搭配着奶油色的外墙，开在正面的大门和窗户都使用了大块的玻璃，毫无灰暗落魄的感觉。

每当看到它沐浴着阳光的优雅模样，树来都会松一口气，心想着年迈的爷爷能够在如此干净的机构中生活，日夜都有多名工作人员看护，真是太令人安心了。毕竟老人的独居生活往往伴随着事故、疾病及危险，即使今天尚且安然，也不知道明天是否依旧无恙。

可他又转念想到，为了这份安全与放心，爷爷也放弃了许多东西，尤其是位于C市的老屋。

那是一座独栋建筑，爷爷在那个家里生活了将近半个世纪，而自己也在那里度过了一段闲适的时光。只是在爷爷搬进养老院后，祖孙二人便再也没有回过老屋，这常常让他感到淡淡的哀伤。

树来非常珍视的爷爷结束了常年的独居生活，搬到这家远离尘嚣的养老院居住，已经有三年了。

爷爷是一名退休刑警，曾长期活跃于C县县警署搜查一科。树来从小就喜欢读书，尤其喜欢推理小说，并梦想成为一名推理作家。对于怀有远大梦想的树来来说，爷爷是最能理解他的人。

当被问到最尊敬的人是谁，树来总是会毫不犹豫地报出爷爷的名字。因为这位老人撑过了警校严苛的训练，尽管没有受过高等教育，却在唯学历是瞻的警察机构中稳健地积累着实绩。而在这一切的背后，究竟要付出多大的忍耐与毅力呢？别说自己了，就连作为上班族踏踏实实了一辈子的父亲也无法像爷爷那般顽强。

不过事实并不仅限于此。他对爷爷的感情很难用"尊敬"或"好奇心"之类的词语简单概括。那是一种充满了怀念的深情与厚爱。

爷爷在从警时代的开始就坚持锻炼身体，一直过着自律的生活，虽然没有什么健康上的问题，但还是想趁身体还很健康的时候，自主料理人生的最后岁月。于是他没有和儿子夫妇俩商量，就偷偷地收集了多家养老院的资料，最后找到山南凉水院这个自然环境优越、家庭氛围浓厚的地方后，毫不犹豫地卖掉了自己居住多年的老屋。

那栋老屋位于C市，是爷爷在婚后贷款买的房子，虽然是带庭院的独栋别墅，但离车站有点远，所以这次的卖价并不算高，但他打算把出售所得用作入住等初期费用，并以退休金支付每月需交付的费用。他就是这般顽固而充满魄力。

树来每年最多来这里探望爷爷五六次，因此他老人家在退休、丧妻后独居的生活状态并没有发生多大改变。身为学生，树来看似非常空闲，但事实上还是挺忙碌的。而他们爷孙俩一旦久违地见上一面，就必定会兴致勃勃地聊起推理话题。

不过今天来这里的可不止树来一人，比他小三岁的妹妹麻亚知以及妹妹的朋友——葛木夕夏也一同前往。当然，这是有原因的。

2

"哥哥，有个女孩子说想见见你。"

树来还是昨天才第一次听麻亚知提起夕夏。

有个女孩想见自己一面，通常来说这绝不会让人心生反感，然而树来却有些困惑，怀疑背后说不定另有隐情。

麻亚知在今年四月刚成为大学生。她从孩提时代起便非常喜欢理科，如今进入理科院系攻读化学专业，是个名副其实的"理科少女"。其实她已经出落成了一个非常适合戴黑框眼镜的美人，可在树来眼里，她始终是自己唯一可爱的妹妹。

或许是因为她出生于三月二十日，属于生在"大月[1]"的孩子，得和年长一岁的孩子们一同上学，所以在小学低年级期间，她看起来比同学们更稚嫩。但正所谓"女大十八变"，她在不知不觉间成长为一个才华横溢、处事果断的大姑娘，变化之大令人诧异。如今，家人与亲戚都认为麻亚知比树来这个当哥哥的更为可靠。

树来则与麻亚知相反，属于典型的文科生。这是基于他对理科头疼，但擅长人文类的学科的事实。此外，在体育方面，他远称不上全能；虽然人际关系倒是处得不错，只不过他毕竟热爱正统的推理小说，因此难免被人归为"宅男[2]"群体。

尽管他以成为一名推理作家为目标，不过前路尚且渺茫，而他自己就读的也是与文学毫不沾边的法律系。再加上妹妹又特别能干——虽说她目前还崇拜着他，总是"哥哥"长、"哥哥"短地把他挂在嘴边，让他觉得十分窝心，但在他心里，其实非常担忧自己作为哥哥的威信还能维持到什么时候。

说实在的，要当上作家真的很不容易。

---

1 大月指1—3月，因为日本的新学年是从4月1日起算，生于1—3月的人就会比同年4—12月出生的人高一个年级，相当于在我国将9月1日记为新学年的制度下，1—8月生人——即俗称"大月"生人的年级高于同年9—12月生人，为便于国内读者理解，特将此处译为"大月"。——译者注

2 宅男源自日本的流行词汇"御宅"（国内称"御宅族"或"宅男宅女"等），原指闭门不出的"家里蹲"，但后来泛指热衷并精通于某种亚文化、小众文化的族群。——译者注

每个立志写作的人都是认真的，但得先写出有模有样的长篇作品，随后当然要去投稿参加新人大赛或者把原稿送去出版社接受审查。而这只是有待逾越的第一座高山。就算在比赛中获奖、得到编辑的好评，欢天喜地地作为作家出道了，真正困难的也还在后头呢。

他原先只能看见眼前的高山，可一旦站上了山顶，在前方等待着他的亦只有连绵不绝的群山，而且一山更比一山高。因为出道之前，竞争对手撑死了不过是与自己一样有志于成为作家的人，然而一旦正式踏入文坛，每部作品都会与专业作家展开比拼，战况自然要焦灼得多。

总之，做个一辈子靠写书来吃饭的全职作家几乎等于痴人说梦。面对严峻的作家之路，他本人虽有心理准备，但问题在于他的父母。

父亲下了死命令，严禁他报考文学类专业，还说考虑到就业前景，法学或经济学类的专业才是最佳选择，写小说则可以作为兴趣爱好保持下去。结果，他没能忤逆双亲的意愿。

同时，他无法否认自己在选择法学专业时，曾经有那么一瞬间想过，掌握法律知识应该有助于写推理小说。

当然了，如果能够具备医学、药学、化学，甚至物理、数学以及有关各种机械的知识，对于推理作家而言肯定十分便利。但遗憾的是，他和麻亚知不同。他拿所有理科类学科都没辙，因此从一开始就放弃了提升自己的理科素养。

而说得再透彻一些，只要他声称自己正在为司法考试[1]而努力，双亲便能接受他的说辞，放任他不参加眼下的求职活动。于是，这种小算盘也确实起到了一定的效果。

现在他已经升上了大学四年级，并且还没定下工作单位。既然瞄准了司法考试，那么毕业后的出路就只有进入法科研究生院学习，或者直接参加司法考试的预考。可他认为自己不能再给父母增添经济负担，因此正以预考合格为目标而埋头苦学，毕竟预考不用花钱。

不知是幸运还是不幸，树来就读的大学没有推理小说研究社团，他便把原本会花在社团活动上的时间都拿来学习。只不过预考的合格率低得吓人，仅在区区3%上下。而且，即便能顺利拿下预考，得到的好处充其量也就是可以直接获得参加司法考试的机会，不必通过法科研究生院。但之后还有真正的司法考试有待攻克。

每当他想到自己的处境时，便头痛欲裂，寻思着绝对不能再为闲

1　日本的司法考试从2006年起分为两种模式，分别是"旧司法考试"和"新司法考试"，而自2012年起，旧司法考试制度被废除，仅剩下新司法考试一种模式，被统称为"司法考试"。与没有报名限制的旧模式不同，在新模式下，应考者必须先就读于"法科研究生院"（是日本的大学为希望从事律师等法律相关工作的学生而设立的研究生院，类似于美国的"法律学校"），其中法律专业毕业的本科学生的正常学制是两年制，非法律专业的毕业生或社会人士的学制则是三年制，只有从法科研究生院毕业后方有资格参加司法考试。不过经济实力不足的应考者可以不进入法科研究生院学习，直接参加司法考试的预考，一旦合格便同样拥有参加司法考试的资格。——译者注

事分心，太浪费时间了！果然必须在求学时期就写出能让所有人闭嘴的杰作！

而听到麻亚知说有个女孩子想见见他时，他之所以会条件反射般地加以戒备，怀疑对方的目的，也正是基于这样的客观背景。

麻亚知希望成为高中老师，于是日复一日地刻苦学习。她的朋友想必同样是个志向远大的优秀学生，对男性的要求肯定也很高，绝不可能毫无理由地对推理小说的狂热爱好者产生兴趣。

可在听完麻亚知的解释之后，不出树来所料，背后确实存在复杂的隐情。

"她叫葛木夕夏，和我念同一个专业，小时候曾经被人诱拐过，而且诱拐犯是她的亲叔叔。虽然最后平安无事，但那段经历的影响一直持续到现在，目前她似乎又因此遇到麻烦了，真的很可怜。如何？哥哥你对这种故事很感兴趣吧？"

她的语气相当沉重，镜片后的双眼却绽放出狡黠的光芒。

他们兄妹俩从小学到大学都就读于同一所一贯制学校[1]，所以交际圈当然不受院系所限，在学校里认识许多同学，友人也多。而麻亚

1　一贯制学校是根据国家教育法有关实施教育年限的规定而组建起来的一体化学校，可以包揽从学前教育（幼儿园）到初等教育（小学），再到中等教育（初高中），再到高等教育（短期大学或大学）中的一段或全部。它是一种新型办学模式，体现了教育的一体化和规模集聚效应，也有助于教学设施、场地、师资的高效共享。由于它把教育的功能主要定位在发展而非选拔，因此学生通常可以在升学时选择内部直升。——译者注

知的人脉尤其广，常有一大堆朋友来家里玩。她的好友们树来几乎都见过，不过那位名叫"夕夏"的女生据说是从大学起才加入麻亚知好友圈的新面孔，他还是第一次听妹妹提起有这么一个朋友。

"麻烦？她遇到什么麻烦了？"

他不由得问道。

"我也不太清楚……其实，听说在她被诱拐之后不久，她的母亲就去世了，但警方至今还没抓到诱拐她的叔叔。"

"哦……"

"因此，警方直到现在也会来找她问话。"

"居然是这么回事。"

"她不知道从谁嘴里听说了我们爷爷是个退休刑警，原本一直在C县县警署的搜查一科发光发热。于是她今天来找我，说碰上了一点麻烦事，想找警方的相关人士咨询，还拜托我把我们爷爷介绍给她。"

麻亚知回答得很爽快，树来却十分惊讶，反问道：

"找爷爷咨询？她知道爷爷都已经退休多少年了吗？"

"唉，知是知道……"

麻亚知点头表示确定。

其实，树来在提起"爷爷"时，语调非常接近小孩子的语气。听到年过二十的大学生还这么称呼祖父，或许有人会微微皱眉，就连麻亚知也早就改了口，只是树来并不在意。在他看来，这种亲昵的调调既是对疼爱自己的爷爷表达了亲近之情，同时也证明他对爷爷具有无条件的信赖。

他们的爷爷今年已经八十高龄，确实曾长年效力于C县县警署的搜查一科，不过他经办的基本都是杀人案，而侦破诱拐案件并不是他的专长。

即使同为搜查一科的刑警，诱拐案也是由特殊搜查班负责的，查案方式与杀人案截然不同。更何况他们的爷爷都退休二十年了，如今的搜查手段比起当年也肯定发生了翻天覆地的变化。

"她打算和爷爷谈些什么呢？"

"这我就不知道了，只不过……好像是很严肃的话题。"

麻亚知歪着脑袋，有些困惑，随后继续说道，

"但是我告诉她说，我家哥哥想当推理作家，所以对各类案子都很感兴趣。结果她一下子就起劲了，说一定要见见你。"

"哎哟，你啊，干吗跟人家说这些有的没的……"

"怎么就不能说了？我很以哥哥你为荣的嘛，平时就在帮你宣传，说你是能让身为退休刑警的爷爷都感到佩服的大侦探呢！"

听到妹妹的话，树来忍不住涨红了脸。说他想当推理作家倒也罢了，"让退休刑警佩服的大侦探"可真是太夸张了……

他的确很喜欢解谜，但不知道是不是运气太好，实际上他从未在现实生活中遭遇过犯罪事件。而且就算他头脑灵光，胆量和体力却完全不行，要是真碰上需要和犯罪分子对峙的场面，也只能逃为上策；如果让他盯着死于他杀的尸体看，估计在进行仔细观察之前他就要

吐了。

不过一旦听说有人小时候曾被诱拐，作为未来的推理作家，自然不可能对如此有趣的话题漠然处之。麻亚知也绝对考虑到了这一点。

加之他本也觉得差不多是时候去看看爷爷了，那么事不宜迟，他决定次日便三人一同前往山南凉水院拜访老人。

3

树来兄妹和夕夏约好在JR站碰头。

兄妹俩先去车站前的大厦买了探望老人家的礼品，随后便前往约定的地点。初次见面要是迟到可说不过去，树来便一直在催促仔细挑选点心的妹妹抓紧时间，不料反而到得太早了。

树来一边望着路上的行人，一边和麻亚知聊天，就在这时，一个女孩子出现在他们面前，低着头说道：

"对不起，我来晚了！"

女孩身穿白色衬衫、针织背心和迷你牛仔短裙，给人以一种楚楚动人的印象，整体装束和她的波波头也非常相衬。

树来本以为对方会是一名更加成熟的女性，于是此刻多少有些猜错的受挫感。不过他还是眼前一亮——说实话，夕夏的外表算是相当可爱的一类。

她有一张圆脸，瞳仁很大，一双眼睛黑白分明，还有长长的睫毛。或许因为身材娇小，说她是高中生估计也不会遭人怀疑。而麻亚知长着椭圆形的脸蛋，身材苗条，两人站在一起真看不出是同学。看来"理科少女"这一群体内部的具体类型也是千差万别。

"没有没有，时间正好呢。"

麻亚知落落大方地抬起了手。

她穿着牛仔裤和极为宽松的V领毛衣，打扮得很是随性，不经意间便透出一股从容和威信。虽然不会对她本人说起，不过若把她错认为是树来的姐姐也是完全有可能的。

"但我好像让你们久等了。"

"不会，是我们来得早了。"

树来说道。

"您就是麻亚知的哥哥吧？我叫葛木夕夏，今天麻烦您也一起过来，真是太感谢了。"

夕夏一脸恭顺地说着仿佛提前准备好的台词。

"叫我树来就行。我是七月生的，所以取了'七月'的英语谐音，取名'树来'[1]，很好记哦。"

"哇，还真的很好记呀！和三月出生的麻亚知用了同一套取名逻

1　日语中的每个汉字都有常见的读音，但根据具体备注，汉字也会出现特殊读音。比如"树来"这两个汉字分别可以读作"ju"和"rai"，与英语单词"July（七月）"在日语中的读音"jurai"一致；而"麻亚知"这三个汉字分别可以读作"ma""a""chi"，与英语单词"March（三月）"在日语中的读音"maachi"一致。——译者注

辑呢。我是独生女，麻亚知有哥哥已经很让我羡慕了，没想到你们连名字都异曲同工，好棒啊！"

夕夏微笑着说道。

"这是我们家爸妈的喜好，不过接着要去见的爷爷特别不喜欢我哥的名字，听说以前很反对他们这么干。"

"咦？真的吗？我觉得这是个好名字……"

夕夏转过头直视着树来，盯着对方的眼睛说话似乎是她的习惯。

想不到这么一个小女孩居然愿意花上几乎一整天的时间出远门，去见一位退休的老刑警。多年以前的诱拐案到底给她留下了怎样的阴影？

虽然树来很想立刻问个究竟，但鉴于很快就能知道她想找爷爷商量什么，倒也不必急于一时。于是他转换了思路，决定先营造出一个能够让她畅所欲言的氛围。

麻亚知或许抱着同样的想法，开起了无聊的玩笑，想把夕夏逗乐。其实光看表面，根本不会发现她正处在深深的苦恼之中。

"树来哥是写推理小说的吧？"

三人才刚在电车中并排坐下，夕夏便发问了。

她坐在正中间的位置，树来和麻亚知则分别在她的两侧入座，简直就像保护柔弱小妹妹的哥哥与姐姐。不知为何，树来总觉得这种"三叉戟"般的模式今后还将持续下去。

"嗯，算是吧。"

"是本格派[1]推理小说吗？不过，我听说树来哥是法学部的，那么也可能是法庭派[2]推理作品吧？"

"不，我是本格派。"

"我其实非常爱看推理小说，不仅本格派，连社会派[3]的、时刻表诡计[4]类的、舒逸类[5]的我也看，基本上不挑类型。"

"原来如此，那夕夏你也写推理小说吗？"

"不写哦，我只负责看。"

1　本格派是推理小说的流派之一，又可称为正宗派、正统派、传统派等，以逻辑至上的推理解谜为主，具有惊险离奇的情节与耐人寻味的诡计，通过逻辑推理展开情节，密室杀人或孤岛杀人等都是其常见诡计类型，与注重写实的社会派相对。——译者注

2　法庭派是推理小说的流派之一，特点是辩控双方在法庭内外的激烈角逐，重在体现证据的收集和严密的推理，侦探角色一般由律师或检察官担任。——译者注

3　社会派是推理小说的流派之一，在题材上更注重各种值得思考的社会问题，在内容上更注重突出现实感并带有大量的走访调查记录，逻辑偏向严密朴实，以对人性进行深入的描绘与剖析。——译者注

4　时刻表诡计是推理小说中的诡计之一，常见于日本，基于日本发达的交通线路与到站准时的特点，围绕作案交通工具及班次时刻来设计诡计，兼具本格派与社会派的风格特色，并涉及沿线不同地点的风土人情等。——译者注

5　舒逸类指舒逸推理，是推理小说的一种风格，通常来说，其案件不会对血腥、暴力与色情元素进行刻意描写，角色侦探的推理过程往往是悠闲地依次询问嫌疑人，从他们的话中找出线索，并通过精妙的推理得出答案，典型作品有英国著名作家阿加莎·克里斯蒂（Agatha Christie）笔下的"马普尔小姐（Miss Marple）"系列。——译者注

"我也很爱看书，光是阅读的话，倒是不管类型。"

"和我一样！总觉得算是'铅字成瘾'了呢。只不过去书店或者图书馆的话，我还是最常选推理小说。"

看到夕夏那闪闪发光的双眼，就知道她所言非虚。

麻亚知也经常看书，只不过她的能耐不在阅读量大、阅读面广，而在于无止境的好奇心和重视实践的积极态度。可以说，他们兄妹感情之所以如此融洽，倒正是因为两人的性格毫不相似。

树来没想到居然有能和他一起聊推理小说的女孩子，顿时觉得耳目一新。

"树来哥，在你读过的小说中，哪部作品给你留下的印象最深刻？"

夕夏兴趣盎然地问道。

"嗯，这可问倒我了……我印象深刻的作品很多啊……但硬要说的话，凯伦·布里克森[1]的《巴贝特之宴》[2]吧。"

---

1 凯伦·布里克森（Karen Blixen）是丹麦女作家，生于1885年4月17日，逝于1962年9月7日，代表作有《七篇哥特式的故事》《巴贝特之宴》等，同时也用其他笔名进行不同风格的创作，如伊萨克·迪内森（Isak Dinesen），代表作为《走出非洲》等。——译者注

2 《巴贝特之宴》（Babette's Feast）是丹麦女作家凯伦·布里克森的作品，讲述了曾是法餐大厨的女佣巴贝特用自己的彩票奖金为丹麦小村庄的雇主及村民准备了法式大餐，使信神禁欲的他们生平第一次享受到美食之乐的故事。同名电影是丹麦电影史上第一部获得奥斯卡最佳外语片奖的作品，由加布里埃尔·阿克谢（Gabriel Axel）执导、斯蒂芬妮·奥德朗（Stephane Audran）主演。——译者注

树来慎重地回答。

凯伦·布里克森，别名伊萨克·迪内森，是一名丹麦的女作家，逝于一九六二年。她的作品中最为世人所知的便是这部《巴贝特之宴》，甚至被改编成了同名电影。不过树来心想，无论这部作品多么负有盛名，怎奈年代过于久远，年轻姑娘八成听都没听说过。然而夕夏却当场给出了反应，声音里透露着兴奋：

"《巴贝特之宴》吗？品位真棒！我只看过电影版，整部作品都能让人体会到北欧的感觉，那段烹饪的场面也令我记忆犹新——但它并不是推理作品呀？"

树来也笑了，说道：

"嗯，和推理压根儿没关系。"

"即便如此，你还是最喜欢《巴贝特之宴》吗？"

"要说'最喜欢'就有歧义了。其实单论阅读体验之刺激，一本让人起鸡皮疙瘩的推理小说就能胜过它十倍。我也确实有很多毫无理由就爱上的推理作品。但凡优秀的推理小说，只需一读便会在读者的脑海中打上烙印，可提到'留在心里'的作品，就和'被自己记住的作品'略有不同了。应该说，读推理小说时的快乐纯粹属于理性范畴内的快乐。"

"我懂！"

"话说，《巴贝特之宴》的电影虽然很棒，但只有读了原作才会明白它真正的出色之处哦。"

"是这样吗？"

"原作篇幅非常短，我就没见过有哪部文学作品能像它那样，既简洁又敏锐地指出何为艺术的本质，何为人生的幸福。不管重读多少次，我都会被它打动。"

"现在还能买到这本书吗？"

"嗯，听说它的丹麦语版和英语版出入很大，丹麦语版的行文描述更为详细，筑摩文库[1]推出过枡田启介[2]老师的译本。"

"我马上就去买来拜读！"

一谈到书就情绪高涨是"铅字中毒"者特有的症状。不知不觉间，树来和夕夏之间的距离一下子便缩短了。

"夕夏同学印象最深的是哪部作品呢？"

想必夕夏也正等着这个问题，只见她嘴角微微上扬，笑起来时的表情益发天真无邪。

1　筑摩文库是出版社筑摩书房旗下推出的系列丛书。文库本原本诞生在日本明治时期，是便于读者将其全数买入、收藏的全集或丛书，而从昭和年代开始，却逐渐演变成一种廉价且便于携带，以普及为目的的小开本书籍。——译者注

2　枡田启介是日本的美国文学研究者，原日本法政大学（Hosei University）教授。生于1935年，逝于2007年。语言能力卓越，译有日语版的《巴贝特之宴》《草坪上的影子》（Shadows on the Grass）、《愤怒的葡萄》（The Grapes of Wrath）等作品。——译者注

"叫我夕夏就行啦！我的话，还要数《罗杰疑案》[1]了吧。"

她的语气虽然有些客气，但很果断。

"原来你喜欢阿加莎·克里斯蒂[2]啊……《罗杰疑案》的确了不起。要不是我读过很多在它之后才问世的作品，肯定会被它的创新性给吓得一下子站不起来。对了，你第一次读的推理小说就是阿加莎·克里斯蒂的吗？"

"怎么可能啦，那是我最近才读的，还想着要把那些被称为经典的作品都读个遍呢。"

"原来如此！可你照样能自信地把阿加莎·克里斯蒂的作品排在第一位，真了不起。"

"为什么这么说？"

"这个嘛……其实推理小说和魔术很像，精彩就精彩在那'关键的一手'，对吧？不管是多伟大的构思和布局，只要曾看过同一类型的作品，那么在阅读时的惊讶程度肯定会打折扣。好比说我自己，在

1　《罗杰疑案》（*The Murder of Roger Ackroyd*）是英国侦探小说家阿加莎·克里斯蒂创作的长篇侦探小说，也是其代表作之一，诡计与解答的设计具有划时代的创新性。——译者注

2　阿加莎·克里斯蒂是英国侦探小说家，生于1890年9月15日，逝于1976年1月12日，被英国女王授予"侦探女王"桂冠，获得大英帝国女性爵级司令勋章（DBE），代表作有《罗杰疑案》《尼罗河上的惨案》《阳光下的罪恶》《东方快车谋杀案》《ABC谋杀案》等，笔下有经典侦探角色赫尔克里·波洛（Hercule Poirot）、马普尔小姐等。——译者注

读埃勒里·奎因[1]和阿加莎·克里斯蒂的著作之前就看过太多太多后世的作品，结果有点后悔啊。

"推理小说的诡计和体操技巧一样，首先有基本的类型，然后逐步向如今的高度发展。最初开创这项技巧的人，和后来将其转型、深化的人相比，两者的价值有着天壤之别。实际上，被新本格[2]推理小说历练出来的日本读者们在阅读欧美国家的古典名作时，只会觉得它们不过尔尔，然而我认为他们的观点却是错了。

"不过，《罗杰疑案》相当低调。要是让广大读者来说说自己对阿加莎·克里斯蒂的哪部作品印象最深，那么选《无人生还》[3]的应

1　埃勒里·奎因（Ellery Queen）是美国一对表兄弟搭档组成的侦探小说家，也是其笔下的同名经典侦探。表兄弟二人中的表兄曼弗雷德·班宁顿·李（Manfred Bennington Lee），生于1905年1月11日，逝于1971年4月3日；表弟弗雷德里克·丹奈（Frederic Dannay），生于1905年10月20日，逝于1982年9月3日。两人开创了合著推理小说的先例，代表作有《罗马帽子之谜》《希腊棺材之谜》《埃及十字架之谜》《法国粉末之谜》等，笔下还有其他著名侦探角色如哲瑞·雷恩（Drury Lane）。——译者注
2　新本格派是一种推理作品风格，流行于日本。20世纪80年代后期，被重视犯罪动机、社会背景、写实风格的社会派主题统治了将近三十年的日本推理文坛刮起了"重回本格"的风潮，惊悚、幻想等战前本格派常用的元素亦被积极地采用，也涌现了一大批出色的作者，被称为"新本格派"。——译者注
3　《无人生还》（*And Then There Were None*），又名《十个小印第安人》（*Ten Little Indians*）是英国侦探小说家阿加莎·克里斯蒂创作的长篇侦探小说，也是其代表作之一，全球销量超过一亿册，还被多次改编为影视、戏剧、漫画、游戏等作品。——译者注

该更多吧。"

可能是因为树来的见解有些出人意料，夕夏瞪大了双眼，不过她似乎并不赞同这一说法。

"可是，《罗杰疑案》的谜底给读者造成的冲击绝对强于《无人生还》，这两部作品所带来的宣泄感就不在一个档次上，树来哥你不这么看吗？"

说到最后，她甚至不满地噘起了嘴。

"嗯，我不否认有这样的评价。"

"对吧？"

瞥见夕夏是真心为这场"辩论"的"胜利"而自豪，麻亚知在此刻插话道：

"哥哥你遇到了谈得来的对象呢，真不错。"

树来虽然乍看之下特别有异性缘，可实际上意外的不吃香。麻亚知大概是打算尽可能帮帮自己的哥哥，于是摆出了一副"快趁现在"的样子，暗示他乘势追击，仿佛给了他一份大人情。

有一说一，麻亚知在男生群体中倒是人气很高，这到底是因为她自身十分优秀，还是单纯因理科院系男多女少所导致的性别优势，这很难判断。

不过，这种悠闲的话题也只有现在才能聊得起劲。树来有一种不祥的预感，觉得眼下仅仅是暴风雨前的宁静，于是，他重新绷紧了神经。

但后来树来才知道，其实那时候，狂风暴雨就已经趁着这段无忧无虑的时光，汹涌袭来。

4

或许所有养老院的构造都是一样的。一进入山南凉水院的一楼玄关处，便能看到办公室和接待的前台，再往前便是宽敞的大厅。

据说这个大厅是入住老人们平时开展各种室内娱乐与活动的场所，也是家属或熟人前来探望老人时，可供彼此畅谈的空间，因此树来对这里非常熟悉。木制的桌椅摆在宽敞的大厅内，舒适程度和度假酒店不相上下，但这里毕竟地处偏僻，所以实际上很少能看到访客的身影。

树来在车站时就提前联络了爷爷，此刻爷爷正坐在大厅最靠里的桌子前，等待着他们的到来。

树来带领着麻亚知和夕夏，精神抖擞地走过玄关，和爷爷视线交汇，只见爷爷高兴地举起了手向他们打招呼。

"爷爷，您还好吗？"

"爷爷，您好！"

他和妹妹一起开口道。夕夏则在他们身后突然鞠了一躬。

关于今天的访问目的，已经在电话里说明过了。对爷爷而言，素未谋面的女大学生来找自己委托事情，而且是基于自己原C县县警署搜查一科刑警的经历，因此难免会有些戒备。

树来注意到爷爷望向夕夏的视线中透着有别于平日的冷静与锐利，那正是刑警特有的眼神。

"我去买些喝的吧，大家要什么？爷爷您要热咖啡对吧？"

入座前，麻亚知率先打听了一番。

一楼大厅除了普通的饮料自动售卖机，还有滴滤咖啡自助机，而他们的爷爷很喜欢喝咖啡，于是这里便成了他常来休息的地方。很快，两个女孩子端着一杯热咖啡和三杯冰咖啡回到桌前，又把路上买来的铜锣烧、曲奇饼干和独立包装的仙贝摊开放在桌上，做好了谈话的准备。

接下来的话题并不轻松，幸好周围没有其他人。

"君原先生，今天大家一起来看您，您可真幸福呀！"

从接待处走过来的中年女性向他们问候道。她姓渡部，是一名护理专员。可能是跟耳朵不好使的老年人相处惯了，她总是大声说话，吐字也十分清晰。

老实说，君原老人的身体和头脑都没有任何问题，完全可以独立生活，不用护理专员的照料。但作为护理保险机构来说，因为保险的关系，有必要进行护理鉴定。这是一个非常现实的问题，毕竟不论地价有多便宜，要维护这栋建筑并给工作人员发薪资也很不容易。

这位渡部女士为人亲切开朗，是君原老人重要的聊天对象。而且她在工作上非常敏锐，包括此刻，似乎也是在一瞬间便察觉到树来他们此行可不单是为了探望老人，所以面带微笑，若无其事地去了靠里的办公室，真是帮了大忙。

简单的寒暄过后，君原老人直奔主题道：

"听说你有事要找我商量，到底是怎么回事呢？我年纪也大了，不知道能不能帮上忙，总之先听你说说吧。"

他沉稳的语气让人倍感安心。

夕夏坐在麻亚知边上，正对着君原老人。闻言，她略略缓和了表情，朝老人点了点头。

眼前这位老人的体格在警察队伍里绝对算不上高大。今天他上穿一件米色的POLO衫，连领口最上端的扣子也一丝不苟地扣着，下搭一条灰色的西裤，背脊挺得笔直，没有任何多余动作，举止中还保留了刑警的风采。但若光看长相，除了两道不时闪现的锐利视线，他那略为稀疏的头发和小小的面孔简直就跟随处可见的和善老人没有任何区别。

而夕夏则像是远道而来拜访亲戚的女孩，谁也不会想到她曾是诱拐事件的受害者，至今仍被当年的案情所困扰。

"我是土生土长的C县人，现在还住在M市。"

她直视着君原老人的眼睛说道。

"哦？"

"我想您已经听麻亚知说过了，其实在十年前，也就是我上小学三年级的时候，被人诱拐过。诱拐犯是我父亲的亲弟弟，所以我父母最后没有支付赎金，我也平安无事地回了家，并未受到任何伤害。"

"原来如此。"

"因为那桩案子，我叔叔逃走了，到现在还下落不明，而当时负责调查诱拐事件的就是C县县警署的搜查一科吧？"

"嗯。"

君原老人简单地附和着夕夏的话，同时紧盯着她。

"我刚刚也说了，我被诱拐的时候并未遭受虐待，而且叔叔也没能从我家拿到一分钱。再加上那本来就是叔叔和我父亲之间的纠纷，因此报纸和电视都未做报道。于是我个人觉得，在警方眼里，这案子大概已经结了……"

"但后来又出事了吗？"

"是的。"

夕夏用力点了点头，接着往下说道：

"前阵子有刑警来找我，表示想跟我聊聊十年前那桩诱拐案。他们来得很突然，不过不是跑我家来，而是在大学的校门口等着我。当时我刚走出学校，一男一女两名刑警就出现了，看来明显是针对我落单的时候呢。他们把我带去了附近的家庭餐厅，说警方无论如何也要重新彻查当年的案子。"

"明白了。"

"可是说实话，我对那桩案子的印象非常模糊，毕竟我那年才八岁，被释放回家后，就把自己记得的事全都告诉了父母和警察。现在才来问我还有没有其他线索，我当然答不上来。因此我也是这么对两位刑警说的，但是，他们依然不放过我，不停追问我被诱拐时的情况。除此之外，他们目前奋力调查的好像并不是我的诱拐案，还问了很多和我没有直接关系的问题。"

"嗯。"

"虽然我也很好奇他们到底在查什么，但我觉得尤其可疑的是，那两位刑警当年并没有负责过我的案子，也不是C县县警署搜查一科的人员，而是警视厅[1]搜查一科的。他们没给我名片，可好歹自报了姓名，所以身份应该不假。我这次过来，是想问问君原爷爷您，为什么警视厅要重新调查一桩十年前发生在C县的诱拐案？这究竟意味着什么呢？"

说到这里，夕夏住了口。

树来倒是理解了她不安的理由。毕竟发生了这样的事情。

"嗯——"

与此同时，君原老人却抱着胳膊思考了起来。估计在警察眼里，这也不是常有的事。

而在君原老人回话之前，麻亚知在一旁小声说道：

1　警视厅（Metropolitan Police Department，简称"MPD"），又称樱田门。是管辖日本首都东京治安的警察部门，由日本警察厅直接监督管理。警视厅本厅被称为"本店"，它管辖的东京内102个警署被称为"支店"。——译者注

"夕夏，你确认过他们的警察手册¹了吗？他们不会是在冒充刑警吧？"

麻亚知只在电视剧里了解过刑警的世界，但正因为如此才会在意刑警的身份。她非常认真地打量着坐在自己身边的夕夏。

其实一般人压根儿没见过真正的警察手册。即使对方把它亮出来，一瞥之下也无从辨别其真伪。树来每次看刑侦题材的电视剧时，都会有这样的感觉。可麻亚知十有八九会趁着刑警亮出来的大好机会，一字一句地仔细阅读。不，不仅如此，她最后说不定还会探出鼻子，去闻一闻警察手册是什么气味。

君原老人没有搭理麻亚知，直接对夕夏说道：

"要回答你的疑问，我必须再多问你一些问题。我都退休二十多年了，而且县级警署的组织规模很庞大，和片区警署不一样。就算同样在搜查一科工作，根据班组不同，负责处理的案件也完全不同。比如我主查凶杀案，从没碰过特殊搜查班的案子。这么看来，我也许很难直接帮上你的忙。"

"嗯，我明白。"

夕夏坦率地低下了头，心中可能有些失望，声音听着有气无力的。

君原老人却对略感消沉的夕夏露出了一个和善的笑容，答道：

1　警察手册是日本警察的必备品之一，现在统一使用的款式为纵向打开的二折式，打开后可看到有卡片型的证件，上面写明持册人的衔级、姓名、照片、手册编号以及徽章，即制服肩章的图案化。——译者注

"但是呢，搜查工作总是万变不离其宗的，至于警视厅和县级警署之间的关系，我也多少能推测出一些。所以，希望你尽可能详细地说说当年那桩诱拐案的来龙去脉。要是不了解真实情况，我便没法做出判断。而等搞清楚那桩案子之后，我就大概能看懂警视厅的这番行动背后究竟有什么含义。"

"我知道了。只是故事比较长，全都说出来挺花时间的，您方便听吗？"

"没事，按着顺序从最开始一五一十地往下说，才能够迅速得出结论。还有很重要的一点是，即使案子中有对你自己或者你家人不利的事实，也务必请你不要隐瞒或省略。我如今已经不是刑警，不会把你说的话透露给警方，你不用担心。"

"嗯！实话实说是必须的！"

"如果你有难以启齿的事情，可以让树来和麻亚知回避一下。"

"不，没有那个必要，我倒是希望他俩也能一起听听呢。"

夕夏答得很干脆，表情也瞬间由阴转晴。

不知这姑娘到底是实诚还是现实，总之她的表情会随着情况而迅速变化。不过也无所谓了，试想，要是到了这一步却被请出去不让旁听，才真叫作凄惨。

"他们目前奋力调查的好像并不是我的诱拐案，还打听了很多和我没有直接关系的问题。"

树来其实很在意夕夏方才说过的话，好奇那究竟是怎么回事，但没办法催促，只能强压着好奇之心。

这些年来，他已经从爷爷那里听了许多从警时期经手的案件，但眼下却是头一次从真正的被害人口中听到未解决案件的真相，真是令他兴奋得浑身发麻。

"我是在十年前的五月被诱拐的，当时我刚升上小学三年级。"

夕夏似乎下定了决心，用平静的语气开始陈述往事，树来便全神贯注地倾听了起来。

5

按夕夏的说法，她是将案发当时的记忆和之后得到的信息糅合在了一起，拼凑出了那桩诱拐案的情况概要。

她当年被自己的亲叔叔——葛木弘幸诱拐，时间是"黄金周"假日过后的第一个周五。

那时候她与父母一起住在C县的M市，她的父亲葛木邦高四十三岁，正值壮年，是以C县为中心发展事业的金融企业葛木商业股份有限公司（下称"葛木商业"）的董事长兼社长，而母亲美希则是三十二岁的全职主妇。

从JR线M站出发，徒步三十分钟有余，便能抵达葛木家的宅子。它位于闲适幽静的住宅街上，是一栋钢筋混凝土结构的二层建筑，房屋面积并不算大，可由于庭院宽阔，再加上高耸的围栏，完全称得上是一处气派的宅邸。

她家的庭院打理得相当豪华讲究，客厅前有一方供人观赏的葫芦池，池中还养着好几条锦鲤，简直就是人们刻板印象中的暴发户品位。不过一旦听说那处宅邸原本属于她的祖父，即葛木商业的创始人兼前任社长——葛木有吾所有，便觉得这番审美也可以理解了。

葛木有吾有两个儿子，分别是长子邦高和次子弘幸。一般父母在养育兄弟时其实很难把握平衡，葛木家也不例外，有吾的烦恼主要集中在次子弘幸身上。

大学毕业后，长子邦高一直待在父亲身边学习经营之道，可弘幸却不同。无论怎么努力，作为次子都不可能继承父亲的位置，因此他早早地断了念想，在父亲的支持下成立了一家不动产公司，但仅仅三年就倒闭了。之后他做一行败一行，给父母添了不少麻烦。

然而，"没出息的孩子更招人疼"的说法似乎是真的。有吾直到七十二岁，才从社长的位置上退下来，毕竟邦高一旦接棒掌权，有吾就没法自由地给弘幸提供资助了。他们兄弟俩的母亲治子又偏爱弘幸，为此她深感恐惧，便坚决反对丈夫让权于长子。

在距离诱拐案两年前的年末时分，葛木有吾因为心肌梗死，一下子撒手人寰。妻子治子在案发那年的二月也离开了人世，就仿佛追着丈夫而去一般。如此一来，再也没有任何人能够左右邦高了。事后回想，治子去世三个月后发生的夕夏被拐案，或许也和这场家庭变故有关。

案发当天是夕夏参加众多补习班之一的英语会话课的日子，上小学三年级的她从学校回家后，做了些准备，又于下午两点半后独自出门上课。

夕夏只需走上十二三分钟即可抵达英语会话课教室，那一带治安并不差，又是大白天，家长自然不会陪着一起去。包括她出事那天，她的母亲美希照例安心地送她出门。

她离家时没有换衣服，打扮得和放学时一样，身穿一件粉红色的长袖T恤和一条牛仔半身裙。因为她来回都是步行，因此连钱包和手机都不带，只背了一个小包，里面装着手帕和纸巾。

小学生中级班的课程从下午三点开始，四点结束。下课后（约四点零二、零三分），她和往常一样走在回家的路上。

那个英语会话课教室开在一栋五层大厦的二楼，出入口只有一处，当天参加小学生中级班课程的学员共有十四人。若躲在大路的背阴处偷偷监视，便不会看漏任何一个从大厦里出来的人，对诱拐犯来说可谓是条件绝佳。

小学生中级班的学员来自不同的年级，其中念小学三年级的只有夕夏和一个男孩，其他的全都更年长一些，所以她一个人待着的时间居多，当然也不会和别人一起结伴回家。而母亲对她的规矩抓得很紧，她也不会在路上闲逛，如果没什么事的话，通常在四点十五、十六分就该到了。

案发时，夕夏刚离开大厦三分钟左右。

她大步流星地走着，经过满是小型商厦和个体经营商店的繁华街，即将抵达儿童公园和仓库背后之间较为僻静的一带。

正在这时，有人从后方叫住了她：

"哎呀，这不是夕夏吗？你好啊！"

她回过头，只见一名四十岁上下的男子正亲切地对她微笑着。对方中等身材，身穿棉质衬衫和卡其布的裤子，头戴一顶高尔夫球帽，脸上架着一副墨镜。

"弘幸叔叔！"

她没有多想便脱口叫道。

这位弘幸叔叔就是她父亲的弟弟、她的亲叔叔，是与她血脉相连的亲人。

其实他们之间并非特别亲近，恰恰相反，就连她这个小孩子都明白，叔叔和父亲的关系不算融洽。她最后一次见到叔叔还是在二月份奶奶的葬礼上，但当时他们几乎没有交流。

可为什么她能一眼就认出那名男子是弘幸呢？这一点连她自己都解释不了。包括在案子告一段落之后，她也是如此对父母和警察说的。至少她之前没有见过弘幸戴墨镜的样子，亦不记得对方平时会戴帽子。硬要说的话，最大的可能性就是她凭直觉认出了叔叔。

听到夕夏的话，男人重重点了点头。

"夕夏，你现在上完课准备回家吗？"

他的语气很若无其事，似乎在努力不让对方产生戒心。

"嗯。"

"其实叔叔有件小事想拜托你，能帮帮叔叔吗？"

"好呀！"

"那么，我们去车上说吧，叔叔今天是开车过来的。"

男人说完便快步前进，把夕夏带往仓库背后的空地。那里停着一辆小汽车，看着像是他开过来的。

车身并不大，颜色白乎乎的。事后警察询问了好几遍那辆车的特征，对汽车完全不感兴趣的夕夏只回答了这一句。

后来，她还听说刑警们当时十分遗憾。毕竟换作是喜欢运载工具的男孩，别说车辆型号了，恐怕连车牌上的地名都能当场答个一清二楚。

话说回来，这到底是怎么回事呢？夕夏勉强记得，弘幸打开副驾驶座的车门，朝她招手的样子。可再往后的记忆却是一片空白。等回过神来，发现自己正躺在那辆白车的后座上。

她虽醒了过来，不过由于是被人硬生生叫醒的，所以意识难免朦胧。她记得当时弘幸抱着她，打量着她的表情，而她的记忆也是从那一刻开始重新恢复的。

"醒了？"

弘幸温和地问道。

她还有些蒙，没法立刻抬起头来。在男人的搀扶下，夕夏才终于坐了起来。她看向窗外，只见眼前是一片陌生的景色，可视范围内唯有郁郁葱葱的高大树木。

看来在她睡着的时候，弘幸已经将车开到了远处。眼下她仿佛正置身于一条狭窄的林间小道上。

她心中涌起了一些说不清道不明的感觉。

莫非现在已经过了晚上七点？尽管天色尚未完全转暗，但太阳已经西沉，夜幕正悄悄降临。而这里又是什么地方？自己为什么会睡着？

虽然毫无头绪，她仍觉得自己似乎是被叔叔拐走了……

"其实叔叔有件小事想拜托你，能帮帮叔叔吗？"

她模模糊糊地想起了弘幸之前说过的话。不过幼小的她能想象到的也只有担任叔叔和父亲之间的传声筒。

"事情已经办完了，我们回家吧。"

听到弘幸的话，夕夏微微地点了点头。而且没想到，自己居然不感到害怕。

弘幸再次凝视着她的面孔，确认她已经完全清醒了，随后便打开车门下了车，伸手把她抱了下来。

"就是这里。"

他关上车门，牵着夕夏的小手，大步流星地向前走去。

那条林间小道是一条斜度偏缓的下坡道，完全不见人烟。他们在昏暗的暮色中走了三四分钟之后，旁边出现了一座高大的红色鸟居。

鸟居后有一条长长的石阶，通往一座相当古旧但庄严宏伟的神社，不过这个时间已经没有任何参拜者了。鸟居前面还有一小段石阶，石阶下方则通向一条柏油马路，路灯也散发出恬淡的光芒，静静地照亮了那一带。

她觉得自己好像见过这番景象。

"你带钱了吗？"

弘幸低头看向石阶，询问道。

"没带。"

她回答说。

于是，弘幸从胸前的口袋里取出钱包，从中抽出一张一千日元的纸币。

"从这条石阶走下去，到转角处往右拐，再往前稍微走一会儿就能看到巴士车站。你在那里等着，开往M站的巴士会靠站的。然后乘上它，到东镇一号街下车，记住了吗？"

他一边说着，一边将纸币塞在夕夏手里。

"记住了！"

夕夏坦率地点头答应道。

到了这里，夕夏也明白过来了。弘幸口中的那辆开往M站的巴士，指的是往返于E站和M站之间的民营巴士，而她家距离东镇一号街的车站只需要步行五六分钟。

不可思议的是，她突然产生了一股强烈的念家之情，想着时间已经这么晚了，母亲肯定很担心。于是她攥紧了弘幸给她的一千日元纸币，头也不回地向鸟居前的石阶跑去。

她经过那条柏油马路，在转角处右拐，发现正如弘幸所说，有一条宽阔的车行道，而车站就在前方三十米左右，叫作"梅梅谷神社站"。

怪不得自己对这里有印象，原来是因为在上幼儿园时与家人一起到这里游玩过。夕夏心情一下子轻松了起来。

时间很凑巧，她没等多久便上了车，坐在驾驶员边上的单人座位上，呆呆地望向窗外，一直就这么望了四十多分钟，巴士总算是抵达了东镇一号街。

她的表情和态度都非常自然，那位刚上了年纪的巴士司机估计做梦都想不到，这个手握一千日元纸币的小女孩才刚刚被诱拐犯释放。

她付了车钱，小心地收下了找零，随后下了车，从车站往家走去。乍看之下，回家的路和平时没有任何不同。一栋栋房子静静地并排而立，彻彻底底地融入了夜晚的街景之中。

当然，好几辆伪装成普通车辆的警方用车正在葛木家周围待命，可在车里盯梢的众人好像也没有料到这个步伐轻盈、急着往家赶的小女孩就是被诱拐的夕夏本人。

她觉得今天没出任何大事，只不过是父亲和叔叔起了争执，把她这个小孩子给卷了进去而已。证据就是她从头到尾都没有害怕过。

她小跑着回到家里，用钥匙打开家门，高呼着："我回来啦！"

可这时起，原本已恢复平常心的她，才真正开始陷入惊恐之中。

"夕夏！！"

母亲一声声地尖叫着，那叫声近乎悲鸣，一群完全陌生的男女更是如同雪崩一般挤到了玄关。对一个年仅八岁的孩子来说，这番阵仗可比被叔叔带走要可怕多了。

而过了很久之后，她才知道那群男女是C县县警署搜查一科特殊犯罪班组的刑警，每当出现以赎金为目的的儿童诱拐案时，他们便会冲在最前线。

此外，还有慢吞吞地跟在众人身后的父亲。他表现得很平静，可其实一脸僵硬，目不转睛地盯着回家的女儿，仿佛是在试探什么似的。

在由喜悦与兴奋交织而成的嘈杂声中，夕夏还是得面对来自父母和警方的提问攻势。

不过，除了一句"我是被弘幸叔叔带走的"之外，她已经想不起有谁问了她什么，而她又究竟说了什么。

如今，十年过去了。回首当年，夕夏只觉得被拐期间和弘幸的对话也好，回家后遭遇的那场翻天覆地的骚乱也罢，一切的一切都消融在了灰白色的雾霭中，虚实难辨，不知是真是幻。唯一确凿的是，案发那天便是她生命中的分水岭，使她的整个人生都为之一变。

在日本，以赎金为目的的儿童诱拐案一旦出现，即使没有造成任何实质性的伤害，其本身仍属于比杀人或抢劫更为严重的重大犯罪行为。而另一方面，夕夏原本安稳的家庭也很快分崩离析。在那桩案子发生不久之后，她便痛切地认识到——原来诸事皆无道理可言。

6

夕夏独自说了很久，此刻终于告一段落，而在场的人都没有开口。

树来和麻亚知第一次直接听被害人亲口说出遭拐的经历，尽管个中过程并非一波三折、跌宕起伏，可他们依然被故事所吸引，听得完全入了神。

这时，夕夏的语气突然变了，她说道：

"说真的，叔叔把我弄睡着之后，似乎去找我父亲做了一笔惊人的交易。"

话音一落，她便再次停住了口，仿佛是在关注听众的反应。

第一个回话的人，果然是身为退休刑警的君原老人。

"在你接着往下说之前，我有一件事想先确认一下。你当时睡得很熟对吧？你自称毫无头绪，但听你方才的说法，在你叔叔打开车门并向你招手的那会儿，你就失去了意识，对吧？警方是如何解释这一点的？"

这当然也是树来在意的地方。

夕夏对着君原老人，重重地点了点头，答道：

"警方认为，我叔叔可能用了催眠术……"

"催眠术？弘幸先生懂得这门技术吗？"

君原老人的脸上浮现了一丝笑意。

"我父母也不清楚，不过我父亲平时一心扑在工作上，叔叔的兴趣却一直很广泛，据说还经常去看魔术表演。而我当时又那么小，对认识的人没有戒心，所以很容易进入被催眠的状态。反正他们就是这么说的。"

"原来如此。"

君原老人点头应和道。

"可夕夏说她的记忆从某一瞬间起突然消失了耶！然后她就一直在睡觉。比起中了催眠术，倒更像是吸了'哥罗芳[1]'呢。"

麻亚知提出了异议。

树来听得哑口无言，心想着麻亚知怎么会说出"哥罗芳"这么不符合化学专业思维的话来。她十有八九是想起了自己看过的电视剧桥段，恶棍们用浸了"哥罗芳"的手帕捂住美女的鼻子，于是美女一下子就晕厥了过去……

而夕夏却露出了困惑的表情，不知做何反应才好。

君原老人则不出所料地否定了麻亚知的假设：

"不会的，其实不仅'哥罗芳'，凡是通过药物致人昏睡的手段都没那么容易实现。因为让目标丧失意识必须使用特定浓度的药物，

1　哥罗芳（chloroform）即氯仿，分子式为$CHCl_3$，是一种无色、透明、易挥发、具特殊甜味的液体，遇光氧化，生成剧毒的氯化氢和碳酰氯，有麻醉功效，曾作为麻醉剂而被使用，但因对心脏和肝脏有损伤，早已弃用，现在主要用作油类、橡胶、生物碱、蜡及树脂的溶剂及清洁剂等。——译者注

并花上一定的时间。一旦出错，目标说不定还会死亡。"

"是的，刑警们也这么看……说我可能不光是中了催眠术，还吃了掺有安眠药的食物，可我真的什么都不记得了，非常抱歉……"

夕夏怯生生地答道。

"说回正题吧。先不管对方的具体手法，总之在你完全失去意识之后，你的叔叔和你父亲做了一些交涉，是吗？"

"是的，我沉睡期间，叔叔往我家打了第一个电话。当然了，我也是事后才听说这些的。"

"是从哪里打的？公共电话亭吗？"

"不，是用手机，而且信号源就在M站附近。"

"你说过自己当时没带手机对吧？所以你叔叔用的是他本人的手机？"

"好像是那种不会暴露身份的手机，叫什么……'黑手机'来着。"

闻言，树来倒是理解了，心想原来是"黑手机"。

提前准备了"黑手机"，这是蓄意诱拐的铁证。不过他特地选在M站附近打电话到底是出于何种用意呢？毕竟那里距夕夏家所在的东镇一号街仅仅两千米左右，而离夕夏被释放的梅梅谷神社却有十二三千米。

当然，君原老人似乎也在思考同样的问题。

"你知道他给你家打电话的确切时间吗？"

老人平稳的语气中，透出了搜查人员的认真劲儿。

"嗯，据说是下午四点二十三分。"

换言之，那是在案发后十七八分钟的事。弘幸很可能是把夕夏拐上车，安放在后座上，随即便直接在车里打了第一通电话。

爷孙俩对视了一眼，彼此略一颔首。

"关于诱拐犯在M站附近打电话一事，警方又是如何评判的？"

"他们觉得叔叔之所以暴露自己打电话的场所，大概是为了扰乱搜查工作。如果警方将M站一带作为重点搜查目标，那么对其他场地的警力部署便会相对薄弱。"

"果然。"

"当时接听电话的是我母亲，可对方的话十分简短，还用了变声器，声音听起来非常独特。电话内容差不多就是'你家孩子在我手里，如果想要她平安回家，就按我说的做，但你要是报警，就等着给孩子收尸吧'，还说六点半会再次联络我母亲。"

"接到电话时，你母亲还不知道对方是谁，对吗？"

"嗯，当然不知道。其实她甚至不知道我被诱拐了。"

"你母亲是怎么回话的？"

"她因为太过惊恐，好像不记得了……"

"那么，她是什么时候联络警方的？"

"是在我父亲到家之后，所以应该是将近五点才报的警。她先给父亲打了电话，随后一直窝在沙发里，整个人迷迷瞪瞪的，直到我父亲回来。"

夕夏并不像看起来那么胆小，可她的母亲美希却不然，是个细腻脆弱的女人，因此一直低着头，觉得夕夏被诱拐或许完全是因为她的失职。

"老实说，母亲非常反对找警察，说父亲是不是打算杀了我……但我父亲不容分说地拨打了报警电话，结果这件事却造成了他们两人之间的隔阂……至少我是这么认为的。"

夕夏的口气变了，现场的气氛也随之增添了几分沉重。

"你提到叔叔和你父亲之间做了重大交易，那么之后的电话又怎么说？"

君原老人不着痕迹地催促道。

"这个嘛……叔叔就按预告，在六点半之后打了电话过来……当然了，那时候县警署的刑警们已经到我家了，而且还安装好了录音设备和信号追踪设备。由于第一通电话是在M站附近打来的，很多便衣警官去了那里监视，但实际上完全不是这么一回事。据说打电话的地点是在距离M站十五千米的某处。等警方赶到时，他好像已经逃走了。"

夕夏含含糊糊地答道。

"嗯，原来是这样啊。对了，你父亲和你叔叔在电话中对话了吗？"

"对话了。我父亲接电话的时候非常紧张，而据说叔叔开口就是一句'嗨，让你久等了'，接着，他又说自己要提要求了，叫我父亲好好听清楚。这种戏谑的措辞方式让我父亲大为光火。叔叔的要求是，第二天下午三点前准备好一亿日元，全部用面额一万日元的旧纸钞，不许放新钞，具体交涉方法等他指示。虽然电话那头的声音还是用变声器做了改变，不过叔叔说话的方式好像一直挺独特的。于是我父亲一听便立马反应过来那个诱拐犯就是弘幸叔叔。这一点大概切实地缓解了他的紧张吧。"

"全都用面额一万日元的旧纸钞吗……听到对方的要求，你父亲怎么回答的？"

曾为刑警的君原老人提问道。

"这个嘛……其实我父亲说的话压根不算是'回答'……"

夕夏再次目光低垂，可能是觉得自己也要为父母的一切行为负责。

"叔叔在电话里向我父亲确认，是否听明白了他的要求，而我父亲只回了一句话，他说：'我拒绝！'"

"啊！"

君原老人发出了轻轻的感叹声。

"叔叔被这句话噎住了，可不仅如此，我父亲还说：'我根本不想和诱拐犯做交易，不管你怎么威胁我，我都不会答应！把脑子放明白点，现在你只有两个选择：一是成为杀人凶手，而且拿不到一分钱；二是直接把我的孩子放回来！我保证，只要你在今天之内让我的孩子平安回家，我就不报警。不然的话，你就做好思想准备吧！'"

"结果呢？"

"叔叔一言不发地挂了电话，之后就没有下文了……"

"我明白了。你父亲很确定那个诱拐犯是自己的亲弟弟吧？"

"我也这么想。据说是因为叔叔平日里不说'纸币'，而说'纸钞'，否则不管我父亲性格有多强势，都不至于这么对诱拐犯说话。"

夕夏不再往下讲，大家一时间陷入了沉默，诉说的人和倾听的人似乎都各有所感。

树来今天非常谨慎，惜字如金，想把精力好好用于研究退休刑警的问话模式，可此刻却突然产生了一个疑问。他开口道：

"即使是这样，弘幸先生毕竟也是为了赎金而诱拐了亲侄女，我觉得这样的人可没法对孩子的安全提供保证。这种矛盾又该如何解释呢？"

听到树来这么问，夕夏老老实实地回答说：

"其实我觉得叔叔不是真的想要钱……不然他可以提出一个更稳妥的金额，比如四千万、五千万日元……可他明知没希望，还非要一亿日元，这下子我反倒认为他的本意在于刁难冷漠的大哥。"

当然，这一观点肯定也有她本人的意愿在其中。是她愿意这么去想的。

"你的意思是，你叔叔其实明白你父亲会是什么反应，却故意这么做？"

"嗯，大概吧……"

夕夏不置可否地点了点头。

"可是，他都搞到诱拐的地步了，警方很可能参与到案件中来，这还是光靠一句'刁难'就能轻易带过的吗？而且如今他仍在逃亡吧？他本人对此又是怎么想的？"

"我也琢磨过这些问题，但或许是叔叔很确定我父亲不会报警吧？毕竟我父亲平日里就公开说自己特别讨厌警察。"

"你父亲为什么讨厌警察？"

"好像是因为他在学生时代莫名被警方盘问，其间经历了让人不愉快的遭遇。"

说到这里，夕夏又一次停住了口，而这次却轮到君原老人发问了：

"弘幸先生实际上有多缺钱？在通常情况下，人可不会仅因泄愤或者刁难他人就犯下诱拐案啊。"

"我也不太清楚，不过听说在他拐走我不久前，还拜托我父亲给他融资，想借四千万日元投入他的新事业……不过我父亲连之前借给他的钱都收不回来，便一口拒绝，称追加融资简直是天方夜谭。结果两人不欢而散。那也是他们兄弟俩最后一次见面。"

"明白了。照这样看，你父亲和你叔叔的行为倒是都解释得通。可是啊，在孩子被当成人质的情况下还能厉声拒绝诱拐犯的要求，确实属于极端个例了。当时在现场的刑警们也吓了一大跳吧？"

树来默默赞同爷爷的看法，心想着那些刑警肯定大为震惊。

在涉及政治因素的恐怖事件中，视具体情况，当局或许不得不拒绝恐怖分子的要求；然而，只停留在个人层面的犯罪行为则另当别论了。至少树来的父母绝对不会冒这种险。

"没错，对方挂了电话之后，父亲似乎由于轻举妄动而遭到了警察们的非议和嘘声。此外，直到我回家为止，他都没有说出那个诱拐犯就是弘幸叔叔。听说他本来只强调他的回答是基于个人信念而已。即使我平安到家，父亲和刑警们之间仍散发着一股火药味。"

其实，根本不用夕夏进行说明，任何人都能想象当时的场面。对警方而言，不需费力折腾，被害人便无恙归来，赎金也没有落到犯人手中，简直是一桩值得高呼"万岁"的喜事。但这偏偏得归功于彻底无视了专业建议的夕夏父亲，警方被狠狠驳了面子，必然会心存芥蒂。不仅如此，冲在第一线执掌指挥工作的巨大压力甚至能把警方阵营的负责人逼到胃痛，也难怪对方会在瞬间乏力之后怒从心起。

尽管事不关己，身为退休刑警的君原老人却还是抱着胳膊，仰天叹息。估计是因为对那些刑警产生了共情。

"我有个小问题。那个诱拐犯当真就是你的叔叔弘幸先生吗？拐走你的男人戴着墨镜，所以你和你父亲在判断对方的身份时，都没有确凿的证据，不是吗？"

麻亚知再次插话。

"肯定是他。"

夕夏断言，随即又补充说明道，

"他要是和那桩案子没关系，为什么案发之后就再也没有露过面呢？况且警方还发现了其他证据。"

"是指纹吧？"

听了夕夏的说法，君原老人喃喃自语道。

"是的，您不愧是老刑警了！最后的决定性证据正是指纹。"

夕夏看向君原老人，用力点头表示了赞同。

"我刚刚也说过，叔叔给了我坐巴士回家的费用。听说警方当天就去巴士公司把我付给司机的纸币收了回来，后来又去叔叔的公寓里采集了他本人的指纹。因为叔叔从钱包里拿钱的时候没有戴手套，所以那张纸币上有一枚指纹和他本人的一致。因此叔叔的罪行便这样被坐实了。"

"这对诱拐犯来说可是非常愚蠢的疏忽了呀！"

麻亚知惊讶地出了声，但树来却摇了摇头，否定道：

"话不是这么说的，弘幸先生已经将自己暴露给了夕夏，而既然他肯放夕夏回去，即使他担心这个问题也于事无补。"

"我也是这么认为的。"

夕夏和树来抱着相同的观点。接着，两人又同时开了口：

"顺便问一下，你叔叔是什么时候发现警方已经介入了？"

"其实——"

夕夏没有直接回答树来的问题，便接着往下说道，

"其实警方去叔叔的公寓时，他已经不见踪影了。尽管我没有证据，不过我觉得，他在放我走的时候，已经决定要逃亡了。就像我父亲在通话过程中发现了他就是诱拐犯一样，他也在那时候意识到父亲周围都是警察吧？他之所以会毫不犹豫地让我回家，应该也不是把我父亲的话听进去了，而是认输了。"

"嗯，了解了。话说，他又是怎么处理作案时开的那辆车的？"

"那好像不是他的车，因为他当年没有车子，但结果并未查出车主是谁。"

"这样啊……但或许是借车给他的朋友对警方三缄其口吧。"

"嗯，我也是这么想的。"

"毕竟弘幸先生不像是本性恶劣的坏胚子。他有自己的事业，那么按说也有伙伴才对。他身边的人是如何看待那桩案子的呢？"

"听说他的事业伙伴和老朋友们都非常惊讶。也许是因为他的少爷身份，用起钱来非常大方，大家都说想不到他已经山穷水尽了。"

"他没有女朋友吗？"

"似乎有……叔叔的桃花运好像一直挺旺的。虽然我不知道他对女朋友有多认真，但按对方的说法，叔叔连拐孩子之类的玩笑话都没跟她提过，案发后也彻底失联了。"

"关于他的去向，警方掌握了多少信息？"

"几乎没有任何头绪吧……当然了，也可能只是没有告诉我们而已。"

夕夏的表情蒙上了一层阴影。

"能确定他还活着吗？"

"不知道。既然警方找不到他，我也想过最坏的可能性。毕竟他根本没有可以托付一切的对象。"

"所以，他其实很依赖父母和哥哥对吧？"

"我也是这么看的。从这层意义上来说，我父亲背叛了他。葛木商业完全拿得出四千万日元，只是父亲依然拒绝追加融资……尽管确实是叔叔不对在先……"

这又是从谁那里听来的？夕夏居然连这些事都说了出来。

光看她的反应，她对自己的叔叔并没有憎恶之情；或者说，反倒能够感受到她在质疑自己的父亲该不该如此冷漠。

此时，树来想起之前听麻亚知说过，夕夏的母亲在那桩诱拐案之后不久便去世了。

而原本一直沉默不语的君原老人再次开始提问，仿佛是接过了树来心头的疑问一般。

"我们继续吧。你方才说，以那桩诱拐案为契机，你安稳的家庭很快就分崩离析了。这具体是怎么回事呢？"

老人的声音中透出即将进入正题的气势。

"事实上……我们家出了更严重的事情……"

他们已经聊了一个多小时，这还是她第一次露出痛苦的表情。

7

夕夏的母亲——葛木美希比丈夫邦高年轻了将近十二岁，而且和夕夏一样，也是比实际年龄更显稚嫩的类型，和丈夫站在一起时，看起来简直像是父女俩。

她有着陶瓷般光滑细腻的肌肤，眼睛黑白分明，瞳仁很大，宛如市松人偶[1]一般，是个标准的日式美女。她从短期大学[2]毕业后进入了葛木商业工作，很快便吸引了时任执行董事的邦高的注意，于是在工作的第二年就早早嫁进了葛木家。而她原本是财务人员，认真的工作态度想必也受到了邦高的好评。

问题是她的原生家庭。她父亲原本从事正经工作，却在公司闹出

1　市松人偶是一种日本传统人偶，身穿和服，头部特征为齐刘海、直顺平齐的长发或中长发，面孔圆润精致，五官小巧。据传源自江户幕府德川吉宗时代活跃的歌舞伎演员佐野川市松，最初是孩童的玩具，后渐渐演变为一种具有艺术与收藏价值的工艺品。——译者注

2　短期大学是一种高等教育模式，伴随着"二战"后日本的学制改革成长起来，最早出现于1950年。不同于一般全日制大学的4年学制（医学专业学制更久），短期大学的学制为2-3年，在教育内容方面类似国内的大专，主要宗旨是对成人或完成中等教育的学生进行专门的职业技术教育，使他们具备能够在进入社会后直接运用的技能和专门技术，从而有助于就业。——译者注

了丑闻，之后便一直没有固定职业，终日沉湎于柏青哥[1]、赌马等赌博项目。一家子的生活全靠身为地方公务员的母亲支撑。

由于她本人凡事谨慎、性格温驯，在公司里的评价相当不错，当初对他们的婚姻表示过不满的邦高父母最终也妥协了。与邦高性格不合的弟弟弘幸倒是对这个老实稳重的嫂子很有好感，凡事都颇依赖她。

美希就是这样的女性，因此婚后果断成了全职主妇，投入到家务和育儿之中，从不顶撞唠叨的婆婆。不仅如此，她在金钱方面也没有给夫家添任何麻烦，实际上算是和娘家彻底断绝了往来。当然，他们夫妻之间亦不生龃龉——至少在那桩诱拐案发生之前，夕夏不记得父母吵过架。

不论夕夏是否承认，总之，在她平安回到家中的当晚，便意识到父母的关系发生了变化。当时她或许是出于兴奋，上床后怎么也睡不着，因此听到了从父母卧室传来的说话声。

他们正在激烈地争吵着，而平时夜深人静时，他俩从不会这样争论不休。

"你找什么借口！"

"这是爱不爱孩子的问题！"

1　柏青哥是一种日本的赌博游戏机，玩法是把小钢珠弹射到盘面里，钢珠在落下过程中会不断碰撞盘面里的钉子，从而改变轨迹。最后若是能落入指定的位置，就能获得奖励。其设计原型为欧洲的撞球机。——译者注

"你根本不是人！"

夕夏第一次听到母亲美希歇斯底里的叫喊声。

从不违逆邦高的美希，正高声谴责着丈夫，而平时大权在握的邦高却完全处于守势，这已经让夕夏大为震惊，可她受到的冲击却远不止这些。从父母的对话中，她得知了父亲和叔叔在电话中交涉的内容。父亲居然拒绝为女儿支付赎金，即使是小孩子听来，也会觉得不可置信。这话完全是在挑衅诱拐犯，美希作为母亲当然会感到愤怒。更何况在不知道诱拐犯的真实身份时，邦高就报了警，全然不把诱拐犯的警告当回事。对他而言，和诱拐犯的战斗才是第一位的，而女儿的性命只排在第二位。说白了，哪怕弘幸只是一时冲动才犯了案，可邦高在应对时也该注意防患于未然。

"要是你对弘幸没那么冷淡，像他那样的人也不至于做出这种事来！"

正如美希所指出的那样，邦高如此无情，弘幸会诱拐亲侄女或许也是一种必然。

但即使如此，美希又为何会激动到这种地步？一想到这背后的原因或许不仅是白天发生的诱拐案，而是她这些年来拼命压抑的忧愤之情终于爆发，夕夏便忍不住浑身颤抖。

她惴惴不安，心想着这个家说不定没法再次恢复往日的平静安详。

不幸的是，她的担忧变成了现实。

从那天起，邦高与美希开始了争吵。尽管当事人还知道克制，在孩子与外人面前努力掩饰，只是这个家已经无药可救了。一到晚上，他们便会完全抛开白天的假面具，吵得一天比一天激烈。

终于，悲剧发生了。

夕夏永远不会忘记，在七月十日那天（即诱拐事件发生之后大约两个月时），她的母亲美希投水自尽了。就死在葛木家庭院里的葫芦池中。

当时弘幸仍在潜逃，但不可否认的是，夕夏被拐一案已经给人一种告一段落的感觉。即使警方并未偷懒，然而毕竟没有发生实质性伤害，整桩案子只能被归为家族内部发生的纠纷。因此很容易想象，搜查阵营肩负的压力与普通的诱拐案无法相提并论。

邦高与美希的争执似乎也有所平息，最近夕夏已不会在深夜听到怒吼声。

对于终于恢复平静的母亲，她微微放下心来。

然而，美希还是死了。尸体的发现者不是别人，正是夕夏。

那天是周三，夕夏要在傍晚去上算术补习班，所以她从学校回家后，打算先做完作业再出门。可是每天都会迎接她归家的母亲美希却不见了。

她并未听母亲说要外出，想着也许只是买东西去了。无奈之下，她只得先去自己的房间做功课。但过了一会儿，她开始意识到不对劲，毕竟她都快要出去上课了，母亲依然没有回来。

平时，母亲绝对会让她吃过点心后再去上补习班，于是她拨打了母亲的手机。而正是这一通电话让她首次确定母亲出事了，因为那段熟悉的来电铃声，就来自空无一人的厨房。

她立即行动了起来，在家中四处寻找。等确认母亲不在屋内之后，她又来到了庭院。

葛木家的院子很大，前庭用假山和池塘搭配出了纯粹的日式风格，其余地方则是种有各种花花草草的西洋风格。美希性格内向，园艺是她为数不多的兴趣之一，凡是晴朗的日子，她基本上都泡在院子里。

夕夏担心母亲是在打理庭院时晕倒了，可最后偏偏出现了最糟糕的结果——她家的客厅朝南向，窗前便是蓄满了水的葫芦池，池水十分清澈。在她好不容易找到母亲时，只见母亲已经静静沉在了池底。

美希身上还穿着衣服，面部朝下，手脚伸直，死于溺水。接到夕夏的电话后，邦高当场叫了救护车。可在急救人员赶到时，美希已经死亡三小时以上了。

她死时穿着本白色的棉质T恤和短裤，还披着她心爱的披肩，是黄色、粉色、深蓝三色相间的，色彩鲜艳。当夕夏发现平静的碧水下有个人影的瞬间，最先映入眼帘的也是那条醒目的披肩。

那方葫芦池长约六米，宽约三米，水深约一米，对于会游泳的人来说，这个深度倒还好说，但美希似乎是一只"旱鸭子"，因此这充分表明她是铁了心自杀的。

厨房的料理台上扔着空空如也的安眠药盒以及一瓶差不多只剩一半的红酒。估计是为了缓解恐惧感，她提前喝下了掺有安眠药的红酒。

美希还留下了三封遗书，一封给丈夫，一封给女儿，还有一封则是给自己的娘家父母。白色的信笺纸上，有着用圆珠笔仔细写下的字句。

其中，给丈夫和父母的信写得很长，由于没有被公开发表，所以没人知道具体内容。不过警方肯定检查过现场的物品，它们应该就是美希本人亲笔写下的。

而夕夏至今珍藏着母亲留给自己的遗书。那是一封短信，具体内容如下：

给我最爱的女儿夕夏：

　　请原谅妈妈留下你，独自离开这个世界。

　　你现在或许会很恨妈妈，但等你长大了，就一定能体谅妈妈。

　　请好好珍惜爸爸。

　　爸爸他也是用自己的方式在爱着你的。

　　妈妈打从心底希望你能幸福。

　　　　　　　　　　　　　　　　　你的妈妈　美希

邦高和急救人员几乎同时抵达现场。也许是出于自责，他紧紧抱着被人从池水中打捞上来的亡妻美希，放声哭泣着。毕竟是他将妻子逼到了这个地步。

除了遗书，美希还在葛木家的佛坛前留下了遗字：

请不要为我举办葬礼，也不要把我埋葬，直接将我的骨灰撒掉就好。

我不希望被葬进葛木家的墓地里。

还请原谅我最后的任性。

既然这是故人最后的心愿，同时亦是和她的葬礼、安葬有关的内容，那么即使是丧主，一般也没法做到置若罔闻。然而，邦高作为葛木家的户主，果然还是难以接受这样的要求。

最终，他把美希的葬礼安排在了葛木家的菩提寺[1]，整场法事操办得相当盛大，遗骨也被埋进了葛木家历代先祖安眠的墓地里。但说实话，她的遗体状态比想象得更糟糕。由于溺死属于窒息死亡，逝者的遗容当然不可能安详。此外，她在坠入葫芦池的时候，面部显然是撞在了池塘边的景观石上，损毁程度之重令人无法直视。

"仔细看的话，确实能认出那就是妈妈，可是她的脸又肿又烂，

1　菩提寺在日本指的是安葬并供奉着自家历代先祖的寺庙。——译者注

我一开始几乎无法相信……”

夕夏如此说道。

其实在她和父亲一起看着美希被收殓之后，便再也没有见过亡母的面容了。

邦高也为自己的决定付出了巨大的代价。不管他的立场有多么为难，完全无视亡妻的意愿，还是令他感到非常痛苦。妻子死后，他明显变得沉默寡言，也不像原先那样勤于参加"高尔夫交际"或夜间的应酬，除了因工作去公司之外，其余时间全都待在家里闭门不出。

他后来对菩提寺的住持说过，自己每晚都噩梦缠身，梦中便是亡妻去世时那可怕的面容。

人类其实很脆弱。一旦遇上这种事，即使是平日不信鬼神之人也会变得依赖神佛。邦高亦不例外。不久之后，他便用土将那方葫芦池填了，随后在原地立了一尊和美希几乎一样大小的观音像。

邦高以前就毫不犹豫地把自己父亲引以为豪的池中锦鲤给处理了。而在美希离世后，那方池子也很快被抽干了水，但不管怎么说，总不能把淹死过人的池塘扔着不管。于是他亲自运来泥土，填了池子，并种上了亡妻生前最爱的花草，以作供奉。

那尊用天然石料雕刻成的观音像在当时就不下几千万，可毕竟千金难换心安。

"我真心觉得，与其在事后花这种钱，还不如一开始就去资助弘幸叔叔。"

也难怪夕夏会抱怨。

自那以后，邦高每天早上都会去参拜那尊观音像，从不缺席。这一举动或许自有一番价值，总之他终于完全从打击中重新站了起来，比先前更加积极地埋首于工作，而且公司的业绩也顺利得到了提升。

然而，这归根结底只是邦高一人的情况。尽管经营着公司的他再次过上了充实的生活，女儿夕夏却独自被留在了没有母亲的家中。

8

"你母亲已经去世十年了。在这十年里，你父亲没有考虑过再婚吗？"

树来小心翼翼地开了口。

那时候，邦高本就忙于工作，还带着才上小学没几年的夕夏。虽说她可能会排斥父亲给自己找一位"新妈妈"，可通常说来，即使是为了女儿，身为父亲也该试着续弦才是。

"并没有。"

夕夏倒回答得斩钉截铁。

"如果我父亲有再婚的念头，他应该就不会在庭院里立观音像了。毕竟只要在客厅里，就能看到那尊观音像；而一旦看到它，即使再不情愿，我父亲也会想起我母亲……我觉得没有女性乐意住在这样的房子里。"

"那么，平时是谁在照顾你？"

"我家有住家的家政服务员，包括现在也是由她负责照顾我。"

原来如此，只要经济状况允许，确实还有这个选项。树来能够理解。不然的话，幼年丧母的夕夏怎么可能承担所有的家务。

这时，麻亚知问道：

"夕夏，你父亲现在还不算老吧？所谓'父亲'，归根到底也是男人，不可能十年来都没有任何女人。莫非他其实有打算再婚的对象，只是希望等到你成年后再说？"

这是个相当微妙的话题，不过她说得非常直白。

树来担心夕夏会觉得不舒服，然而只听夕夏痛快地给出了肯定的答复：

"哦，有可能。"

这到底是男女之间的差异，还是树来和她们已经存在代沟？这两个女孩子居然对这样的话题均不以为意。

"不过我觉得那位女士可能不住在M市。我父亲经常会因为工作前往东京，需要在外过夜的差旅也多。"

"那么，他或许在东京有女友吧。夕夏你会反感吗？"

"不会，我真的无所谓。爸爸也有他自己的人生。但不管那是个什么样的人，我确实都不希望他把对方带到家里来。这个家里充满着我对妈妈的回忆，我不想有人来扰乱它。"

树来心想，原来这才是夕夏的真实想法。

正在三个年轻人越聊越偏的时候，君原老人缓缓地说道：

"夕夏同学，我们还是继续讨论你的问题吧。那桩诱拐案已经是十年前的事，警方却又重新出动了，而且他们还是来自警视厅搜查一科的刑警，对吗？

"说起来，它并不在警视厅的管辖范围内，可事到如今，他们却来找你。这的确不是常见情况。所以，可能性大致有二：其一是最近在警视厅的管辖范围内发生了与你被拐一案相关的新案子；其二是有一桩曾被认为与你无关的案子，后来却被查明其实与你有关。因此，必须请你将前几天的问话过程说得更清楚一些。"

话音刚落，现场的气氛便瞬间紧张了起来。夕夏再一次开始讲述她的经历：

"那是五天前的事了。那天下午，我刚离开学校，就被两名刑警叫住了。他们问我是不是葛木夕夏。其中那名女刑警目测三十多岁，姓佐野，另一名男刑警看起来相对年轻一些，姓中村。两人都穿着西装，所以我一开始还真没料到他们是警方人员。"

向夕夏搭话的是佐野警官，她声称有些话想问问夕夏，是关于十年前那桩诱拐案的，很抱歉要占用夕夏的时间，不过希望夕夏可以稍微跟他们聊一下。

"因为事发突然，我其实很不情愿，可他们又给我一种不容拒绝的感觉，于是我就答应了。随后，他们提议找个能好好说话的地方，便带我去了学校附近的家庭餐厅。"

"你一上来就知道他们是警视厅搜查一科的人吗？"

君原老人向她确认道。

"是的，因为他们自报了家门。"

"他们问了些什么问题？"

"最开始，他们希望我回忆十年前的诱拐案，把从我被诱拐一直到回家的整个过程说给他们听。我的回答就和方才告诉你们的内容一样，但是他们连很细节的地方都会盯着问……尤其是我突然失去意识以及在叔叔的车里醒来这两件事，虽然我真的记不得了，他们却还是缠着我反复提问。"

"原来如此。"

"当年C县县警署的刑警们非常认真地听我说话。他们觉得我还是小孩子，态度很温和……不过警视厅的两位刑警好像原本就在怀疑我，觉得我为了包庇叔叔而撒谎……甚至还问我是不是真的没有再见过叔叔。"

树来听完后，陷入了沉思。

"所以我也反过来问他们，我叔叔又做了什么吗？但按他们的说法，似乎还没有掌握到他的行踪，而且他可能一直在用假名生活。"

"你们还聊了些什么？"

"他们也问了很多关于我母亲自杀的事。比如，她自杀之前的状态，以及当时我家有什么不对劲等。"

"换句话说，他们对你母亲是否真的死于自杀有所怀疑，对吗？"

君原老人一边提问，一边紧盯着夕夏。

"不，我感觉他们是想知道我母亲自杀的真正理由。因为他们认为就算夫妻不和，也不可能闹到自杀的地步，因此，或许还有未被写在遗书里的隐情。"

夕夏沉默了下来，而君原老人则静静地对她说道：

"原来是这么回事啊，那么，我可以稍微推测一下他们的想法。就是说，有案件发生在警视厅搜查一科的管辖范围内，同时，他们发现该案件与十年前你被诱拐一案，以及你母亲自杀一事存在密切关联。并且，不论夕夏同学你本人是否有所意识，在他们看来，你都掌握着能帮他们破案的关键。应该就是这么回事了。"

夕夏干脆地点了点头，承认道：

"我也觉得大概如此。在谈话期间，我逐渐领会到了他们的意图。实际上，他们和我聊完那些之后，还给我看了五六张抓拍的照片。"

"是弘幸先生的照片吗？"

"不，拍的是个小男孩，大概小学一二年级。根据拍照的地点不同，那孩子的穿着也有所不同，有穿制服的，还有穿沙滩裤的。佐野刑警问我，有没有和他见过面……"

话到此处，夕夏突然闭嘴了。

事态的发展让树来和麻亚知始料未及，他们都屏息凝神，而夕夏似乎也抑制不住激动的情绪，白桃般的脸颊明显泛红了，保持镇静、不动声色的只有君原老人这位退休刑警。

夕夏又往下说道：

"我立刻回答说没有。我真的没打算撒谎，因为我直到现在都不知道那个男孩子到底是谁，也不记得自己和那么活泼的孩子见过面，只不过……"

她的表情因为痛苦而扭曲。

"然后呢？然后怎么了？"

君原老人催促道。

夕夏却还是踌躇了一会儿。她的身子宛如尚未进入青春期的小女孩般纤细，可此刻却紧张得浑身颤抖，让人看着都觉得心疼。

树来心想着，这时若有人能温柔地支撑她一把就好了。然而下一瞬间，巨大的冲击就将他的感伤之情轰得灰飞烟灭。

当夕夏再次开口时，她脸上已经没有了迷茫之色，反而有一股横下心后的从容感。

她面对着眼前的退休刑警，说道：

"我可能杀了那个小男孩。"

9

随着夕夏惊人的发言，室内的温度仿佛在刹那间降到了零度以下。树来、麻亚知，包括夕夏本人，都僵在当场，动弹不得。

各种思虑与情感在树来脑中翻涌，疑心就犹如火山口的岩浆般喷薄而出。

这么重要的事，她为什么不在最开始就讲明白？

可很快，另一个声音便在树来心中说道：不，确实如同爷爷所说，从头开始按顺序陈述下来，才能以最快的速度了解全局。

一旦知道了夕夏心中的阴影，便能够理解她为何想要抓住别人求助了。可与此同时，面对如此奇异的事态，树来脑中的疑问反而只增不减——情况怎会如此？这又是什么时候发生的事？那孩子是怎么被杀的？

在夕夏那令人震惊的发言过后，打破沉默的果然还是君原老人这位老练的退休刑警。

"能请你详细说明一下吗？"

老人的语气很是沉稳，可表情却俨然传达着事已至此，别想回头的气魄，不愧是久经沙场的搜查人员。

夕夏兴许是做好了心理准备，坦率地点了点头：

"刑警们给我展示那个小男孩的照片时，我心里产生了一种直觉，觉得自己确实看到过他。"

"看到过？"

"是的。但话虽如此，那孩子却像是很久以前曾出现在我的梦中一般，我没有自信说这是在现实中发生过的事。"

"那两位刑警有没有说杀害孩子的凶手是什么人？"

"没有。"

"既然这样，你为什么会觉得说不定是你杀的？"

"那是因为……"

夕夏的表情再度扭曲了起来：

"我看到的，是那孩子的尸体。"

"原来如此。他的死状如何？"

"他穿着深蓝色的及膝短裤和T恤，浑身湿透了……我记得他是仰面躺在地上的。"

"你确定他当时已经死了吗？"

"我确定。他大张着嘴，整个人一动不动，已经没有了呼吸。"

气氛相当沉重，四下悄然，只余在场四人的呼吸声。

"你认得出地点吗？"

"认不出，包括为什么会发生这种事、当时还有谁在现场、前因后果又是如何等，我一概想不起来。我只记得我一边看着自己湿漉漉的双手，一边愣愣地心想，那孩子死了……"

说完，她突然低下头，不再说话。

反倒是麻亚知在小声嘀咕着：

"莫非是催眠术？"

人的意识是有连续性的，但夕夏恰好失去了当时的那段记忆，因此树来的脑海中也浮现出了"催眠术"这一可能性。既然C县县警署的刑警们同样怀疑弘幸在诱拐她时使用了催眠术，那么他们兄妹俩自然会联想到她是否再次被人催眠了。

先不论夕夏有没有杀人，至少警视厅搜查一科的刑警已经有所行动，可见那个小男孩多半遭到了毒手，而且夕夏也确实在场。不然警方不会在毫无根据的情况下给她看那些照片。再加上他们对夕夏被诱拐一案抱有强烈的关注，这也就意味着，他们认为该名小男孩被害一案与葛木弘幸之间存在着某种形式的关联。

君原老人似乎还不想对此做更深入的挖掘，只是镇定地继续询问道：

"还有一点，你觉得自己是在几岁时看到那孩子的？就算不能准确锁定某个年龄，但应该能分辨出那是最近的经历，还是童年时代的回忆吧？"

夕夏大力点着头，十分肯定地答复道：

"我不记得具体年龄，但绝对是我小时候，因为我感觉得到，在场的是年幼时的我。"

"可这和你那桩诱拐案有什么关系呢？是发生在你遭到诱拐之前，还是你被诱拐期间？"

"这……我是看到那些照片才想起那孩子的，原有的记忆恰好不见了。很抱歉。"

她都说了自己完全不记得这件事，如果再逼问不休，便会显得很残酷。

"那两位刑警接受了你的说法吗？"

君原老人换了一个问题。

"我也不知道，不过我没有被继续追问。等谈完那个小男孩的话题，他们便说今天就先到这里，随后爽快地让我离开了。只是，在分别的时候，他们又要走了我的手机号码，所以我估计他们还会再来找我。"

"应该会。对了，你父亲是什么看法？"

"其实我还没把这件事告诉他……我不想说。"

夕夏静静地低下了头，声音中带着难以描述的颤抖。

确实，假如她能找自己的父亲商量，那么压根儿就不用跑到这里来了；正因为她身边没有可以信赖的人，才会把麻亚知当成救命稻草。

愤慨之情在树来心中沸腾，可这显然不是针对某人的怒意，而是不忿于夕夏那毫无道理可言的遭遇。

他暗想着——倘若某人在某天突然产生自我怀疑，觉得自己或许曾溺死了一个小孩子，那么此人会陷入何种状态？而此事要是和其母在十年前投水自尽一事有关，情况又将会怎样？但这个话题实在太不寻常，他连想象都想象不出来。

"知道了……你接下来打算怎么办呢？"

此时，树来的思绪被爷爷冷静的声音所打断了。

君原老人继续说道：

"虽说已经过去好几年了，可毕竟涉及人命，搜查一科不可能让这种案子不了了之，近期肯定会再找你。到时候，你一个人能应付吗？"

"不知道……"

夕夏依然目光低垂，声音小得几乎听不见。

怎么可能应付得了？树来觉得，即使自己已经成年，又是法律专业的大四学生，遇到这种场面照样会束手无策。

他没法继续沉默下去了，于是猛地看向爷爷，问道：

"爷爷，我说啊——夕夏下次和刑警见面时，我和麻亚知能一起旁听吗？"

听到树来的提议，夕夏惊讶地抬起了头。

"啊！这个法子好！"

麻亚知也在一边拍手赞同。

"嗯，也没什么不行的，虽说这做法妥不妥当还得另议。"

君原老人缓缓地斟酌着词句，为他们作了详细说明：

"现在他们的行为属于任意侦查[1]，是否接受问话的选择权基本上掌握在被问者手里。只要夕夏同学坚持要求朋友旁听，警方也只能接受她的条件。不然的话，就别想再问出任何信息了。当然，毫无理由地顶撞警察可不是好事，所以必须有被他们'报复'的心理准备，

1　任意侦查指不采取强制手段，不对相对人的生活权益强制性地造成损害，而由相对人自愿配合的侦查，如侦查机关经被搜查人同意后对其人身或住所进行的搜查。——译者注

他们到时候可能会故意说些难听的话来刺激你。不过这也得看具体场合。

"相比之下，我更担心的是夕夏同学你本人以及葛木家的隐私问题。根据搜查的进展，或许会出现你从未想象过的事实。除了律师，外人都不该轻率地介入搜查的内部工作。你们必须好好考虑清楚再做决定。"

树来不由得低下了头。

爷爷所言确实极为在理，警方正在围绕重大犯罪行为展开搜查，即使是夕夏本人前来寻求帮助，局外人也不该仅凭好奇心就贸然掺和。凡是有思考判断能力的人，应该都会抱有这样的观点。

可夕夏却不顾垂头丧气的树来，用力地对他们鞠躬行了一礼，说道：

"我不介意隐私！树来哥、麻亚知，拜托你们了，请在我被刑警问话的时候陪着我！"

当她重新抬起头时，双眼中满满都是得到了坚定同伴的安心感。

"我也想旁听！我的好爷爷啊，夕夏都这么说了，我能陪着她吧？"

不仅夕夏，麻亚知也很快得出了结论。

在无人相帮的情况下，无权无势的女学生根本不可能和聚集了国家精英的警视厅搜查一科相抗衡，更何况案件发生在多年之前，当时的夕夏还只是个小女孩。这下子，就连一开始心存疑惑的君原老人，现在也似乎稍微改变了想法。

"作为参考，我还想问您一声……如果在警方人员找我问话时，我把刚刚对您说的话告诉他们，我会被判什么罪？"

夕夏不安地问道。

"没事的，你不用害怕。"

君原老人坚定地点了点头，继续说明道，

"日本的法律中有'刑事责任年龄'这一概念，未满十四周岁者无论干了什么，都不会受到刑罚。"

"果然还是该如实相告呀……其实我也知道'刑事责任年龄'，可我现在已经过了十四岁了……还以为自己可能被判杀人罪呢……"

"不，不，如果实施犯罪行为时，当事人未满十四周岁，那么无论该行为是在当事人几岁时被发现的，都不会影响无罪结果。而且你目前只记得自己看到过那个小男孩，实际上你做了什么或者没做什么，诸如此类的详情都尚不明朗。"

"您说的是。"

"再者就是，你这段记忆本身就可能有误，警方或者检方根本不可能以如此含糊的供述为依据而逮捕或起诉你。毕竟搜查阵营真正的目标并不是你，而是至今仍在逃的弘幸先生。你得做好思想准备，以后他们还会找你协助调查。"

"我明白了。"

"按说没有任何人会责备你。你的母亲已经去世了，所以我认为知无不言是最佳对策。还有，要是可以的话，我建议你和父亲谈谈。无论他们兄弟或者夫妇之间曾发生过什么，对一个父亲而言，你绝对是他的宝贝女儿。"

"好，我记住了。"

虽然夕夏嘴上如此答应着，但当面提及这个话题，到底还是触碰了她的禁区。也许是对母亲的自杀心存芥蒂，每当谈到她的父亲时，她的表情都会明显僵硬起来。

"假如你遇到不明白的事，欢迎随时过来找我商量。"

"谢谢您。"

听到这位退休的老刑警的话，尽管她还是难掩心中的不安，但仍松了一口气，向君原老人鞠躬致谢。

10

"树来，你对方才的谈话有什么想法？"

君原老人认真地看向孙儿。

宽大的桌前此刻只坐着这爷孙二人。虽说有人不时进出大门，可大厅里还是没有外人。

大约十分钟前，麻亚知两眼闪闪发光，说要学催眠术，并带着夕夏先回去了。

树来则继续留在这里，目的当然在于能够毫无顾忌地和爷爷交换意见。此刻他已急不可待，赶紧用热咖啡润了润嗓子，重整态势。

"我想了很多。那几桩案子都是陈年旧案，但既然警视厅搜查一科到现在才有所动作，就说明他们是在近期查明了那个小男孩的死和夕夏被拐一案有关吧？"

不知爷爷从那个离奇的故事中推出了怎样的结论，他便先表达了自己最为在意的部分。当然，他绝对没有任何看笑话的心思，只是作为未来的推理作家，要说他对此不感兴趣，那就真是撒谎了。警视厅有别于县级警署，可同样作为搜查一科的刑警，爷爷应该能够看出一部分内情。

只见君原老人微微一笑，说道：

"的确有这种可能性，不过照常来看，尽管夕夏的案子差不多发生于十年前，那个孩子被杀一事却是最近才被人发现的吧？"

听爷爷这么一说，树来觉得还真是这么回事，于是点头表示赞同：

"确实。"

然而，这只是老人在为接下来的话做铺垫。

"其实我比较在意的是大约两个月前看到的一则新闻——有人在多摩丘陵发现了一具身份不明的尸骨，而且还是小孩子的骨架。树来你记得那则新闻吗？"

他边说边看向孙儿的眼睛。

年迈的退休刑警淡然地挥出一"拳"，先发制人，树来不禁愕然。

君原老人每天都会浏览报纸和电视新闻节目，那是他在刑警岗位上养成的习惯，并一直延续至今，且尤其注意与犯罪相关的事件。树来知道爷爷还有几十年份的剪报本，整理得整整齐齐，一并保存在旧宅的壁橱里。那些剪报本现在又如何了呢？

树来也会留意新闻。可他虽同样打算一天不落地上网收集新闻事件，却对爷爷口中的白骨毫无印象。不知是自己看漏了还是遗忘了。

他赶紧掏出手机开始搜索，很快便找到了相似的新闻。那篇报道发表于今年五月二日，标题和内容都极为简洁：

多摩丘陵惊现儿童遗骨

五月一日上午九点五十分左右，某家庭于东京都M市北部的多摩丘陵发现了一具儿童尸骨，并就此向M市警署报案。该家庭居住在公寓楼内，为埋葬病故的爱猫而进入树林。正当他们将墓穴挖到约50厘米深时，挖到了一个人类儿童的头盖骨。

那具遗骨属于五到八岁的儿童，但现场未发现其余可证明死者身份的物品，且死者疑似被人蓄意埋尸于土中。由于死者至少死于数年前，接报警署已迅速开展有关其真实身份的确认工作及相关详情的调查工作。

"是这件事吧？"

树来把手机画面展示给爷爷。

"嗯，就是它。"

君原老人点头说道。

"可是，好像只有这么点内容，没再出过后续报道。"

树来有些困惑。

"能够造成这种情况的理由不止一种。不过，如果那具遗骨属于夕夏同学提到的那个小男孩，那么警方估计正忙着进行各种调查，现阶段还无法将结论公开。"

君原老人则似乎能够理解眼下的状况。

"这样的话，至少那个孩子的身份已经完全查明了吧。"

"嗯，不然的话，那两名刑警也没法给夕夏看那孩子的照片。"

"既然如此，警方为何不公开死者的身份信息？其中最主要的原因是什么？"

"大概另有隐情。在疑似涉及'杀人'与'遗弃尸体'两项罪行的案件之中，死者与家人之间的关系将会是重要信息，因此，记者在发表报道时也必须小心慎重。目前能确定的只有一点，那便是——警方认为案子与葛木弘幸有关。"

"那孩子也是被弘幸先生拐走的？"

这虽然是个疑问句，但答案很明显，就连树来都能轻易想到。

"最起码，警视厅的人抱着这种看法。"

"这样的话，问题就在案发时间了……不管怎么说，它都不可能和夕夏被拐一事同时发生。"

"嗯。"

"这说明，弘幸先生在诱拐夕夏但勒索未果后，又换了别的孩子下手？"

"很有可能。毕竟逃亡需要资金。然而，最大的问题在于，这是怎么和夕夏同学扯上关系的。"

闻言，树来一言不发，心想确实如爷爷所说。

可是，夕夏方才的发言却在他脑中回响——"我可能杀了那个小男孩。"

莫非夕夏是弘幸的帮凶？不，不可能，否则她为什么要来找退休刑警商量呢？只不过，万一弘幸再一次对她使用了催眠术，把她"变成"了帮手，那么事情就两说了……

树来思考了一会儿，终于开口问道：

"爷爷，人一旦中了催眠术，会在无意识的情况下做出任何事情吗？"

"不，并不会。"

君原老人干脆地摇头否认道，

"所谓'催眠术'，其实和超能力、魔术都不同，它纯粹是一种技术，是对心理学理论知识的实际应用；而它和洗脑、精神控制亦有所区别。简单来说，催眠术就是通过诱导，把人从显意识状态带入潜意识状态。举个易懂的例子，原本处在清醒状态的人，在被催眠之后，其感觉即接近于打盹，或者说半梦半醒。

"鉴于潜意识是处于人类心理深层的意识，能够影响到人的行为与思考，因此不似显意识那般会被人直接感知到。在催眠术的作用下，虽说被催眠者将变得易于接受来自催眠者的暗示，不过这并不意味着他们会对催眠者唯命是从。毕竟人的潜意识中还存在保命的自我防卫本能。即使催眠者打算让被催眠者自杀或做出危险行为，被催眠者也能够拒不接受此类性命攸关的暗示。"

"原来是这样啊！因此，无论是怎样的推理小说，都不会使用'催眠上吊''催眠开枪自杀'等诡计。"

树来点头答道，并继续追问，

"只不过，在受到自杀或自残的暗示时，被催眠者尚能保护自己，可假如碰上杀人、伤人等指示，情况又将如何呢？根据催眠者的手法和技术不同，存在让被催眠者去攻击第三人的可能性吗？"

夕夏当时还是个小孩子，如今却因毫无逻辑的碎片化记忆而饱受折磨。这让树来感到义愤填膺，不由得就对此上了心。

"你怀疑是弘幸通过催眠术，指使夕夏同学把那个小男孩推下水的吗？"

听爷爷一脸严肃地发问，树来又觉得自己提出的问题确实太不切实际了，但他还是把话说了下去：

"可能性不为零吧？"

爷爷的回答倒是有些含糊：

"嗯，这也不好说呢，毕竟我不是这方面的专家。我唯一能断言的是，倘若弘幸真想杀了那个小男孩，根本不必去催眠夕夏，让她动手，因为这是毫无意义的——当犯人通过操控孩子等缺乏正常判断力的人来实施犯罪行为时，即使该犯人没有直接'出手'，但仍会被视为其本人动手，并在此前提下判罪量刑。"

"哦，是叫'间接正犯[1]'对吧，我在刑法课上学过。"

"对，所以说，他亲自来干岂不是方便多了？"

"确实。"

"我更关心的是，为什么警视厅搜查一科的刑警会问夕夏那些问题。很明显，他们认为夕夏母女二人以某种形式与那个小男孩被害一案存在关联。否则他们不可能给她看那孩子的照片，问她有没有头绪，也不会盘问她母亲自杀的原因。"

"就是说，美希太太投水自尽也和那孩子的死有关？"

"不能说毫无关系吧？既然和她们母女俩都有关的话，自然就会让人联想到葛木家庭院里的葫芦池。不管那个小男孩死于他杀还是自杀，有个孩子死在自家的池子里，美希想必大为震惊。"

"嗯……倒也是。"

树来陷入了沉思。

他双手相握，枕在脑后，坐在椅子上抬头向上看去，明亮的奶油

1　间接正犯是指将他人作为工具加以利用，来实施构成犯罪要件行为的人。——译者注

色天花板映入眼帘。这间大厅的天花板有两层楼高，充满了宽阔感与开放感，让人想起刊登在宣传小册子上的照片——图片中，坐在轮椅上的老人们快乐地把气球当作排球来打着玩。

那个小男孩恐怕是被弘幸带进葛木家宅邸的。虽然树来方才特地没有说出口，不过不用等到爷爷指出，光听夕夏的说法便能推出这个结论。换言之，这在暗示弘幸和美希是共犯。

小叔子和嫂子合谋作案的话，两人间便很有可能存在越轨的关系。按夕夏的说法，弘幸与哥哥邦高合不来，但对嫂子美希却颇有好感。况且弘幸本身就很有异性缘，那么两人之间萌生爱意也没什么不可思议的。虽说树来顾及夕夏的感受，尽可能不去承认这一点，不过客观看来却仿佛就是这么回事。

如此一来，警方便有必要连同夕夏被拐一案一起，对上述几桩案件从头开始加以重新审视。毕竟那正是她的亲生母亲和亲叔叔共同策划的诱拐案，而目的就在于索要赎金。这么一想，她那桩诱拐案确实从头到尾都和一般的同类案件大相径庭。

"要是你对小叔子没那么冷淡，像他那样的人也不至于做出这种事来！"

美希对丈夫抛出的话，其实是来自她灵魂的呐喊。

经过一番深思，树来开口了：

"夕夏好像坚信父母的关系之所以恶化，是因为父亲一口拒绝诱拐犯的要求，拒付赎金，不过事实上似乎另有缘由呢。"

"就是这么回事。我们不知道弘幸和美希是何时开始亲密起来的，但弘幸的母亲治子去世了，原本一直仰仗母亲的偏爱而得到的家族资助也停止了。于是，他便和嫂子串通，诱拐了夕夏，图的就是靠勒索来筹措资金。"

君原老人缓缓地点头，表示同意。

原本笼罩在案件上方的迷雾一下子散开了，树来仿佛看到眼前出现了一片深蓝色的清澈湖水。

他们爷孙俩一脸认真地望向彼此。

"葛木商业就是做贷款生意的，准备现金可是他们的长处。弘幸先生和美希太太知道邦高先生非常讨厌警察，因此估摸着即使夕夏被诱拐，他也不会报警吧。"

"事实上，美希好像反对报警，只不过邦高根本没听她的话。"

"当时邦高先生已经知道那桩诱拐案的主谋是弘幸先生和美希太太了吗？"

"应该还不知道。邦高是公司的经营者，为人处世最讲究信誉，绝对会避免暴露自己家人的丑闻。因此，他要是知道案子是妻子和弟弟干的，就不可能报警。"

"总之，由于他们没料到邦高先生会报警，结果整个计划都被打乱了。"

"美希说不定想要中止计划，可即便她打算联络弘幸，也无法贸然打电话或发短信，所以只能按之前约好的那样，等对方打来'勒索'电话。"

"然而邦高先生是如何发现诱拐犯正是弟弟弘幸先生的呢？"

树来有些不解地歪了歪脑袋。

"这就不好判断了。不过要说是靠亲兄弟之间才能留意到的独特用词倒也没问题，就如同邦高本人对警方说的那样。"

君原老人慢慢地说道。

"或者——美希太太的举止中有可疑之处？"

"嗯，也保不准是这样。"

"总之，邦高先生看出了真相，便放心地拒绝了诱拐犯的要求。"

"看来就是这么回事了。而且不说弘幸，起码美希是夕夏同学的母亲，总不可能会伤害她。"

君原老人对此非常赞同。

"邦高先生对诱拐犯保证，只要在今天之内让夕夏平安回家，他就不报警，而其实是他这个哥哥在对弟弟传达信息，意在提醒弟弟，要是就此乖乖收手的话，他也不会对警方供出弟弟的大名。"

"正是。而在夕夏同学回家之前，邦高始终对诱拐犯的真实身份持保密态度。可夕夏同学并不知道这一切，因此在到家后才会说出诱拐犯就是她的叔叔弘幸。结果，警方甚至从弘幸交给夕夏的一千日元纸币上验出了他本人的指纹，这下子，弘幸便算是黔驴技穷了。"

从结论反过来看真相，一切问题便都说得通了。无论是邦高、弘幸还是美希，每一位当事人做梦也想不到，居然会等来这么一个结局。

树来叹了口气，发现自己此刻的感受正介于悲愤和安心之间。

"弘幸先生也真是失算了，不仅一分钱都没拿到，还沦为逃犯。可逃亡也需要钱，因此他又陷入了窘境，犯下了另一起诱拐案，是吧？"

听到树来的说法，君原老人似乎若有所思，皱着眉头说道：

"嗯，应该是。"

确实，尽管他们看清了夕夏被拐案的全貌，但她如今面对的问题却全都悬而未决。那个小男孩恐怕就是死在葛木家的葫芦池底。于是树来重新鼓起了精神，心想着接下来的事才是关键。

"邦高先生和美希太太的婚姻关系在夕夏遭诱拐之后完全破裂了，美希太太之所以帮助弘幸先生完成了第二桩诱拐案，其实是由于对自己的婚姻生活已经绝望了吧？"

"大概。"

君原老人的声音中重新透出了紧张感。

"照这样看，假设第二桩诱拐案成功了，美希太太便打算在他们拿到赎金的当天早上，就和弘幸先生私奔是吗？"

"是的，的确存在这样的可能。"

"可美希太太依然选择了自杀。想来，或许不仅是因为让拐来的小男孩丢了性命而受了刺激，还考虑到人质一死，赎金基本上就没指望了……至少我是这么想的，您看其中有什么问题吗？"

树来一鼓作气地把话说完，但君原老人则露出了意味深长的笑

容,答道:

"光说'可能性'的话,其实要多少有多少。然而搜查工作的基本内容就是尽可能收集一切与案件相关的事实。比如出现了一桩诱拐案,且被拐者去向不明,该案件按说会被新闻节目大肆播报,成为全民皆知的话题。既然警方如今面对着一桩发生在过去的男童诱拐案,那么他们首先要做的就是掌握具体事实。"

"我明白了。"

树来觉得爷爷说得完全在理,还没回完话就开始操作自己的手机。

"真奇怪……我搜不到类似的案子。"

树来困惑地抬起了头,但君原老人不愧是实战经验丰富的退休刑警,似乎提前预见了他的搜索结果。

"这类新闻我但凡看过一遍就不会忘记。可无论我怎么回想,都完全不记得曾经出过这么一桩案子。"

树来闻言愣住了,心想这怎么可能!

"到底是怎么回事?"

"我能想到的情况有两种。第一种是,当时警方不知道发生了那样一桩诱拐案;第二种是,他们知道案件存在,但是出于某些原因而暂不做任何发表。"

"不过他们至少掌握着一项事实,那就是照片里的小男孩不见了,对吧?那么小的孩子失踪了,居然不被媒体报道吗?"

君原老人微微叹了一口气,说道:

"你可能很难相信，但实际上孩子失踪案并不罕见。甚至可以说，如果把范围扩大到全国，那么几乎每天都有孩子下落不明。因此，除非这类失踪案还涉嫌诱拐或杀人，不然即使报道，也无法形成热门话题。如果有媒体把它们当成新闻来播的话，只不过是因为案件里恰好有在他们看来拥有'新闻价值'的要素。"

"原来还有这套潜规则……话说回来，夕夏本人经历的诱拐案又是什么情况？我刚才上网查了查，但好像也同样没有相关报道。"

"嗯，我也不记得看过有关于她的新闻。"

君原老人伸手抵住额头，陷入了沉思，但他的话肯定不会错，估计夕夏的案子在当年就是没有被报道。

"以赎金为目的的诱拐案也得不到媒体曝光吗？"

"唉，还真未必能上报纸上新闻。尤其是夕夏同学本人那案子。反正被诱拐的孩子在极短的时间之内就平安回了家，钱也没有交出去，说起来不过是家族内部的纠纷罢了。最后八成还是县级警署做出了判断，认为这种案子没有公开的必要。"

君原老人抬起了头，话语声似乎有些沉重。

而即使上述的分析都是合理的，可当时的C县县警署说不定是出于对葛木一家的愤恨，才采取了这样的做法。更何况从"破案"的角度来看，至关重要的犯罪嫌疑人还在畏罪潜逃，要是就这么上了报道，他们肯定无法忍受。

树来心中如此琢磨着，却没有把话直说出口。毕竟自己的爷爷在退休前也是C县县警署的一员，树来需要对他保持尊重和礼貌。

"但弘幸先生至今在逃，所以搜查工作一直持续到现在吗？"

树来心中突然涌起了一个非常朴素的疑问。

"当然会继续搜查，像这次的案件，应该是被当作'积案[1]'来侦办的。至于警方的办案态度有多认真，那就是另一回事了。因为已经过了十多年。"

"也就是说，警方实际上有可能什么都不做咯？"

"差不多吧。"

"那么，弘幸先生说不定正在某处过着逍遥日子啰？"

"这个，我也不好判断。"

君原老人的声音再次加重了。

虽说弘幸正在逃亡，可他的悬赏照片并未四处流传，若只是在都市的一角悄悄过活，估计也不会有多困难。

树来突然瞥到挂在墙上的时钟，发现此刻已过下午五点半，差不多到吃晚饭的时间了。由于养老院的生活钟点早于一般的工薪阶层家庭，爷爷肯定正饿着肚子。

"爷爷，时间不早了，我就先回去了哦。"

他决定今天先聊到这里，并努力让自己的声音听起来爽朗一些。

每当与年迈的爷爷分别时，他的心头总会泛起一丝悲伤之情。

1　积案指已受理但长时间未被解决的案件。——译者注

"这样啊？"

君原老人也报以一个柔和的微笑。

"我会再好好调查一下今天谈过的案子，一旦有新发现，就打电话给您。"

"嗯，拜托你了。"

"您多保重。"

"知道知道，你也是。"

树来自然明白，爷爷在当刑警时绝不是如今这般的性子。只不过在他的认知范围里，爷爷总是保持着悠然的节奏。

他兀自伤感了一会儿之后，又再次兴奋起来。正宗的诱拐案、正牌的警视厅搜查一科，还有真正的骸骨……虽然对身处旋涡中心的夕夏有些过意不去，但实打实的侦探活动终于要开始了！

树来发现自己整个人都在下意识地颤抖，这也许就是所谓的"临场亢奋"吧。等回家后还有一大堆事要做呢。

想到这里，他缓缓拉起椅子站起身来。

11

第二天，树来便前往图书馆搜索旧资料，但那毕竟是十年前的诱拐案，果然找不到任何相关报道，就这样白白浪费了一整天。随后他回到家中，从冰箱里拿出一听罐装可乐，便直接进了自己的房间。失望之情溢于言表。

先不提夕夏被拐一案，就连关于第二起诱拐案的相关报道也完全找不到，这下子可如何是好？

截至目前，夕夏还没有联络过他。由于他们约好，只要有事就立刻告知他们兄妹，这样看来，警视厅搜查一科的刑警们还没有再次找上她。

而麻亚知则越发地精神抖擞，与他形成了鲜明的对比。眼下，他才刚坐到床上，她便大刺刺地跑了进来，连房门都没敲，看样子一直在等哥哥回来。

她手里拿着几本单行本和小说，树来定睛一看，发现全都是些有关催眠术的解读书籍和教学书籍。她就是这么言出必行，想必从养老院回来之后便开始努力学习催眠的方法了。

"我说，哥哥，你知道吗，其实催眠术好像很容易就能掌握欸，真是意外！即使没有专业的催眠师指导，只要理解其中的原理，自学大概也没问题！我觉得我肯定是这块料！"

她似乎还在兴头上。

"哦，是吗？那就慢慢实践起来吧。只要你开口，应该有很多人乐意当你的'小白鼠'。"

树来只是想随便应付一下，不过麻亚知倒像是完全听进去了，喜形于色地点了点头，说道：

"嗯，虽然还没法立刻熟练运用，毕竟我才刚刚起步嘛，但我觉得自己已经掌握到一些窍门了！"

说到这里，她露出了胆大包天的微笑，接着道，

"到时候，哥哥你就当我的第一个实验者吧！敬请期待哟！"

树来差点把嘴里的可乐喷出去。

"为什么是我？"

"因为你不是想要正确的数据吗？就是关于中了催眠术前后的记忆状态，以及被催眠期间的意识状态等，有道是'不入虎穴，焉得虎子'，凡事'请自隗始'，对吧？当然了，你可能不知道这些典故……总之，为了验证夕夏的说法，最好的方法就是亲自体验！"

原来如此。树来明白了。

其实麻亚知在成为"理科少女"之前还是个"历史少女"，非常精通日本史，只是没想到她甚至连中国古典文化都有所涉猎。树来一方面对她是否正确使用了上述典故还抱有疑问，另一方面也完全理解了她想表达的意思。

她果然同样对夕夏说的话兴味盎然，同时又希望自己能多少帮上哥哥的忙。

树来心中暖洋洋的，对妹妹充满了感激之情，可还是郑重地拒绝了她的提议：

"谢谢你的好意，不过还是不必了。要是我突然回过神来的时候，发现眼前有溺水的小孩子，那可太糟糕了。"

"哇，哥哥真过分！不管怎么说，我都不会让小孩子沉在水底

的啦！"

尽管麻亚知一脸认真地予以了否定，但她总是重视实践多于思考，"实验"可谓是她的命根子。一旦开始验证夕夏的话，还真不知道她到底会做出些什么来。

就算不至于对小孩子动手，不过要是搞来鼹鼠或者老鼠怎么办？嗯，麻亚知也许干得出这种事。想到这里，树来独自点了点头，认为"君子不立于危墙之下"，果然还是阻止她比较妥当。

"真是的，人家难得这么好心！"

麻亚知气得脸颊鼓鼓的，树来则向后一仰，重重倒在床上。

在小说中，翻过一页纸，即可能出现全新的事实；而现实中的案件则不同，必须眼观六路、耳听八方、四处寻访，并调动自己的所有人脉与记忆，逐一收集信息。尽管这是再自然不过的事实，如今树来却被迫拥有了切身体会。

虽然他的侦探活动在一开始便受到了挫折，但幸运的是，夕夏那边传来了绝佳的后续消息，仿佛是他平日修行不辍的恩赐，抑或是推理之神给予他的垂怜。

在上次和夕夏见面后过了两天，树来收到了她发来的短信。

当时树来还躺在床上，只见短信内容如下：

今天的《每日新闻》早报上刊登了五月二日那篇报道的后续。照片上的那个小男孩果然死于十年前，而且好像涉及另一桩诱拐案。等你方便的时候还请联络我。

树来早上一般起床很晚，他属于典型的"夜行动物"，早起时状态会极为糟糕。不过今天例外。他一手拿着手机，当场愣了一会儿，随后一下子清醒了过来，跳下床便打开电脑。

他很快就找到了夕夏所说的新报道，黑色的标题映入眼帘——

在多摩丘陵发现的儿童遗骨身份现已查明，为十年前遭到诱拐的男童

他瞬间觉得浑身血液逆流，心想着：已经查明那孩子的身份了？就是十年前被诱拐的男童？那具白骨果然属于夕夏记忆中的小男孩吗?!

他火急火燎地把整篇报道都通读了一遍，发现这次写得可不比上次那么简单，而是对案件做了一定程度的详述：

今年五月一日，有目击者于东京都M市北部多摩丘陵发现一具儿童遗骨，经调查，现已证实其身份为十年前失踪的男童小野原迪（时年六岁），为小野原晃司先生（时年三十九岁）的长子。小野原先生在东京都S区从事个体经营工作。

平成××年七月六日，小迪对家人说要去附近的儿童公园玩，于是出了门，之后便行踪不明。约两小时后，小野原家接到一通电话，对方自称诱拐犯，并声称小迪在其手上。但在那通电话后，对方就失去了音信，再也没有接触过小野原家。

警方当初认为那是一桩儿童诱拐案，铺开警力开展搜查工作。可两天后，小迪的双亲——小野原先生与其妻子伊津子太太（时年三十二岁）也相继消失了。因此，有人开始怀疑他们欠了外债，因无力偿还而伪造了小迪被拐一案，好让全家一起"蒸发"。

根据警方十年前的调查结果，小野原先生以经营顾问的身份与多家企业存在交易，但他身上纠纷不断，且背有大额债务。

此次，警方通过齿型对比锁定了遗骨的身份。由于遇害儿童小迪一直被埋在地下，他在十年前遭到诱拐的可能性急剧提升。警方必须对此案，连同小野原夫妻的失踪案在内，从头开始重新侦查。

树来又搜索了《每日新闻》之外的新闻媒体，这次果然有多家媒体发表了相关报道，不过每篇报道的核心部分都大同小异，并没有令人耳目一新的内容。

他再次重重地仰面往床上一躺，一边看着天花板，一边整理思路。

和他所预想的一样，第二桩诱拐案（即那个小男孩被诱拐的案子）就发生在夕夏被拐之后两个月左右，比葛木美希投水自尽一事略早几天。此外，那小男孩的父母又究竟为什么会相继消失呢？

已有解答的旧事项和喷薄而出的新问题交织在一起，形成错综复杂的思维旋涡。树来完全无法将它们归整至一处。

树来瞥了一眼挂在墙上的时钟，发现再过几秒就到八点四十分了，想必夕夏正在等着自己的回复。于是他拿起手机，正要点开通讯录，但马上停止了动作，随后将通讯录界面切换成了短信界面，输入道：

我看了《每日新闻》的报道，打算先听听我爷爷的意见，再和你面议。如果警方联系你，还请及时告诉我和麻亚知，我们会陪你一起去的。

他觉得，还是该先思考清楚，再和对方沟通。

此刻他最想交谈的对象既不是夕夏，也不是麻亚知，而是身为退休刑警的爷爷。爷爷肯定能给他正确的意见。

于是他拨打了电话。

"起来了？看到新闻报道了吧？"

电话那头传来了预期中的声音，语调依然那么沉稳。

上了年纪的人起床很早，爷爷大概已经看完了报纸、吃过了早饭，正等着孙儿起床。

"嗯，看到了。那就是前几天夕夏提起的那个小男孩吧？"

"还无法断定，不过从时间上来看，应该就是了。"

"我等会儿就去您那里，可以吗？"

树来毫不犹豫地开了口。

"我倒是没关系，你得先吃过早饭再过来哦。"

"嗯，肯定会的。那么，待会儿见。"

他简单地结束了话题，随即挂断了电话。

爷爷一直都是这样，一方面比谁都更尊重他的想法，另一方面又会不时把他当成小学生看待。

他急匆匆地刷了牙，洗了脸，然后换上衣服。

父母的卧室以及他们兄妹的房间共计三间，分布在二楼的过道两侧。考虑到麻亚知说不定也想一起去，树来便敲了敲她的房门，但房里没有传出回话声。

树来下到一楼，母亲正慢悠悠地用吸尘器打扫着客厅。她任由电视机开着，电视节目的声音和吸尘器声重合在一起，吵得不得了。

"哎呀，你已经起来了。要出门？"

母亲关上了吸尘器，惊讶地看向他。

"嗯。"

"在家吃早饭吗？"

"吃。对了，麻亚知呢？"

"已经去大学了。"

现在是七月，按说没有课程，不过麻亚知生性积极活泼，八成是安排了各种活动，因此肯定不知道今天早上的新闻。

树来此刻切实地感受到，能够拥有这样一个平凡、安稳又温暖的家庭，对自己和麻亚知而言是何其幸运。

"我可能杀了那个小男孩。"

夕夏清澈而僵硬的声音在他耳中回响。

即使家境富裕，若家人不睦，也无法让人感到满足。一想到自己家才不会出那种案子，树来便暗自庆幸了起来。

他摇了摇头，随后跟着母亲往饭厅走去。

12

"现在疑问之一已经解决了。十年前小野原迪被诱拐一案之所以没有被媒体报道，是因为警方判断那并非真正的诱拐，而是其父母策划的假案。"

树来和爷爷在山南凉水院的一楼大厅里隔着桌子相对而坐，就如同两天前那样。

桌上有两杯热咖啡，可他们都忘了去喝，只管热火朝天地开着"搜查会议"。

"确实，也就是所谓的被害人在'自导自演'。"

君原老人点头表示同意。

"那么，按爷爷您的看法，当时警方会如何判断小野原夫妻伪装诱拐案的目的？"

"当然是为了钱。小野原晃司好像债台高筑是吧？所以他瞄准的大概是家里老人们的钱包。虽然不知道具体是指他自己的父母还是妻子的父母，而且老人也拒绝向他们夫妻俩提供资金援助，但既然可爱的孙辈被诱拐了，他们总得按诱拐犯的要求乖乖掏钱。"

"可是当初警方是将其作为儿童诱拐案而出动的搜查队伍，肯定是先收到了被害人报案之后才采取的行动吧？如果是小野原夫妇自导自演的话，我想他们应该不会特意报警的。"

"不，报警的未必是小野原夫妇，十之八九是老人们不顾他们的反对，强行拨打了110。"

"这样啊！"

"然而，警方出动之后，诱拐犯便再也没有与被害人一家接触，这很奇怪。骗过老人虽然简单，但对警方则行不通。在这样的情况下，怀疑小野原夫妇自导自演，从某种意义上也可以说是警察工作的'原则'了。"

"咦？这……"

"所谓'警察'呢，是一份紧密围绕'事件的因果'而展开的职业。光有理性当然不够，不过，感情用事也必然会导致失败。因此，即使显得不近人情，亦得先怀疑被害人的证词是否有假，同时好好听取嫌疑人的辩解并做仔细验证。这是防止冤案错案的最佳方法。只是一旦实践起来，哪能像嘴上说的那么简单……"

君原老人轻声自语道。

他们爷孙俩在交换看法时还很顺利，但到此为止的推理任谁都能轻易想到。接下来才是问题所在。

"对了，小迪其实是遭人杀害的吧？"

"嗯，而且还被深深地埋在了离家很远的地方。这么一来，不得不说这是一桩真真正正的儿童诱拐案了。只不过，我怎么都想不明白，为什么孩子被拐期间，父母这么关键的角色却会失踪呢？通常来说，因为不知道诱拐犯到底什么时候会再来联络，父母都会寸步不离地死守在家才对。"

说着，君原老人皱紧了眉头，随后继续往下讲道，

"小迪的父亲——小野原晃司和自己的合作公司之间存在纠纷是吧？此外还欠着很多债，就算招人恨也不奇怪。莫非他们夫妻其实对诱拐犯的身份心里有数？"

树来左思右想，谨慎地回答说：

"如果真是这么回事，那么他们应该先把线索告诉警方。但事实上，这其中大概涉及某些不能曝光的事项。于是，晃司先生出面找诱拐犯直接谈判，后来或许是谈崩了，他便这样一去不复返。而伊津子太太担心丈夫，想去看看情况，结果两人全都遭了毒手……您觉得有这个可能性吗？"

他觉得自己这套推测还算靠谱，不过爷爷却未必会这么认为。

"逻辑上没有问题，只是啊……警方手握强大的信息网，凡是会干出混蛋事的暴力集团或组织，几乎都'榜上有名'，毕竟警方很擅

长和暴力集团'打交道'——当然是广义上的交道。所以说，假如是这类组织暗中下黑手，杀了正经过日子的一家三口，那么按说总该有消息传到警方的耳朵里。另外，从这篇报道的写法上来看，警方似乎是真不知道小野原夫妻去哪了。"

"这样吗……"

"最关键的是，就在这篇报道发表的几天前，警视厅搜查一科的刑警还跟夕夏同学接触过。从受害孩子的遗骨被发现，直到他的身份被查明，需要花费几个星期，而警方怎么会注意到夕夏同学——或者说，会注意到她背后的弘幸和美希呢？仅凭她在小迪被拐之前两个月也遭到过诱拐，可绝对无法说明问题。"

君原老人确实说在了点子上，树来两手抱住了头。

当然，两个月也算是一段较短的时间，其间发生了两起儿童诱拐案，警方理所应当会优先怀疑两者之间的关联。可从找夕夏问话的两名刑警的言行举止来看，他们似乎不单单是存有疑心，倒像是已经从某些事实中得到了确证。

按照夕夏的说法，先不论小迪死于他杀还是意外，总之他沉在水里，于是可以推测出人是溺死的。其实从一具白骨中查明其死因与被害地点应该相当困难，不过警方还是将这两起诱拐案联系在了一起，这到底是怎么一回事呢？

"我们可能想得太复杂了，会不会葛木弘幸先生和小野原晃司先生之间存在合作交易？"

君原老人听到树来的说法，似乎有些困惑，便分析道：

"当年的小野原晃司在金钱上一筹莫展，假设葛木弘幸和他有业务往来，那么按说很清楚从他身上榨不出赎金。"

"也是……"

"反正，就算我们不知道详情，警方也拥有庞大的信息网。警视厅已经亮明态度，开始认真搜查小野原迪被拐一案。只要他们动起真格，迟早能查出弘幸以及小野原夫妇如今躲在哪里。这样一来，作为局外人就只能相信他们的能力，并默默见证搜查工作的进展了。"

每当听到现实世界中的人说这种话，树来便能感到难以抗拒的重压。他转而陷入了沉思。

君原老人得出的结论极为正常合理，可要是到此为止的话，就不可能有业余侦探出场的份了。

树来坚定地把脸转向这位年迈的C县退休警察，说道：

"或许正如爷爷所说，但我很担心夕夏。"

"你果然准备陪着夕夏同学，在她被刑警问话的时候做个旁听，对吧？"

爷爷的声音意外柔和。

"嗯。"

"但是，你像这样接近她之后，又打算向着哪一边呢？警察也好，百姓也好，都绝对不可以把事情往自己喜欢的方向歪曲。事实就是事实，我们只能照实去接受它。"

"我明白。我从来没有想过要歪曲事实，只是……"

树来说到一半，停下了口，仿佛是在寻找最准确的表达方式。

"如果夕夏把对我们说过的话，原封不动地告诉警方，结果或许会将调查方向给带偏。"

"你担心警方断定她就是杀害小迪的凶手？"

"嗯。"

看到孙儿点头承认，君原老人若有所思地叹了一口气，接着说道：

"老实说，你对她的话有什么看法？"

爷爷的视线刺进树来的双眼。

"在自己被拐以及小迪被拐且遇害的两桩案件中，夕夏都缺了最关键的那部分记忆。"

"的确。"

"我想，大概发生过一些不能让夕夏记住的麻烦事吧？比如说，在她那桩案子里，或许是弘幸先生把她带到了自己的'秘密基地'；而在小迪的案子里，她则有可能目击了弘幸先生和美希太太两人一起杀害小迪的场面。因此，弘幸先生对她使用了催眠术，目的在于将她的相关记忆永远封印起来……我觉得不能完全否定这种可能性。"

君原老人静静地摇了摇头，说道：

"诚然，人一旦被深度催眠，即使清醒后也不会记得被催眠时发生的事，不过我们同样无法否定她在包庇某人的可能性。"

"您是说，她可能故意撒谎？"

"对。"

对于爷爷提出的这个疑点，树来并不是从未想过。而且要说夕夏的包庇对象，也只可能是弘幸和美希。

"可是……"

树来继续说道，

"但凡她真的在包庇别人，那么根本没必要对我们说起那些。这正是我觉得迷惑不解的地方。从她的立场来看，对警方或者其他所有人都统一装傻，坚持自己一无所知，不是更自然吗？"

"嗯，问题就出在这里。"

爷孙俩的意见完全一致。

整件事里不寻常的地方实在太多了，其中尤其难以理解的是夕夏缺失的记忆。在那消失的断章之中，必然隐藏着案件的真相。

这时，树来的手机振了起来。

是夕夏打来的电话。想必是她迟迟没有等到树来的联络，就自己找了过来。

树来和爷爷稍稍对视了一下，便接听了电话。

"抱歉，我正准备给你打电话……"

可树来的话还没说完，夕夏就急匆匆地说道：

"刚才警视厅的佐野刑警联系我了，说想再和我见一面！"

她的声音都在颤抖，听得出她相当不安。

"其实，她希望今天就和我聊聊，不过我拒绝了，说时间上不方便，我决定明天跟她联系。树来哥，到时候你能过来陪着我吗？"

"当然可以。我不知道麻亚知明天的安排，但应该也没问题。"

"太好了！就算麻亚知来不了，有树来哥在也足够了！"

"对了，对方知道我们会跟你同行吗？"

"这个……我还没跟佐野刑警提起……明天我给她打电话的时候会说清楚的！要是她不允许，我就拒绝配合问话。"

她斩钉截铁地说道。

"明白了。"

"明天你几点有空？"

"我几点都行。地点呢？"

"还没决定好，我打算去上次那家家庭餐厅。"

"了解。那么，等你决定好时间之后再联系我就行。在和刑警见面之前，我们先稍微商量一下吧。"

"我知道了，非常感谢你！"

挂断电话后，方才对话的余韵还残留在树来的脑中。

他皱着眉头，总觉得爷爷看向自己的眼神中带着一些担忧。

他慢慢地将手机放回了口袋中。

第二章

突破

1

佐野和中村准时出现在约定见面的家庭餐厅中。两人正如夕夏之前所描述的那般，一位是沉着且给人以安稳感的精英骨干女刑警，一位则是还残留着"新人"稚气未脱气息的年轻男刑警。

幸运的是，店里有几乎一半的顾客，但其中没有任何熟面孔。因为这家店的价位高于同类餐馆，所以学生很少光顾。算上今天，树来是第三次来这里，而麻亚知则是头一次。

他们兄妹二人和夕夏提前一小时在此集合，可靠的麻亚知事先确认了警方会为这一餐买单，随后便取过印有大幅菜品彩照的菜单，细致入微地研究了起来。

她当然具备常识，不至于大大咧咧地点一份午餐套餐，但还是精明地要了热香饼套餐，果然是个不容大意之人。

佐野一开始并不同意由树来兄妹列席旁听，心想着他们又不是律师，怎能允许普通老百姓（而且还只是学生）这么做？可夕夏面对警视厅的刑警们却毫不退让，坚持要带着朋友，不然就拒绝沟通。

树来事到如今才发现夕夏比自己想象中更为硬气，佩服之情油然而生。

她父母失和，母亲还自杀了，而她本人心中也怀着凄惨而深刻的阴影，这甚至让她将自己的记忆封印至今……她所背负的命运是如此残酷，但却绝不示弱。不，不仅如此，她还性格开朗，不见忧虑，就和在双亲的爱护之下健康成长的孩子一样，明显是个坚韧到罕见的姑娘。

话虽如此，她的这份坚强也从侧面证明了她所承受的巨大痛苦。而此次她的要求之所以会得到允许，一方面或许是因为在任意侦查的前提下，警方不得不接受一些无理要求；而另一方面，他们几个也无疑被警方小看了。毕竟他们不过是大学生而已，就算掺和进来，又能把专业的搜查人员怎么样？再加上夕夏只能求助于如此不可靠的"帮手"，可见已经走投无路了。

然而，树来才没打算仅仅负责帮腔助阵。虽说他不会妨碍搜查工作，但也是拥有自尊心的。

正式问话就快开始了，树来兄妹与夕夏三人先行召开了一场严密的"作战会议"。他们的处境好比是门外汉赤手空拳地挑战职业格斗家，在深知己方不利的前提下，至少要做到内部意见统一。

有两项议题尤为重要。其中一个自然与小野原迪被害一事有关。这也可以说是本次警方搜查工作的主旨。那么，夕夏究竟该不该如实说出自己那段离奇的记忆（准确地说，应该是缺失的记忆）？而且，他们还面临着一个极端的选择：是要把警方视作可信任的伙伴并提供协助，还是视为敌人与他们进行对峙呢？

另一项议题则是，树来和麻亚知在做自我介绍时，是否应该说出自己的爷爷是C县县警署的退休刑警。警视厅与县级警署、在职刑警与退休刑警之间，当然存在地盘意识与竞争意识。他们不想引起不必要的反感。话虽如此，要是爷爷是刑警出身，能够让那两位刑警的戒心稍微缓和一点，那就再好不过了。

这两项议题都没法轻易得出结论，三人各有各的看法，难以达成统一。

"我们还是见机行事吧。"

讨论到最后，夕夏索性放下了话。于是，在没有商量出结果的情况下，他们迎来了今天的正题。

佐野和中村一下子推开了餐厅的大门，飒爽地走了进来，迅速将店内环视了一圈。他俩不愧是刑警，动作十分利落。夕夏一下子站了起来，树来和麻亚知也跟着站了起来。

两名刑警立刻朝这边走来。他们都身穿朴素的西装，但完全没有上班族的感觉。再加上浑身散发出的硬派气场，让这一对男女看起来也丝毫不像情侣。他们双方会面的情景，或许会被旁人视作同一小组的前辈前来指导后辈。

主导权果然掌握在身为前辈的佐野刑警手中。她率先开口道：

"夕夏同学你好，今天辛苦你跑一趟。"

她的声音中并没有透出明显的威严感，甚至还露出了亲切的笑容。然而，她的表情随即一变，满脸严肃地指了指站在一旁的树来兄妹，问道：

"这两位就是你在电话里提到的'朋友们'？"

此刻的她已然显露出了资深搜查人员的本质，意在表达通常情况下，可不会准许让这些人也一并列席旁听——她似乎是准备通过张弛自如的态度，来向他们施加无言的压力。

"是的，这位是君原树来，而这位是君原麻亚知。嗯……麻亚知是我的大学同学，树来哥是麻亚知的哥哥，我听说他们的爷爷是C县县警署搜查一科的退休刑警，于是找他们好好商量了一下。"

夕夏毫不掩饰地回答道。

树来皱起眉头，连插话的余地都没有。她确实说过要见机行事，可这决断力也太惊人了。如今他越来越看不懂这个女孩了。

C县县警署搜查一科的退休刑警——如此坦白交代，结果到底是有利还是不利？可出人意料的是，对夕夏的话做出反应的并非佐野刑警，而是默默站在她边上的中村刑警。他原本就圆溜溜的眼睛瞪得更加滚圆，问道：

"C县县警署搜查一科的君原？莫非是指君原继雄刑警？"

这下轮到树来忍不住吃惊了：他居然知道爷爷！

即使把那张娃娃脸考虑进来，给他加上几岁，他怎么看都只有二三十岁，不像是爷爷退休前的旧识。

"是的。"

树来答道。

"果然！真是奇遇啊！"

中村刑警开心地笑了，看样子他不仅不觉得反感，反而对君原老人抱有相当的好感。

"我老爸叫中村赖太，十五年前因为交通事故去世了，不过他生前是C县县警署的刑警，而且也是搜查一科的。他跟我说过，君原爷爷特别照顾他。甚至有一次，他和暴徒争斗，陷入危险，是君原爷爷豁出性命救了他。我从小就常听他念叨：'君原前辈是我的救命恩人啊！'"

虽说是多年前的事，可树来还是头一次听说，自家爷爷竟然上演过此等全武行。这让他非常震惊。

"咦？中村君的父亲遇上过这种事吗？是在追犯人的时候，把对方逼到穷途末路后，对方持刀反击？"

发问的是佐野刑警，她似乎也从没听过这回事。

"不，是被钢管打了头。他当时还是擅自冲入敌阵的，真是鲁莽。就在他迷迷糊糊、动弹不得的时候，君原爷爷不顾自己的安危，拼命冲了过来。从此，他便一直非常尊敬君原爷爷。后来老爸和老妈自由恋爱，结了婚，不过照样请君原爷爷在婚礼上担任了媒人角色。就连我也被爸妈带去君原爷爷家拜访过他。现在他身体还好吧？"

中村一口气说个没完。

原来如此。虽说警察队伍是个小圈子，仔细想想也不必太过吃

惊，只是两位缘分颇深的刑警的后人偏偏在这种场合相遇，可绝对算
是巧合了。

"嗯，还很精神。不过他已经八十岁了，正住在养老院里。"

"君原奶奶呢？"

"奶奶很早之前就去世啦。"

"原来如此……其实我家老爸老妈当时一起在车祸中没了，所以
我也没有再去探望过君原爷爷。真没想到会在这里碰到他的孙辈们。

"要是我老爸还活着，我八成当不了警察，因为我从小就挺叛逆
的。只是我老爸的壮志还没能实现，我身为儿子，便决定继承他的遗
志，就当是对他的祭奠了。唉，缘分这事可真奇妙！"

他这番话有一半像是说给边上的佐野刑警听的。聊着聊着，他那
张娃娃脸便显得更加柔和了，对话中虽有他的怀念之情，但他也确实
是个天生话多的人吧。

中村似乎还想继续说下去，可眼下毕竟不是追忆往昔的时候，佐
野刑警便打断了他，试图尽快把话题拉回正轨：

"那么，你和那位君原老先生商量了些什么呢？"

佐野刑警果然很在意这件事。

树来感到浑身僵硬，琢磨着该如何回答。

"我向君原爷爷请教，被刑警问话的时候该怎么做好心理准备。
于是爷爷告诉我'任意侦查'是什么意思。还有，关于能否请朋友陪
同这一点，我也征求了他的意见。"

夕夏满脸天真地回答道。

她这么伶牙俐齿的，看来并不需要朋友帮助，树来在心中耸了耸肩。她也好，麻亚知也好，和他之间明显存在着代沟。她们只比他小三岁，精神构造却似乎完全不同。

无论如何，多亏了这场意想不到的奇遇，现场的氛围舒缓了不少。两名刑警和三名大学生一起坐下时，树来发现自己的状态比料想中更为轻松。

2

"差不多该进入正题了——虽然还是前几天问过你的那个问题，总之你看到昨天的新闻了吧？"

佐野刑警匆匆喝完一杯温热的黑咖啡，不慌不忙地开始了问话。

她似乎并未录音，表情亦没有任何变化，不过措辞却相当直白。在旁人眼里，此情此景不外乎前辈在对后辈进行指教。而实际上，即使在这两位刑警眼里，应该也没把案发时只有八岁的夕夏当作嫌疑人看待。

"嗯，我看了新闻报道，那个叫作小野原迪的小男孩在十年前遭人诱拐并且被杀害了对吧？"

夕夏一本正经地答道。

虽然话语中多少有些生硬感，不过看样子，她至少没打算直接说出那个惊天动地的发言，这一点姑且让树来松了一口气。

他不着痕迹地瞥了一眼麻亚知，只见妹妹也朝他轻轻点了点头。他们已经商量过了，今天他俩都是来旁听的，只要对方没有主动要求，就管好自己的嘴巴。不然的话，树来就会在意妹妹的言行，从而没法专心听取重要的谈话内容了。

"那么，我们上次给你看的照片上的小男孩就是小野原迪，你已经很清楚了对吧？"

佐野刑警凝视着夕夏，问到了重点部分。

"是的。"

夕夏坦率地点头道。

"好，那我问你，上次你明确说过，从没见过照片上的男孩。现在你还是依然对他没有印象吗？还是说，在你看了昨天的新闻之后，又想起了什么？具体内容是？"

佐野刑警的口气并不强硬，可言外却透着一股不容撒谎或欺瞒的气魄。

然而，夕夏毫不怯场，甚至直接干脆地反问对方道：

"在回答您的问题之前，希望您能告诉我，为什么要来问我这些。"

她只是个年芳十八的女学生，居然能堂堂正正地用"刺拳"对在职刑警出击。佐野和中村有些困惑地对望一眼，看来是没有料到这个年轻的姑娘会做出这样的反应。

　　说实话，这不是夕夏的独立游戏，而是他们三人提前绞尽脑汁想出来的战术。她被零散的记忆折磨着，但刑警们手里却掌握着大量的信息。那么，外行应该如何与搜查人员做到平等"交手"呢？也只能用提问来回答问题了。

　　"因为我们非常关心你是否认识小迪小朋友。"

　　"这不算是答案呀，我想知道您是为什么认为我认识那孩子的。"

　　"这就没法告诉你了，毕竟我们不能透露搜查工作中的机密信息。"

　　"那么，我也无可奉告。"

　　就在双方争执不下的时候，"不行，这可不行，看来我们完全被小看了呢。"中村刑警插了进来。

　　不过他看着可不像话里那么火大，嘴角甚至还有一丝浅浅的笑意。

　　"佐野前辈，你看怎么办？要是我们不回答，这个小姑娘估计是绝对不会开口的。"

　　"但是……"

　　佐野刑警依然在纠结，但他并不在意，而是向树来眨了一下眼睛，继续道：

　　"跟我们提交换条件……真是相当出色的策略。不管怎么说，是我们拜托你们提供信息，如果你坚持不说，我们也束手无策。"

　　他似乎看穿了树来是夕夏的参谋，并且在他们背后还有C县县警署搜查一科的退休刑警坐镇。

"前辈，你想啊，夕夏同学也曾是诱拐案的被害人，所以告诉她这点消息不碍事吧？即使我们藏着掖着，她早晚还是会知道的。那么我们不如直接把话说敞亮了。而相对的，你们三位也得好好协助我们的工作，怎么样？"

看样子，他很想代替顽固的佐野警官来主持这场问话。

树来原本已经盘算好了，自己就是来旁听的，因此要尽量低调，可不知不觉间，却只剩下点头的份。这个娃娃脸刑警真是不容小觑。他不禁打起了十二分的精神。

而另一方面，他看到佐野刑警以苦笑作答，似乎也不打算为难他们三个。

或许这两位刑警之间早就商量好了要按照如此的方式来推进问话。真是让人意外。

其实无论是中村刑警还是佐野刑警，肯定都想不到夕夏居然参与过小迪的命案。而且说真的，树来本来也有赌上一把，看看警方反应的想法。既然事已至此，不妨顺着对方的心意，给出一些"甜头"，随后在关键部分巧妙地含糊其词即可。

想到这里，树来偷偷看了一眼身旁的夕夏。只见她似乎抱着同样的意思，干脆地点头应承了下来：

"我明白了。如果两位能够给我一个合理的解释，我也会把自己知道的全都说出来。"

听到夕夏这么说，中村同样笑着回答道：

"好，就这么决定了！"

"实话告诉你吧，之前给你看小迪的照片时，我们一下子就明白了，你的确见过他。因为你当时的表情胜过一切雄辩。然而光凭那些，侦查工作也无法取得进展。为了查明真相，我们必须得到你的证词。"

不愧是刑警的眼睛，不会看漏任何信息。看来夕夏微妙的表情变化并没有逃过他们的法眼。

她咬紧了嘴唇，低下了头。

而中村对着她继续说道：

"那么，我来透露一下我们的底牌吧。其实，小迪是在十年前的七月六日遭到诱拐的。小野原家离一个儿童公园很近，有人看到小迪在那个公园附近的马路上和一个身份不明的女人一起上了一辆小轿车。也就是说，诱拐案的犯罪现场从一开始就被人目击了。

"目击证人是小迪幼儿园同学的母亲，跟小迪及小迪的母亲——伊津子都很熟。按她的说法，把小迪带走的女人和伊津子太太差不多一个年纪，但据说在那附近没见过她。还有那辆车，车型和车牌号都不清楚，只知道是一辆金属银色的中型四门轿车。

"虽然她觉得有些奇怪，心想着小迪是要和那女人上哪儿去，不过她错过了出声招呼的机会，便直接去忙自己的事了。然而，事后她还是有些在意，于是大约四小时之后，她在回家路上顺便去了小野原

家，可那时候已经有人自称诱拐犯，往他们家打过电话了。原来她目
击的，正是对方诱拐小迪的犯案现场。

"当然了，她的证词对警方而言非常有用，可或许该说是运气
太差吧，自从警方介入，对方不知为何就再也没有联络过小野原家。
而且本该是被害人的小野原夫妇二人在不久后也相继失踪了，因此别
说搜查犯罪嫌疑人，就连那桩诱拐案本身都化为乌有了。也就是说，
警方断定那并非真正的诱拐犯罪，而是小野原夫妇伪造的假案。至于
那个把小迪带走的女人，要不就是共犯，要不就是目击者看错了。最
后，警方还没认真追究，便把事情给结了。"

"带走小迪的女人就是我的母亲吗？"

夕夏重新抬头问道。

"你是想问，我们有什么证据，对吧？"

中村微笑着看向夕夏，随后继续说道，

"那么，我就请教你一下。你的母亲葛木美希太太有自己的专用
车，是吗？"

"是的。"

"是一辆中型的四门轿车？"

"嗯。"

"是什么颜色的？"

"金属银。不过这不能构成证据吧？"

夕夏已然怒形于色。

"夕夏同学，请你先冷静。"

中村伸手制止了夕夏。

"当年搜查阵营最大的失误便是认定小野原夫妇自导自演了一出诱拐案，但这也是由各种情况偶然叠加所造成的。唉，虽然现在说什么都只是借口。

"好在警方曾将小迪的失踪作为诱拐案而开展过严密的搜查工作，即使只持续了短短一阵子，也为今天打下了基础。小迪生前去就诊的那家牙科医院一直帮警方保存着他的牙齿模型。因此，那具白骨的身份很快得到了确定。可以说是不幸中的万幸了。"

这时，佐野接过了中村的话，接着说道：

"所以，我们也再一次开始寻找那个带小迪上车的女人。由于目击者说，对方的年纪和小野原伊津子差不多，我们便彻查了伊津子太太的交友关系，发现在她念短期大学时，有一位关系很要好的女同学。而那位女同学投水自尽了，就死在自己家的景观池里，死亡时间也和小迪被拐一案几乎重合。更惊人的是，在小迪遭到诱拐的两个月前，C县还发生了另一起孩子诱拐案，那位女同学正是被害孩子的母亲。"

原来如此。

不愧是警方，信息搜查能力就是如此强大。树来他们不得不接受对方的说法。在满脸从容的刑警们面前，这三位并排而坐的大学生沉默了下来，陷入了沉重与苦闷之中。

"当然，仅靠这些是没法断定美希太太诱拐了小迪的。至少需要确凿的证据来证明短期大学毕业后，美希太太还与伊津子太太保持着某种形式的联系。然而小野原夫妇去向不明，美希太太则去世了。随后，我们在搜查过程中发现，尽管小野原一家租住的房子已经解除了租约，也没有留下任何形迹，但他们遗下的相册、信件、纪念品等却都被晃司先生的母亲统一收走了。

"于是我们上门拜访了那位老太太，问她借阅了上述物品，其中包括小野原夫妇婚礼的录像。小心起见，我们重播了那份录像，只见婚宴上，新郎新娘爽朗地发表着讲话、玩着游戏，而葛木美希太太也在宾客中。换言之，她和伊津子太太在毕业后确实保持着往来。如此一来，小迪是由美希太太带走的可能性便提高了。

"而决定性的证据是，伊津子太太的相册中有美希太太的照片，那是距离案发大约半年前，在同学聚会上抓拍到的。我们给那位目击证人看过照片之后，回答说她当时看到的就是这个女人。明明是十年前的事，她却回答得很干脆，我们问她有什么根据，她表示因为对方是一位有着水灵大眼的日式美人，比较罕见，所以给她留下了深刻印象。

"既然我们都查到这份上了，那么肯定有必要对C县的另一桩诱拐案进行查证，一查却查到了怪事。"

佐野刑警没有再往下说，可在场其他人也都不准备开口。

没想到葛木美希和小野原迪被拐一案的关联如此之深！树来惊讶

得说不出话，估计夕夏亦是同样的状态。他切实地感到自己的心情越发沉重。

在了解了内情之后回头看警方的行动，便会发现一切都很合理。掌握着谜案关键的美希已经不在人世，主犯嫌疑浓厚的弘幸又在逃亡中，那么除了撬开夕夏的嘴，也没有其他方法可以得知当年究竟发生了什么。

打破沉默的是麻亚知，她问道：

"但是，除了那份目击证词，并没有其他证据显示美希太太诱拐了小迪呀。只因为一名证人的证词，就要把已经无法开口的故人定为杀人犯吗？"

她的正义感很强。之所以会说出这番话，大概纯粹是因为她站在美希的角度，感到义愤填膺。

"事情并不是你说的那样。"

中村看向麻亚知，沉稳地开口回答：

"在搜查阶段，各种信息错综复杂，能够得到确定的事实仅占极小部分。现在的我们只是在尽可能多地收集信息，并且研究所有的可能性。哪怕那名被目击的女性就是美希太太，也不代表杀死小迪的凶手就是她，而且小野原夫妇相继失踪的理由也依然是个谜。正因为我们什么都不明白，这才会寻求夕夏同学的帮助。"

听到如此周全的解释，树来不禁点了点头。

尽管他还是能感觉到对方在忽悠外行人，但无法否认，这番说明相当具有说服力。最重要的是，中村看向他们三个大学生的眼神中，有一种近乎共情的暖意，而非敌意或戒心。

此外，树来其实注意到中村的视线从方才起便并非集中于本场谈话的焦点人物——夕夏身上，却落在夕夏的身旁。或许是这位娃娃脸刑警对自己老爸恩人的孙女抱有一定的兴趣。

"所以说——"

"好啦好啦。"

麻亚知越说越激动，夕夏则制止了她。

"我已经做好心理准备了。虽然还不知道我母亲为什么要诱拐小迪，不过我觉得她肯定有非做不可的理由。再加上她已经去世了，我也没什么好顾虑的。我会把自己知道的一切都告诉两位刑警。"

夕夏坚定地直视着前方，看起来已然下定了决心。

他们之前的确约好了要"见机行事"，只不过她肯定是打算把实话都对警方交代出来的。树来重重地咽下了唾液。

"我上次说自己没见过小迪，其实那说法并不准确。"

果然，她开始淡然地讲述起来。

佐野和中村的脸色开始变了。

"那几张照片上的小迪，又精神又活泼。因此我没有撒谎，毕竟我确实没有见过那样的他。可不知为何，我记得自己曾看见过死去的小迪……所以我也弄不明白……难道真的是我杀了他吗？"

话说出口的一瞬间，仿佛整个世界都安静了。夕夏仿佛凝成了一尊雕像。

"笨蛋!"

麻亚知无声的尖叫透过夕夏的身体,传入了树来耳中。

3

"夕夏,你真是耿直过头了啦!"

麻亚知还在叹气。

他们三人和两位刑警在离开家庭餐厅时,约好下次再联系。

事情的发展太出乎意料了,就连资深的搜查员也不知道该如何应对。三人目送刑警匆匆离去后,去了大学校园,准备推敲今后的应对计划。

虽然是周六的午餐时间,但附近的餐厅都是面向学生的,桌子很小,邻桌之间的间隔又很狭窄,当然不适合密谈。于是他们去快餐店买了汉堡包套餐,准备带回学校吃。要是在校里挑一张长凳坐下商量的话,便不用担心会被人听到。

临别时,中村找树来交换了邮箱地址,说是以后如果有合适的信息,可以提供给警方。既然对方如此请求,树来便把手机号码也告诉了他,而他似乎还想要麻亚知的联系方式,只是最终没好意思开口。

树来在心中辩解道:警察不一定是敌人,形成交换信息的双赢关系才是最理想的。

"可不知为何，我记得自己曾看见过死去的小迪……所以我也弄不明白……难道真的是我杀了他吗？"

夕夏这番发言，连搜查一科的猛将们都吓了一跳。尽管他们平时常和杀人犯打交道，但闻言仍惊讶得半张着嘴，无法立即做出反应。

而佐野到底年长一些，她调整了一下呼吸，冷静地发问道：

"你是在什么地方看见的？除了你和小迪，还有谁在场？"

夕夏的回答和她前几天跟爷爷的解释一模一样。脑中只有一些时隔十年被突然唤醒的记忆碎片，前情与后续完全缺失。不管刑警们怎么努力地询问，她的陈述都没有改口。

因为太过突然，而且太过毫无防备，对方反而没有进攻的余地。

能让擅长设套的刑警感到束手无策的嫌疑人，也许并非天生的诈骗犯或沉默的思想犯，反而是夕夏这类人也说不一定。

在一番争执之后，两位刑警似乎意识到再这样下去也不会有结果，于是第二次问话就以警方认输而告终。

话虽如此，关于小野原迪被害一案的决定性事实还是浮出了水面。佐野和中村都难掩兴奋之情。他们无疑打算以今天的收获为契机，在下次采取更为猛烈的攻势。因此现在估计要急着回去着手准备了。

从家庭餐厅走到大学，只需七八分钟。在每年七月的这段时间里，校内总是一派闲散。今天是多云天气，算不上特别炎热，但大礼堂后面的长椅居然都是空的。要知道平日里这一带可是非常抢手的，可谓一座难求。

　　大礼堂后面有一块小公园一样的空地，平时是学生们休息的场所，不过每逢校园祭或举办活动时，便会成为人潮汹涌的会场。大礼堂和茂密的树木可以为大家遮光挡风，非常适合来人摊开便当，吃吃喝喝。

　　树来毫不犹豫地走向最深处的三人长椅。炸薯条的香气一路引诱着他，但这也没办法，毕竟他已经饿了。

　　夕夏坐在树来兄妹中间。落座后，树来迅速开吃，夕夏和麻亚知则好像还惦记着刚才的问话，满脸认真地对视着，甚至没有打开已经被蒸汽熏得热乎乎的汉堡包装纸。

　　"夕夏，你真的太耿直了！再这样下去，你和你妈妈都会被当成杀人犯的！"

　　麻亚知急得不得了，却无可奈何，毕竟夕夏自愿上了警察的钩。

　　"但是，君原爷爷告诉我说，'知无不言是最佳对策'。所以我只是想按着君原爷爷的建议去做。"

　　"可你也不能……"

　　"我已经没有其他办法了。第三方证人目击了妈妈带着小迪上车……而且我完全不知道妈妈和小迪的妈妈是短期大学的同学……"

　　"她们可能真的是关系很好的老同学，但带走小迪的女人肯定是你母亲吗？反正我觉得挺可疑的。我们不能说那个目击者故意撒了谎，不过她只在十年前远远地瞥到一眼，那么，辨认的结果不是全都取决于她的成见吗？"

"可是我亲眼看到了小迪啊！"

"因此你更不该把这段记忆告诉刑警们了呀！"

她俩已经这么翻来覆去争了好几遍，彼此间谁都不服谁。

树来其实很理解她俩各自的心情。然而，对方从一开始就看穿了夕夏见过小迪的事实，因此他只能说，确实还是夕夏的主张更有优势。警方并非无能之辈，比起拙劣地隐瞒，还不如协助他们，至少表现出这种姿态才是上策。

于是，树来慎重地开口道：

"我觉得夕夏的想法没错。但既然你真心听取了爷爷的意见，就不该只跟警方交代个底朝天吧？可就算爷爷希望你能和你父亲谈谈，你大概也没照做，是吗？这样一来，警方肯定会去找你父亲的。我想，你们父女俩还是得在警方行动之前，敞开心扉好好聊一次。"

"道理我都明白……"

夕夏转身面向树来说道。

她还是保持着说话时直视对方的习惯。她的眼神是那样的明亮耀眼，然而话到最后，却变得支支吾吾。

果然她没打算老实照办。

"这不现实。"

麻亚知立刻维护起了夕夏。她接着分析道，

"你觉得谁能对自己父亲说，'这阵子有人挖到了一具小孩尸骨，那孩子也许是我杀的'？这世上有些事，反而是警察或者我们这些外人更容易开口的哦。"

"这倒是，没有人想对自己的父母说这种话……"

树来姑且表示了赞同，却又话锋一转，建议道，

"但反正警察迟早会找上门来，索性由自己先向家人交代呢？"

"理是这么个理……"

"今天说不定还会有其他刑警去找夕夏的父亲。他好歹是美希太太的丈夫，也是弘幸先生的亲哥哥。警方不找他问话才怪了。"

"嗯，可能吧……"

麻亚知一只手拿着汉堡陷入了沉思，树来则催促她快吃。

即使他们讨论的话题十分严肃，可他的性格就是这样，很难不去在意越放越凉的薯条和逐渐融化的冰块。

就在他们默默咀嚼食物时，树来又琢磨起了各个问题，思考着现在的他能做些什么——遗憾的是，他想不出任何答案。

"弘幸叔叔会被抓起来吗？"

吃完饭的夕夏自顾自地嘀咕了一句。

树来知道她对于曾诱拐自己的叔叔——弘幸绝无憎恶之情，但此刻，他脑中出现了一个非常朴素的问题，那就是：弘幸在她心中到底占据着怎样的地位呢？

"虽说是在逃，可我感觉警方并没有认真地追捕他。不过，事已至此，警方应该会动真格的。"

"嗯……"

"总之，你最好尽快和你父亲谈一次。他应该也有他的想法，不管嘴上怎么说，也不可能真的打心眼里盼着亲弟弟沦为罪犯。而且你们父女如果好好沟通，对你本人而言，甚至对弘幸先生而言，想必都不是坏事哦。"

"好，我会考虑的。"

夕夏的态度依旧模棱两可，不知是否真的下定了决心。

随后，她说要直接回家，树来和麻亚知便目送她离开，接着兄妹二人重新在长椅上坐下。

他们很少像这样在大学校园中相处。在陌生人眼里，八成会觉得他们是一对相处融洽的好友。

麻亚知说接下来要去一趟学生会馆[1]，树来则已经可以打道回府了。不过他好不容易来一次大学，想着到图书馆泡上两三个小时也不赖。

"我说，弘幸先生会不会才是夕夏亲生的父亲呀？"

麻亚知方才还一反常态，默默思考着，此刻却突然开口了。

她能说出这种话，八成是因为从夕夏的态度里捕捉到了什么。

1　学生会馆是日本的大学宿舍类型之一，由一般的企业运营，入住者可以来自不同大学，因此入住条件相对严格。会馆内部多为一人居住的单间，而条件较好的会馆中，每个单间还可能附带厨卫以及冰箱、洗衣机等实用家电。——译者注

树来则摇头否认道：

"我不知道，但估计不是。亲子鉴定做起来其实挺简单的。而且，如果他俩才是亲生父女，那么弘幸先生根本就不会诱拐夕夏。"

"这倒也是。"

麻亚知抱起了胳膊。

他们兄妹俩再次陷入了沉默。片刻过后，麻亚知一下子换了一副声调，盯着树来说道：

"哥哥，夕夏喜欢你哦。"

这可真是出人意料的突袭，树来一下子慌了手脚：

"真的假的?！"

说实在的，他对此几乎没有实感。

"真的，你看，她很听你的话欸！"

"是吗？"

"所以哥哥你能好好保护她吗？她太天真了，这么下去会任由警方摆布的！"

麻亚知的表情很是严肃，可是树来却没法立即答应。

他觉得妹妹重视朋友的心情固然可贵，然而，他从刚才起就一直回想着爷爷昨天说过的话。

"警察也好，百姓也好，都绝对不可以把事实往自己喜欢的方向歪曲。事实就是事实，我们只能照单全收地去接受它。"

于是，他故意岔开了话题，问道：

"话说回来，那个叫中村的刑警好像很在意你吧？"

"我知道，太明显了！"

麻亚知嘿嘿一笑，继续说道，

"但哪怕有利于夕夏，我也不会对刑警用'美人计'！因为我本来就特别讨厌公私不分的人！"

她的回答相当出人意料，不知是把树来的意思误解成了什么样。

"你可真幸福啊！"

树来叹了口气，随后缓缓站起身来。

4

那天晚上十点多，树来接到了中村打来的电话。

既然中村要了他的手机号码，他也早就料到对方会打电话过来，只不过没料到来得这么快。他心生佩服，心想不愧是刑警，行动就是迅速。

那么，对方是想找他聊聊爷爷还是妹妹呢?

树来猜测着中村的目的，结果他的猜测全都落空了。

"嗨！今天谢谢你啦，托你的福，我们问到了有趣的信息。"

对方的心情好像非常愉快。他那副轻松友好的语气简直不像刑警，在电话里也丝毫没有改变。

"不过我打电话给你，和葛木夕夏同学倒没有关系。是我自己想跟你聊聊。我们最近能单独见一面吗？"

树来很惊讶，中村竟然完全是冲着自己来的。

"您说想和我聊聊？请问是聊些什么？"

他本能地起了戒心。

"哎哟，抱歉，哈哈哈哈，是我的说法有问题，但我没有别的意思啦！"

电话那头传来了嘻嘻哈哈的爽朗笑声。中村真是表里如一，和重视权威、讲究体制等作风沾不上边。

"在我看来，树来君你头脑聪明，为人也十分可靠，再加上对这桩案子好像格外上心，都出面当夕夏同学的参谋了，所以我觉得你对犯罪搜查的兴趣不是一般的浓厚啊。"

这位刑警究竟想说什么？

"所以，您是什么意思？"

树来加重了语气。

"好啦，你稍微悠着点听我说。其实呢——我也对这桩案子非常感兴趣。当然了，我是正规的搜查人员，不过我没法就此满足。我很想尝试在上级布置的工作任务之外，以更加自由的立场去追寻真相。因此，我想和你做个小小的交易。"

中村竟然爽快地说了这么不得了的话！

"交易是什么？"

"交易就是交易啊，简单说明一下，我会——啊，虽然这是在违反保密协议的边缘试探吧——我会把所有可能范围内的搜查信息都提供给你，作为交换，你也需要把你所拥有的信息告诉我。也就是说，让我们通过交换信息的方式来加深共同的认知和相互的理解吧。"

听到在职刑警突然提出此番建议，也难怪树来会不知所措。

"您是让我背叛夕夏同学吗？"

他的嗓子都绷紧了。

"我没有这种想法，况且我这么做本来就是为了她好。你觉得呢？不用说，我们已经把她今天交代的事都报告给了搜查本部。结果包括我们老大在内，全体搜查人员都紧张起来了。因为谁都没料到会取得这样的进展，本部的搜查工作也迎来了新高峰。

"尽管我不认为她就是杀害小野原迪的凶手，但其他人可不这么想。说到底，连她本人也没有否认这一点。照此下去，她说不准会被当成杀人犯……不，你最好还是认为，警方肯定会这么对待她。你心里已经有数了吧？"

"嗯，差不多吧。"

"问题在于，这样真的没关系吗？你也不愿相信小迪是夕夏同学杀的吧？"

"话是这么说没错……"

"虽说你们兄妹是她的同伴，可至少按照我的观点，我不觉得她透漏给你们的内容会比她今天对我们说的多。她绝对不会对任何人交底。因为她打心眼里谁都不信，于是摆出一副天真无邪的样子，却把最重要的事都藏得严严实实的。所以啊，只要是和她有关的信息，随便你告诉我什么，都不必担心暴露她的秘密。"

树来吓了一跳。

中村的指摘正中红心。树来自己其实也暗暗这么觉得。

"或许就像您说的那样。"

"这就对了！"

中村自信地答道。

"但您觉得我还有哪些您不知道的信息呢？"

听到树来的提问，中村稍稍停顿了一会儿，随即解释道：

"不管怎么说，你和夕夏同学的距离可比我们近多了，这一点非常重要。无论多么细枝末节的信息都没关系，但凡你有在意的事项，我都希望你能够帮忙指出来——归根到底，我想知道这桩案子在你眼中是什么样子的。确实，你是和搜查工作无关的平民百姓，然而正是因此，你才做得到客观看待，而不必顾忌面子与立场。我感觉听取你的意见，总比听我们那些'但求无过'的高层的话有用多了。"

他一口气说完，随后静静地等着树来的答复。

种种想法就仿佛迅捷的游隼般，在树来的脑中飞速盘旋。对方说得挺扯的，而他却着实被这番话吸引住了，并且不觉得背后还有什么内幕。毕竟对区区一个学生设下圈套，警方也未必能得到好处。

"照此下去，她说不准会被当成杀人犯……不，你最好还是认为，警方肯定会这么对待她。"

他反复咀嚼着中村的话。

由于犯案时，夕夏还未到刑事责任年龄，故而不会被追究罪责。对搜查阵营而言，这估计是最为强大的免罪金牌。因此他们不必感到心痛，再加上夕夏本人也能接受这一点，那么凡事但求无过的警界高层人士当然会乐于顺着这既安全又轻松的方向走。

"我明白了，我们找时间见面吧，但我其实没有新信息能提供给您。"

树来下意识地开了口。

"没问题。和立场不同的人搭档的话，按说就能看到不一样的'风景'哦。"

"是吗？"

"嗯！真的！咱们趁热打铁，明天碰个头怎么样？虽然连着两天叨扰你很过意不去，不过我明天休息嘛。"

"我没问题。"

"好嘞！那就说好了！侦探搭档诞生啦，可喜可贺！"

中村果然想要自己行动，于是树来下了决心，盘算着既然如此，自己也可以毫不客气地问他索要信息了。这么一想，他便一下子轻松了起来。

他真是想都想不到，会和在职刑警一起开展侦探活动。

"我能叫上妹妹一起去吗？"

保险起见，树来试着从对方嘴里套话。

　　"麻亚知同学？她真是个大美女，不过明天就不必叫上她了。我也说了嘛，这就是我和你两个人之间的交易。"

　　出乎意料的是，中村干脆地拒绝了，口气非常坚决，至少足以消除为人公私不分的嫌疑。

　　想必他也在以自己的方式，致力于破案。

　　而树来绝对不希望撞上夕夏，因此他避开大学附近一带，和中村约好中午前在新宿见面。加上他本来就要去书店，把对话地点选在新宿倒是正好。

　　约定好碰面的具体时间和地点之后，树来挂断了电话，仰面往床上一倒。

　　要思考的问题堆积如山。

　　他刚到家时，就立刻给爷爷打了电话报告情况，也提起了已故的C县县警署搜查一科刑警中村赖太。或许是由于爷爷曾在对方的婚礼上担任过媒人的角色，对那位故人依然记忆深刻。

　　"中村老弟的儿子现在居然在警视厅的搜查一科工作！"

　　他似乎很高兴，接着又说道，

　　"中村老弟这人啊，看着冷淡，可其实非常勇猛果敢，正义感比别人强上一倍。只是行事有些独断，所以会因为冲得太快而导致失败，也陷入过危险。但只要人活着，就总会迎来好结果的……而他却由于和工作无关的交通事故英年早逝，真是可惜了。

　　"他儿子长得像妈妈，很可爱，我倒不知道那孩子也当上刑警了。

要是能看到儿子活跃在樱田门[1]的样子，他该有多么骄傲啊……"

不仅是故人，连故人之子都至今仍感念着他的恩情，这实属难得。君原老人也罕见地打开了话匣子。

他救下故人性命的那一案，其中肯定另有隐情。尽管他没有多说。可从只言片语之中，还是能听出他的怀念与满足之情。

行事为人和外表不同，正义感强且作风有些独断——这也许正是中村刑警自父亲身上继承而来的品质。树来琢磨着究竟该不该告诉爷爷，这位故人之子特地找上门来，和自己"做交易"……

想着想着，他便决心先和对方见一面再说。等见过之后再向爷爷和妹妹汇报。

在少许的罪恶感以及远胜于它的期待感中，他按捺不住急切的心情，度过了一个不眠之夜。

5

中村来得非常准时。

尽管是在休息日，他却照样一丝不苟地穿着西装。毕竟一旦有案件发生，刑警便没有什么休息日可言了。哪怕不是自己当班，也不知道何时会被召集起来工作。

如果人无法过上公私分开、张弛有度的生活，那么确实会很辛

---

1 樱田门指警视厅所在的位置。——译者注

苦。树来觉得对于一天二十四小时都处在松弛状态的自己而言，估计是胜任不了这般工作的。因此他唯有对刑警们怀抱敬意。

"早上好。"

树来爽朗地向中村问早。

"哎呀，辛苦你跑一趟，我们走吧！"

中村露出笑脸，回应了树来，随后便不再说话，转而大步挤入了人潮之中。

树来被他带到了一家连锁咖啡店的二楼。他似乎常来这里，一进店便熟门熟路地拾级而上。由于今天是工作日，眼下二楼几乎是空的，服务员也极少上来，整个楼层仿佛都被他俩包下了一般。

"我跟爷爷说起了您的父亲，他非常怀念故人，说您的父亲勇猛果敢，正义感比别人强一倍。"

树来说道。

"听他老人家这么说，我真的很高兴，可是他没生气吧？怪我太不像话了，跟他的孙儿做这么奇怪的交易……"

中村的表情里带着几分担忧，果然他对此依然心存顾虑。

"不，我还没告诉爷爷。"

树来摇了摇头，否认道。

"还好还好。"

听到树来这么说，中村则露出了微笑。

"警察嘛，说起来其实就跟军人差不多，都是上面说了算，下属必须绝对服从上司。所以不管有多么强的正义感，喜欢擅自下判断、自说自话自行动的家伙都不适合当警察。而我老爸正好是这种人，君原爷爷估计也觉得他很麻烦吧。

"我并不打算重蹈我老爸的覆辙，可总有些时候吧，上面的考量很难让人赞同。这种情况下，通常来说只有两种选择，要么归顺权威，要么游离在组织之外。只是哪种选择都糟透了，因为结果会非常无趣。于是我就暗中琢磨啊，不是还能一边认真完成工作任务，一边独自推进搜查吗？"

"您说——'独自搜查'？"

"嗯，我想试试跳脱警察的身份，更加自由地行动。换句话说，就是表面上做个不出风头的基层刑警，私底下则是一匹孤狼般的私家侦探。"

树来惊呆了。

他能理解中村的感受，要是自己当上刑警，八成也会和他产生同样的想法。但他没想到能从在职警察的嘴里听到这番惊人的话语。

"中村哥，莫非你是个推理小说迷？"

对方微微耸了耸肩，答道：

"我确实不讨厌推理小说，不过仅此而已。对我来说，这不是游戏。我是认真想要调查这桩案子的。和你为了收集写作素材而开展侦探活动并不一样。"

在中村若无其事的一击之下，树来下意识地放大了音量：

"你怎么知道我想当作家?!"

难道是夕夏告诉他的?

中村厚脸皮地笑了出来。可要命的是,他本来就长着一张娃娃脸,脸上的表情越像是故意做出来的,给人的感觉就越和气,总之他就是这样讨人喜欢。

"要是连这点事都推不出来,推理作家这条路对你来说可不好走啊。君原树来,真是个好名字,我彻底把它当成笔名了。既然你在A出版社举办的新人奖里入围了最终候选人名单,离出道不是只差一口气了吗?Q老师在写评语时,还给了你超级好评哦!"

中村带着笑意,然而语气中却透着暖意。

中村做出了出人意料的反击,这下轮到树来手足无措了。惊愕、羞耻以及些微的满足感交织在一起,向他袭来。

所谓"新人奖",指日本全国规模的出版社或地方公共团体[1]所主办的各种新人小说作家奖,面向全社会公开征稿。光是树来听过的,就有大大小小不下百个。尽管获奖后也未必能立刻出道,但对有志于成为作家的人而言,无疑是一个极好的势头,因此它渗透在这类人的生活之中。当然,除了相关人士,很少有人会关心新人奖;大部分人压根儿就不知道它的存在。

其中,A出版社的新人奖面向的是长篇推理小说,所以会收到许

1　地方公共团体是日本行政法中的一个概念,为日本行政主体之一,是指直接依据宪法享有自治权、独立于国家的地域性统治团体。——译者注

多本格推理小说的投稿，而其他同类活动会对这类稿件敬而远之。不过A出版社新人奖的历代获奖者中，有好几人至今仍活跃在创作的第一线，故可称其为推理小说领域的主流奖项。实际上，树来已经参加过许多新人奖的评选活动，一路杀入最终候选名单的也只有这么一次。

在这项新人奖中，只要入围最终候选名单，即使没能得到大奖，出版社照样会公开全体评委的评语，而获奖作品则将被全文刊出。未能得到大奖确实让树来十分懊丧，可同时他也倍感光荣，备受激励。

让他尤其高兴的是，虽说他没有赢下新人奖，他尊敬的本格推理小说家Q老师却盛赞了他的诡计设计以及作品架构。而且Q老师本身还是一位措辞辛辣的评委，这样的名家能够给予好评已经堪称他的心灵支柱了。

没想到有读者会仔细阅读卷末刊登的评语，而且连落选的作者都一一记在脑中。不知不觉间，树来都忘了自己是用本名参加各路新人奖的。

"你居然记得那些评语。中村哥，你是不是也写推理小说？"

"啊哈哈哈，怎么可能？我没有那么多时间啊！"

中村哈哈大笑起来。

"但你的记忆力真不得了。"

"不不不，单纯是因为Q老师很少会这么夸奖一部作品，所以我有印象。但遗憾的是，我想象不出你写了怎样的诡计。好啦，我们差不多该进入正题了。我在电话里也提过，只要不是机密事项，我会把自己掌握的所有信息都提供给你。你想知道什么？"

即使他用轻松的语气与树来闲谈良久，却又在一瞬间恢复了认真严肃的状态。不愧是在职的刑警，树来很佩服，心想中村做起审讯来也绝对很有本事。

"总之，我想知道十年前小野原迪被拐案的全貌。那桩案子是怎么开始的，为什么调查进行了一半时出现了小野原夫妇自导自演的论调？我读过新闻报道，却还是无法理解。"

树来决定先从这里开始着手。

"原来如此。"

"还有，从小迪的遗骨被人发现至今，警方已经掌握了哪些事实？对这桩案件抱着怎样的看法？既然中村哥你也无法认同上面的观点，那么我跟你其实是同一阵营的。所以说，你本人又是怎么个想法？"

"好，我清楚了。但我对十年前的事只有间接的了解。毕竟那时候我还不是警察。"

"我明白。话说，当时的案件负责人，如今都已经不在警察队伍里了吗？"

"有些人倒还在，不过班组阵容早就变啦。其实十年前案发时，由于那是一桩正在进行中的诱拐案，所以搜查一科派出的并非凶杀案搜查班和抢劫案搜查班，而是特殊搜查班。他们是与犯罪嫌疑人交涉、救出人质的专家，然而人质却被杀了，犯罪嫌疑人似乎也逃走了，根本轮不到他们登场。好在当时的记录全保留着，我也能大致把握案件的走向。"

"这就够了，麻烦你了。"

树来下意识地坐正了身子。

接下来，中村向他讲述了小野原迪被拐案的始末，那确实是一桩相当有意思的案子。

6

平成××年七月六日下午四点五十四分，通信指挥中心将小野原迪遭诱拐一案发配给了警视厅搜查一科特殊犯罪班组。

信息内容显示，S警署管辖区内发生了一桩儿童下落不明的案件，疑为诱拐，失踪者是一名念小学一年级的小男孩，报案人是该儿童的父母，据说已经接到了疑似嫌疑人的电话。

被害儿童居住在S区，名叫小野原迪（六岁），就读于私立××大学附属小学一年级，是小野原夫妇的长子，其父小野原晃司（三十九岁）在为企业客户提供经营顾问服务。

案发当天，小迪于下午两点前声称要去自家附近的儿童公园玩，便离开了家，过了半小时左右还没回来，其母伊津子（三十二岁）便在两点三十分左右出门接他。由于儿童公园附近不见小迪的踪影，她就先回了一次家。三点过后，她开始给有可能知道小迪去向的人打电话；而在大约四点零七分时，有人往小野原家打了电话，自称是诱拐犯。

接电话的是收到妻子的联络急忙赶回家的父亲晃司，当时伊津子正和几名邻居主妇分头在街上寻找小迪。那名自称诱拐犯的人似乎使用了变声器，因此性别、年龄均不明。

此时，所有相关人员都还没有那么紧张。

"你好，我是小野原。"

晃司本以为对方是来通知他孩子已经找到了，于是满心期待地拿起了听筒，然而却听到一个机器人般的声音，用毫无平仄变化的语气说道：

"我只说一遍，给我听好了。你的儿子在我手里，如果想要他平安回家，就按我说的做，但你要是报警，就等着给他收尸吧。"

"你说什么?！你……你有什么要求?"

"明天中午前准备好五千万日元现金，用那些钱换回你的儿子。"

"不可能啊，我凑不出那么多钱！"

"那么就别指望你儿子回家了。警方那里也有我们的帮手，所以请你搞清楚，报警的话，你家孩子必死无疑。"

"请等一下!！"

"明天中午前准备好五千万日元现金，具体交付方式等我指示。"

说完这句话，对方便直接挂断了电话。

因为没有录音，所以以上对话完全基于父亲的记忆。

在警视厅通信指挥中心收到的110电话报警中，这桩涉嫌诱拐勒索的儿童失踪案件得到了高度重视。毕竟事关人质的性命，因此不仅要迅速且隐秘地做出对应，还得围绕赎金交付、与诱拐犯交涉等问题展开攻防战，总之必须调动成百上千名搜查人员。

诱拐案并不常见，但每当发生，其话题性之强烈、后果之严重却是其他案件难以企及的。出于忧患意识，特殊犯罪搜查班平时一直坚持开展有关"诱拐案搜查工作"的专业训练。

在首次接到报案的十分钟后，搜查阵营就已经部署好了成员的分工，大家纷纷赶赴现场。他们很久没有侦办过此类案件，是故所有人都神色紧张。

他们当然知道大约两个月前发生在C县的葛木夕夏被拐案，可现阶段没有任何人能想到这两桩案子之间存在关联。因为东京都S区和C县M市从地理上看相距甚远，而葛木夕夏被拐一案的导火索又是亲兄弟之间的金钱纠纷，性质较为特殊。

小野原一家居住的房子是租来的，位于一处各式建筑林立的新兴住宅区内，距离最近的地铁站只需步行六分钟。

于当天傍晚六点二十九分率先抵达的是两男一女共计三名刑警。他们都是专门负责诱拐案搜查工作的特殊犯罪班组的成员。为避免引人注目，他们逐一从后门进了屋。

面对儿童被拐案件时，警方通常会在搜查阵容中配备女刑警。理由在于，搜查人员要与人质的母亲协商，并且说服她们，因此必须带上同为女性的成员，以便开展沟通工作。当然，除此之外，诱拐案中还有很多需要女性搜查人员发挥重要作用的场合，比如扮演交付赎金的母亲或者过路的行人等。

中村刚刚说过，有部分当时负责此案的人员现在还留在警察队伍中，而这位作为先头部队的一员前往小野原家的女警，正是当年还是一名新锐搜查员的佐野刑警。

因此，对现在的佐野而言，小迪遇害一案也并非与她无关。她打那时候起便始终在特殊犯罪搜查班中钻研不懈。但这次小迪的遗骨被发现后，警方认为还是由当时的办案人员前来参与比较合适，于是在S区的区警署组建搜查本部的同时，也把她纳入了搜查阵营。

在先头部队赶到现场之后，后续的搜查人员陆续将自动录音设备、无线设备等器材运入了小野原家。提前来和小野原夫妇打过招呼的三人，迅速与同事们展开了紧密的配合。

在诱拐案中，被害人的支持与配合是最不可少的要素。若警方与被害人的沟通不够充分，在赎金交付等一连串行动中便只会产生障碍。不可否认，警视厅之所以如此重视对被害人的指导工作，原因之一便是警方当年与被害人夫妇沟通不足，导致了小野原迪被拐一案侦破失败。

顺带一提，在特殊犯罪搜查班的先头三人最初了解到的信息之中，有两项可以说是尤为重要。

其一是目击证人。她住得离小野原家很近，而且是小迪幼儿园同学的母亲。她在傍晚时分拜访了小野原家，说自己看到一个可疑的女人带着小迪上了一辆轿车。

据她所说，那是当天下午两点多，地点在儿童公园附近的路上。女人是和伊津子年纪相仿的年轻女性，她的脸没有印象。因为对方是女性，她没想到那居然是诱拐儿童的案发现场，就继续外出办事去了，但后来还是有些在意，于是在回家路上顺便来到小野原家，被告知发生了事件。

不消说，这番目击证词不仅能证明犯罪事实，还能对锁定诱拐犯起到重要作用，至少可以证明诱拐犯中有一名女性。光这一项信息就称得上重大收获，搜查阵营活跃了起来，即刻向设在S区警署的搜查本部进行了汇报，并接受新的指示。

不过那名目击者没有驾照，又完全不懂车，因此警方无法确定那辆车的车型与车牌号，只知道是一辆金属银色的中型四门轿车。再者就是他们接到报警时离案发已经过了相当一段时间，要捕捉到那辆车的去向只能说难度极大。

另一项关键信息与被害人有关，重要程度非常高。其实，在搜查人员抵达小野原家时，除了人质小迪的双亲之外，伊津子的父母——依井勇三和依井顺子夫妇也在场。但这一老一少两对夫妻之间明显起了很大的冲突。

在以赎金为目的的诱拐案中，负责掏钱的未必是被拐孩子的父母。其中可以被称为典型例子的就是，由祖辈为经济实力不足的儿女出钱，或者由国家与公司为保护在海外被挟制的日本人而出面谈价格。因此他们才是不少犯罪分子一开始就瞄准的对象。

在搜查的初期阶段，搜查阵营就有所怀疑：莫非本案是小野原夫妇合力伪装的，意在让外公依井勇三支付赎金。而让他们产生这种想法的理由之一便是在案发后，小迪的父母和外公外婆之间发生了激烈的争执，吵着究竟是否要在第一时间报警。

根据问话调查的结果，小野原夫妇在接到诱拐犯的威胁电话之后，首先联络了妻子伊津子的娘家，把小迪遭到诱拐一事告诉了两位老人，恳求他们在明天中午前准备好五千万日元。

伊津子的父亲依井勇三经营着包括药店、杂货店在内的多家店铺，是老家有名的财主。他把可爱的外孙放在第一位，立刻联系了自己平时往来的银行，准备了五千万日元现金。可尽管老夫妻俩行动迅速，心情却很是复杂。

"晃司背着一身债，口袋空空，说是在给企业当经营顾问，实际上谁知道他在做些什么……伊津子也被这样的丈夫牵着鼻子走，两口子成天就知道靠我们，这房子的房租也有一半是我家老头子出的。要是没有小迪，我们老两口早就不管他们了，可小迪是无辜的，要是没我们帮衬该多可怜啊……结果我们就忍不住资助女儿女婿了。

"诱拐犯大概也知道晃司根本拿不出五千万吧？所以今天一听

说小迪被人诱拐了，我家老头子就决定要出钱。但他俩居然还不让报警，我真是惊呆了！这可是诱拐啊！我家老头子很严肃地劝过他俩，说总之得先找警察，因为这不是外行人能处理的事，应该交给警察处理……但他们俩很固执，就是不肯听劝……所以最后我们差不多吵起来了，我家老头子那个气啊，甚至放话说不报警就不替他们交赎金。都闹到这地步了，他们俩还是不情不愿的，最后晃司总算打了110。"

伊津子的母亲顺子替沉默的丈夫勇三向刑警们倾吐着真心话，话里话外都满是对女儿夫妇——尤其是对女婿晃司的不信任。

"报警的话，你家孩子必死无疑"——这是诱拐犯的常用台词，在受到威胁之后，受害儿童的双亲犹豫着不知是否该报警倒也算正常。虽说大多数父母最后仍会求助警方，但或许还是有些被害人就是不让警方介入，全靠自己与诱拐犯交涉，结果平安找回孩子。当然，这样的案件是不会被公开出来的。所以孰是孰非很难一概而论，更何况眼下这个诱拐犯还警告说自己在警察队伍里"有人"。

话虽如此，为什么小野原夫妇会如此坚决地排斥报警呢？搜查人员可能打一开始就对此存了疑心，再加上后来事态的发展，怀疑不知不觉间便成了确信。

而他们又查明了一项事实：小野原晃司在案发那阵子确实承担着巨大的财务压力。

他号称开着一家为企业经营提供顾问服务的公司，可同业者之间的做法其实千差万别。有些顾问公司会认真开展业务，以广博的知识与经验为基础，诊断客户的经营状况，并提供指导与建议；有些则担任掮客促成恶性融资，通过粉饰或修改财务报表等违法行为，让陷入困境的企业得到融资，以骗取不法报酬；还有不少顾问公司直接取代了一度横行的"闹事股东[1]"，入侵企业内部，收取不合理的咨询费。

其实，当经营顾问并没有特定的从业资格要求，晃司本人也没有中小型企业诊断师证书[2]，是个自由职业者，不属于任何咨询公司或者智囊团，所以就像岳母顺子说的那样，根本不知道他到底在捣鼓些什么事业。

可以确定的是，晃司的确欠债很多，甚至还向恶性的高利贷借了钱，负债总额超过四千万日元，他无力自行偿还。根据岳父勇三的证词，晃司至今已经多次向他索要过以百万计的借款，可如今这么大的金额，他到底还是难以开口。

导致"伪装诱拐案"的说法扶摇而上的最大原因，无疑是晃司缺钱，可同时还存在其他理由。其中之一便是从警方介入的那一刻起，诱拐犯一次都没有联络过小野原夫妇。

1　闹事股东是指通过持有少量股份后滥用股东权利，扰乱股东大会以向企业索要钱财的做法。——译者注

2　中小型企业诊断师证书是日本的经营咨询方面的一种国家资格证，获取后有助于自己开办咨询公司，从事企业经营顾问方面的工作，也可以作为就业时的一个加分项。——译者注

经查证，下午四点零七分的那通电话是诱拐犯用手机从新宿站附近打来的。然而对方在告知晃司于明天中午前准备好现金五千万日元，且具体交付方式另行指示后，为何失去了音信？警方实在想不出合理的解释。

诱拐犯曾说自己在警方内部有帮手，因此能够知晓警方的动作。该说法的真实性并非为零，却也存在可疑之处。说白了，能犯下诱拐罪行的人，会仅仅因为警方出手就中止计划吗？倒是"小野原夫妇从勇三老人手里卷走钱后就老实了下来"这一推测更有说服力。

事实上，从警方接到报警后火速赶赴现场，到"被害人一家失踪"这一离奇结局，中间只隔了区区两天。接触过小野原夫妇的搜查人员有很多，大家都觉得他们的言行举止不太可信。

佐野刑警也是其中之一。当时她不眠不休地守着不知何时会响起的电话，一直到诱拐犯指定交付赎金的七月七日。后来，她在搜查会议上如此描述当时的情况：

"这种时候，人质的父母一般都会寸步不离地等在电话旁，小野原夫妇却频频流露出想要离席的念头，而且两人还会轮流回卧室休息。夫妻俩的卧室不比洗手间和厨房，我们这些刑警可没法进去查看情况。于是，我们认为他们或许是在偷偷联络共犯。"

并且，小野原夫妇的态度在七月七日正午过后都没有改变。被害人未再收到联系，正暗示着诱拐犯可能已经放弃了赎金。搜查人员越发焦虑，而小野原夫妇的言行则冷静到不自然，那么不难想象，这在搜查人员眼里究竟有多么异常。

"他们夫妻俩相当镇定，分毫不乱，父亲晃司买来了香烟和饮料分给我们，母亲伊津子也照常购物、做家务，事后回想起来，他们应该是在寻找瞒过搜查人员逃走的机会。"

事实正如佐野所说，在案发后的第二天，即七月八日，小野原夫妇相继失踪了。

首先不见的是晃司。傍晚六点过后，他说要去车站前的药房买眼药水，便出门了，随后行踪不明。除了装有各种银行卡的钱包，他什么都没带走，衣服也只是平时穿的便装加一双运动鞋。

当时，原本处于紧张状态的搜查人员已经产生了一定的松懈感，尽管一开始对小野原夫妇那我行我素的表现颇有微词，可在不知不觉中也习惯了起来，就在这时上演了一场"越狱剧"。

数辆警车与多名便衣警察不着痕迹地埋伏在小野原家周围，他们中有若干人看到晃司走出家门，朝车站的方向去了，但大家都没在后边跟着他。

那天小迪的外公外婆也来到了小野原家。其实他们已经准备好了不连号的五千万日元现金，也备上了用以混淆视听的假钱，但对方说不定还会有进一步的赎金要求，因此这对老夫妇必须等在现场。毕竟小野原夫妇显然没本事筹集资金。事后，警方在列举必须反省的要点时，也承认了被害人家属把现金凑得够齐，恰恰是导致他们疏忽大意的原因之一。

晃司出门之后，伊津子和其父勇三便与刑警一起等电话。可才过了五分钟不到，就轮到伊津子离开了。

所有人都以为她去了洗手间，但她直接上了位于二楼的卧室。然后她身披平日里穿的外套，背着一个小挎包，出现在了厨房。

"咦，你怎么了？"

其母顺子正好在准备晚餐，就向她发问道。

"我去一趟便利店，一会儿就回来。"

说完，她便从设在厨房的后门走了。

小野原家位于街角，后门和正门的朝向不同。由于有好几名警员监视着后门，伊津子外出一事也被他们目击了。尽管她披着外套，但脚上只是随便地蹬了一双拖鞋，往车站的反方向走去，所以大家都不觉得她形迹可疑，自然也同样没有跟上去。

"如果我当时在现场，就不会那么轻易地让她跑了。"

那时候，佐野恰好去吃饭和休息了。说起这件事，她似乎还是非常懊悔。

特殊犯罪搜查班的成员们日复一日地训练专业本领，时不时便会用怀疑的眼光去观察被害人的一言一行。他们和被调来负责监视工作的大量普通刑警之间，存在着微妙的认知差异，而且必须承认——这份差异让原本密不透风的搜查部署产生了裂痕。从结论上看，警方之所以会认为小野原夫妇相继失踪属于"自导自演"，这道裂痕或许可以说是决定性的要素。

　　根据后来的调查，他们的确仅仅带着钱包。说是"只穿着一身衣服就跑"都毫不夸张。从状况上来看，那无疑是夫妻两人商量好的，不过倒不像是打一开始便属于他们计划的一环。

　　真相肯定是：小野原夫妇原先打算不让警方介入，以索要赎金的名义从依井勇三手里骗来五千万日元。怎料中途受挫，还出现了目击证人，于是他们判断，已经没法继续对警方演戏了。

　　与此同时，对他们而言，敌人不止警方。高利贷那残酷而缠人的要债方式估计也是他们决定"人间蒸发"的重要原因。搜查人员已经证实，在等待诱拐犯发来联络的期间，他们还接到好几个催款电话。

　　小野原夫妇的失踪是不争的事实，依井勇三向在场的所有搜查人员鞠躬致歉，说道：

　　"给各位警官添了麻烦，我心里太过意不去了，不知道该怎么道歉才好。我现在真的非常后悔，要是早知道事情会发展成这样，还不如在听说小迪被诱拐的时候，就干脆点儿付钱了事。"

　　听得出来，他已经彻底接受了女儿女婿伪造诱拐案一事。可他到底是小迪的外公，即使心里悲痛万分，却仍为外孙并未真正遭到诱拐而透出了一股安心感。

　　因此，没有任何一名搜查人员去责怪这位可怜的老人。

　　对警方来说，未被侦破的儿童诱拐案意味着即将持续几十年的重担，是个极大的麻烦，还会白白浪费莫大的人力、时间与费用。尤其是每一位参与了案件的搜查人员，都要饱尝痛苦与烦恼。相比之下，被愚蠢的诈骗犯夫妇耍弄根本不足挂齿。

　　如今复盘，警方也发现，搜查阵营在十年前做出的错误判断，其实是多重思虑与事态相互叠加之下所造成的必然结果。

　　再加上没有人认真去寻找已经被打上了"诈骗犯"烙印的小野原夫妇及其子小迪，在经历了漫长的十年岁月之后，这一家三口已经被整个世界所淡忘。

7

　　"这种时候，警方不是该赌上所有面子去把小野原夫妇找出来吗？"

　　树来问道。

　　他已经彻底弄清了小野原迪遭拐一案的来龙去脉。尽管葛木弘幸和小野原夫妇都没有对被拐孩子做出实质性的伤害，可怎能就这么放着他们不管？他对警方的做法感到无法释怀。

　　中村缓缓地摇了摇头。

　　"警方倒也不是完全停手不找人了，只是花的力气和做的部署远谈不上周全。警方每年基本要受理上万起失踪人口的申报件，因此没法专注于寻找小野原夫妇。"

　　"但晃司先生和伊津子太太并不仅仅是失踪人口而已吧？他们少说也对依井勇三老先生诈骗未遂。"

"道理是没错，只不过警方对'外人作案'和对'家人作案'的处置实际上会有所不同。毕竟被害人既不想起诉家人，又不打算提交受害申告，所以警方也不会特地去插手处理这种麻烦事。"

"嗯……"

"还有啊，诱拐案是有'报道协议[1]'的，为了人质的安全，报社、电视台在取材和报道时必须谨慎行事、自我约束。这项协议当然也适用于小野原迪被拐案。可既然诱拐本身就是个骗局，根本不构成新闻事件，那么它也就失去了被报道的意义。拜此所赐，警方保住了颜面，哪还有可能主动去把事情闹大呀？"

原来如此，树来理解了警方的做法。

确实，全国各地每天都有无数事件发生，报纸和电视报道的不过是其中一小部分，而那些自导自演的犯罪行为或许多到无法计数，只是不为人知，过后又悄然消逝罢了。

然而，问题恰恰出在这里。

"前些日子，有人发现了小迪的遗骨，于是从根本上颠覆了那桩'假案'，是吗？"

"没错。"

终于切入正题了，中村的语气也强烈了起来。

---

1 报道协议指警方与报社等媒体之间定下协议，由警方全权掌控报道的内容，主要适用于涉及人质的案件，比如以赎金为目的的诱拐案件或者劫持交通工具或货物（尤其是空中劫持）的劫车、劫机案等。——译者注

"那果然是一桩真正的诱拐案，难怪媒体会那么活跃。不仅如此，现在还查明了它与同样发生在十年前的葛木夕夏被拐案有关，而与这两桩案件均有牵扯的葛木美希已经自杀了，其余的主要相关人员——葛木弘幸和小野原夫妇三人依然行踪不明。如今已经不是一切回到原点那么简单，而是变得更加复杂了。"

"保险起见，我有件事想确认一下。"

树来谨慎地开了口：

"因为小迪已经去世，所以就能完全否定小野原夫妇伪造诱拐案的可能性吗？"

他并非认定了小迪遭拐一案是假的，却仍怀疑轻易下结论是否合适。若想进一步讨论案情，便没法绕过这个问题。

"你怀疑小迪是被小野原夫妇杀害的？"

中村惊讶地抬起了眉毛。

"这倒不是……我只是在想，说不定在美希太太暂时照看小迪的时候，小迪不慎坠入池子……"

"嗯，不愧是你，这个方向的确有道理。"

"不然的话，便没法说明为什么小野原夫妇会在案件尚未告破时相继消失了。"

"你说得对。"

中村大幅度地点头同意，随即说道：

"当我们得知，埋在多摩丘陵的那具遗骨正是十年前被诱拐的小迪时，所有人都吓白了脸。小野原夫妇明明是被害人，警方却把他们称作'伪造假案的骗子'，这洋相简直出大了。接着，我们根据当年的目击信息，重新梳理了案情，发现实施了诱拐行为的正是在案发不久之后便自杀的葛木美希。就是说，弘幸和美希很有可能在未能从邦高手里骗取赎金的情况下，犯下了第二桩诱拐案。反正美希和伊津子关系很好，或许知道伊津子的父亲是个大财主。

"但是，仔细琢磨一下的话，就会发现这种说法也存在着致命的缺陷。理由在于，小野原夫妇按说是被害人，可却在诱拐案尚未告破期间主动逃跑了。儿子的性命堪忧，即使高利贷逼债逼得再紧，为人父母的会这么消失吗？不可能吧？

"总之，小迪的案子怎么看都不是单纯的诱拐案，包括最开始时流露出不安的警界首脑们也恢复了冷静，决定从根本上重新思考整桩案件的结构。"

"是指小野原夫妇得到了美希太太的'协助'，从而伪造了诱拐案吗？"

"嗯。也许是伊津子知道丈夫陷入了绝境，又从美希那里听说了夕夏被诱拐的案子，于是决定采取同样的手段，从自己的父母手里骗取赎金；抑或是，伊津子将丈夫的困境告诉了好友美希，美希给她出了这么个主意。不过无论是哪种情况，邦高总归是美希作案的障碍，而小野原夫妇倒是夫妻一条心，因此计划推进得十分顺利。可尽管他们并非真正的大奸大恶之徒，还设下了不让警方介入的前提，结果终究是失算了。他们没想到小迪的外公外婆会坚决要求报警。"

"因为两位老人说，不报警就不掏钱。"

"所以，他们自导自演的计划仍是以失败告终。其实截止到这一步，事情还算好解释，接下来的问题在于，小迪为什么遇害了。小野原夫妇最后也抛弃了一切，选择'消失'。明明躲到完全陌生的地方，转换心情，一家三口继续生活下去即可，为何非把孩子杀了不可？"

"确实。"

"换句话说，小迪的死应该和小野原夫妇的意向无关。那么，充其量只是个共犯的美希，又是出于什么理由而犯下杀死一个小孩子的大罪呢？搜查会议每次都卡在这个环节上。如果仅仅为假诱拐案提供协助，哪怕败露了，也不会构成重罪。但是杀人的话，最坏的情况下甚至会被判处死刑。当然了，实际动手的人可能是弘幸，但说到底，杀了小迪是得不到任何好处的。

"在这种胶着状态之下，警方实在是头疼得不行。而昨天夕夏同学吐露了爆炸性的信息，简直太出人意料了。"

说到这里，中村吸了一口气，随后目不转睛地直盯着树来。

树来重复着夕夏的话，仿佛是在自言自语一般：

"她说：'不知为何，我记得自己曾看见过死去的小迪……所以我自己也不明白……难道真的是我杀了他吗？'"

他压根儿忘不掉她昨天所做的决定性发言。

闻言，中村深深地点了点头，答道：

"对，就是这句话。搜查阵营原本都走到死胡同里了，想不到还能取得这么让人欢欣鼓舞的进展，简直是老天爷开恩。我真想让你看看昨天的搜查会议，反正佐野前辈因为曾经犯下的愚蠢错误，十年来一直如坐针毡。能够搞到如此重大的独家信息，她也算是立下大功了。

"于是，搜查阵营推演了这么一个故事：美希把小迪带到自己家中，让他和夕夏一起去院子里玩，结果夕夏一时淘气，将小迪推进了池子。就是说，他的死亡背后没有任何阴谋，也并非警方的失误所导致的，而单纯是由于八岁孩子的过错或恶作剧。这下子，搜查本部的老大甚至想高呼万岁了。"

事实真的如此吗？树来不禁有些怀疑。

"这个假说好就好在，能够通顺合理地解释小野原夫妇突然失踪以及美希莫名自杀的原因。小野原夫妇当时估计把用于联络的手机藏在自己的卧室里，当从美希那里得知小迪出了意外之后，急急忙忙地赶去了葛木家，可遗憾的是，孩子已经救不回来了。结果，那夫妻俩索性直接躲了起来，美希不仅没有拿到约定的分成，还受到那两人的谴责，绝望之余，选择了自杀。

"如此一来，警方在十年前做出的结论就没有任何谬误，而年仅八岁的夕夏当然也不会被追究刑事责任。我们的任务到此便结束了，真是让人欣慰。怎么样？是不是一个面面俱到的完美结局？"

中村摆出了一副咄咄逼人的样子，仿佛在问树来意下如何。

一切都是那么的合理。

"不过夕夏同学的记忆有所缺失，这一点又该怎么解释？"

面对树来的问题，中村不屑地轻哼了一声，答道：

"我不知道C县县警署那帮人十年前在想些什么东西，但我们全员都不认同那是由催眠术所造成的。"

"是吗？"

"像夕夏同学那样的人，肯定不愿承认自己害死了小迪。不过她明白，在这种时候把责任扛到自己身上来的话，就能守护重要的人。于是必须守护某人的意识和自我保护的意识在她脑中相互博弈，其结果便是那番不可思议的证词：她自称看见过死去的小迪，却没有前后的相关记忆。

"而其中的重点在于，她的证词虽然内容模糊，但对警方来说倒是正好。反正她只记得死去的小迪，那就不能断定小迪是死在她手里的，可只要我们引导得当，按说绝对能让她给出恰如其分的供述。上面已经料到这一连串的后续了。"

中村直接来了个竹筒倒豆子。

看来，中村和领导们的想法不同。他似乎对夕夏的证言抱有戒心。

"诚然，人一旦被深度催眠，即使清醒后也不会记得被催眠时发生的事，不过我们同样无法否定她在包庇某人的可能性。"

树来想起了爷爷之前说过的话。

既然爷爷和中村有着同样的看法，他就不该无视刑警的直觉。

"中村哥，你觉得夕夏同学在袒护弘幸先生？"

她的母亲美希已经不在人世，如果说她还要包庇某人，那么对方肯定是她的叔叔弘幸。

"差不多就是这意思吧。"

"照这么说，小迪是弘幸先生杀的？"

"很有可能。"

"但弘幸先生只是夕夏同学的叔叔而已，她小时候也没怎么亲近他，彼此间反倒挺疏远的。她为什么要拼命保护对方？"

"我也不知道。"

中村摇着头说道。

"中村哥，你就没想过——其实弘幸先生才是夕夏同学的亲生父亲吗？"

麻亚知昨天也问了同样的问题，当时树来还认为绝无可能，然而眼下他却觉得会产生这种想法也是理所当然。

不过中村依然摇头否认：

"不。这话我只告诉你啊，夕夏的父亲确实是邦高没错。"

"难道警方做了DNA鉴定？"

树来掩藏不住自己的惊讶。

DNA鉴定能够简明地判断亲子关系是否成立。这在技术层面上并非难事。但邦高和夕夏在现阶段还不是嫌疑人，警方如何采集到两人的DNA？就算他们开展了任意侦查，先不说邦高的配合程度，至少夕夏应该不会答应提供DNA样本。

眼见树来把"怀疑"二字写在了脸上，中村摆了摆手，解释道：

"没有没有。说真的，即使只弄到了附着在纸张上的皮脂，我们也照样能从中提取出DNA，所以很多人便猜测，警方会仗着这一点而擅自获取普通百姓的个人信息。你或许也有这种想法。但就这桩案子而言，我们没有违反程序正义原则。是邦高自己委托专业人员做了亲子鉴定。"

"咦，居然是这么回事？"

这也太过分了，树来不禁提高了声音。

"是啊。不过你作为一个外人，都怀疑夕夏的亲生父亲是不是弘幸，那么邦高本人当然更在意了。"

"他是什么时候做的鉴定？"

"据说就在美希自杀身亡之后吧。毕竟那时候他肯定会怀疑妻子和弟弟的关系。"

说到这里，中村暂时住了口。

树来则发现，自己已经在不知不觉间忧郁了起来。

事到如今，他才深刻感受到夕夏是个多么不幸的姑娘。要求做亲子鉴定的不是别人，恰恰是自己的父亲，背后的意味不言自明。一位少女背负着如此残酷的命运，因此会在不知身处何方的叔叔身上渴求亲情，这不是再自然不过的行为了吗？

"警方也找邦高先生问话了？"

树来转变了话题。

"当然。"

中村回答得很干脆。

"邦高先生已经知道警方找过夕夏同学了？"

中村再一次肯定了树来的问题：

"知道。夕夏同学十八岁，还没成年[1]，我们肯定要向他的父亲说明情况，表示需要将她作为重要证人。但邦高的问话工作不是由我负责的，所以我不清楚详情。"

"我听说夕夏被诱拐的那会儿，邦高先生和C县县警署的关系相当恶劣，如今和你们警视厅相处得怎么样？"

树来问道。

"哦，你是说他果断拒绝支付赎金那件事吧？"

中村忍不住"扑哧"一笑，看起来怪滑稽的。接着，他继续说道：

"C县县警署那群人啊，心眼儿可小了，被害人不听他们商量好的结果，擅自做出判断，把他们气坏了。要我说，邦高对诱拐犯所做的发言正确得不得了，作为被害人的回应，可以打一百分。"

"咦？真的？"

听到刑警中的精英人物做出如此出人意料的评价，树来也坦率地

---

1 日本的法定成年年龄是20岁，但2022年4月1日起，《民法》将成人年龄下调至18岁。由于本书写作时，经修正的《民法》尚未实施，因此称18岁的夕夏"还没成年"。——译者注

提高了音量。

"难道不是吗？"

中村则绽开了笑容，开始解释，

"就我所知的范围内，即使是在秉承'方针先行'原则的搜查人员眼里，诱拐案也是最难让人说出真心话的案件类型。当幼小的孩子遭人诱拐，犯人打来电话索要赎金时，所有人都提倡说，要把孩子的性命放在第一位，不能舍不得掏钱。所以，孩子的父母和警方均会任由诱拐犯摆布，绝对不会问一句'孩子是不是已经死了'。

"然而从客观角度来看，在受害人家属接到诱拐犯电话的那一刻，孩子的状态只有两种可能——不是被杀了，就是还活着。其实残酷无情的诱拐犯在亲手杀了拐来的孩子之后，照样能若无其事地找孩子父母要钱。遗憾的是，这样的案子在现实中还真不少。

"在孩子已死的情况下，警方依然肩负着逮捕诱拐犯的重大使命，因此假装上当而与犯人交涉的话，还是可以给警方带来好处。可被害人一方却不然。即使诱拐犯被捉拿归案，孩子也不可能复生。既然这样，与其白白送上赎金，还不如来一句'我没钱给你'。总之，被害人家属会产生这种给予诱拐犯一记重击的想法并不奇怪。反正孩子已经没了，他们还有什么好怕的？"

说到此处，中村缓缓地住了口，树来却没有回话，只是默默地催促他继续讲下去。

"再来看看另一种情况——假如诱拐犯十分精明，或者意外讲规矩，一直留着孩子的小命呢？当然了，这种案子也挺多的。

"这时，如果斩钉截铁地拒绝诱拐犯的要求，对方也许会因为恼羞成怒而杀了孩子，只不过这类诱拐犯基本上都是害怕被判死刑而不敢动手杀人的家伙。一旦明白自己拿不到钱，立刻就怂了。是当个得不到一分钱的杀人犯，还是索性把孩子放走完事呢？答案显而易见。"

"原来如此。你这么一解释，我就明白了。"

"对吧？"

中村满意地笑了。

"归根结底，不管是哪种情况，被害人家属都没必要支付赎金。而假设所有被害人家属都采取这种做法，诱拐就不再是获取金钱的手段之一，诱拐现象也能得到有效遏制。邦高的做法简直是防止犯罪的绝佳策略。"

这或许是他的一贯主张，整套话都说得非常流畅。

可下一秒，他又收敛了笑意，微微皱起眉头，直盯着树来的双眼，说道：

"但问题在于，被害人与警方的利害未必一致。一方面，警方肯定会在最大程度上顾及被害人的利益，但另一方面，警方也确实有自己的立场。"

"这话怎么说？"

"每当发生重大案件时，警方无论如何也必须抓到犯罪嫌疑人。

因此，全员时刻都顶着极大的压力，官衔越高，越是如此。毕竟这是国家与人民对警方的绝对要求，直接关系到'警察'的存在意义。要是哪个警察让犯罪嫌疑人跑了，肯定会受到媒体和人民的强烈谴责，那阵势简直比骂犯罪嫌疑人还厉害得多。

"诱拐案也是同样的情况。比如说——诱拐犯诱拐了一个儿童，开价索要五千万日元，警方按指示运送赎金，并设立了解救方案，计划抓住在交易地点现身的诱拐犯。可倒霉的是，诱拐犯抢了钱，还逃之夭夭。所幸对方如约放孩子回了家，避免了最糟糕的结果，但警方没能掌握诱拐犯的真实身份，如此重大的失误肯定是瞒不住的；又或者，警方顺利地当场逮住诱拐犯，赎金也安然无恙，只是经查证发现孩子在被拐后就遭到了毒手。事实上，这两种情况皆可能出现，如果你是这桩案子的最高指挥官，你会如何选择？"

"这……"

树来发出了哼唧声。突然听到这么微妙的案例，他无法立即作答。

他觉得应该毫不犹豫地选择让儿童平安归来的选项，与此同时，他又深深感受到了眼前这名在职刑警所散发出的魄力。那是一种不容争议的压迫感。

"据我所知，没有任何一位指挥官会选择第一种情况。"

中村的声音似乎变得很小。

"孩子没事，被害人一方是高兴了。但警察也是人嘛，肯定会放下心来。可就搜查工作来说，这可是惨败，连解释的余地都没有。人质之所以能活着回家，全靠诱拐犯的良心，哪有警察的功劳？

"而换成第二种情况，至少案件侦破大获成功。如果警方的行动导致人质遇害，肯定免不了被骂得狗血淋头，可要是人质在被诱拐后便惨遭毒手，那就不是警方的责任了。指挥官连想都不用想即可得出结论。

"这么说，也许有人会说警察也是，比起孩子的命，更重视自保。毕竟这不是一个非黑即白的问题，而是警察作为一个组织所拥有的宿命。恐怖行动、诱拐案、无差别随机杀人案等举世震惊的案件一旦发生，人们考虑的绝对是自身的安全。即使被害人得救了，只要凶狠的犯罪嫌疑人还流窜在外，大家就会因为不安而无法外出。所以，'还人民以安全'便是警察存在的理由。无法制止犯罪行为的警察根本没有任何价值。若警察这一组织无法响应全社会的要求，就不能存续下去。这就是警察队伍所面对的现实。"

面对中村认真的眼神，树来低下了头。

哪怕他心里有另一套看法，可自己不过是个学生，哪有资格在投入全副身心与罪恶战斗的警察面前指点江山呢？

而中村又突然放松了下来，说道：

"唉，虽然啰唆了点，但我想说的是，眼下警方在调查小迪遇害一案的过程中，也是以这套思路推进着工作。"

树来终于明白了中村的意图。

"就是说，指挥中心那边打算把夕夏同学定为凶手，从而早早结案，对吧？"

"正是。"

中村点头表示同意。

"中村哥你反对这项方针？"

"当然反对。确实，这么做对当事人和警方来说都方便，可是怎么能把真相含糊带过？为了让警方不再继续盯着弘幸，夕夏同学便自己顶罪。哪会有蠢材开开心心地中她的计啊？"

"弘幸先生又为什么要杀害小迪呢？"

"这个嘛……"

中村拧紧了眉头。

其实树来也对这个问题做了各种思考，然而还是没能得出让自己坚信不疑的答案。他暗暗叹了一口气。由于信息根本不够，即使他可以对真相展开任意想象，也缺乏可以一锤定音的资料。

"不过，疑点可不止这一项。说白了，本案的核心人物共计四人，除开已经去世的美希，剩下的弘幸、晃司和伊津子居然全失踪了，这怎么看都有问题。"

"难道不是因为警方没有用心去找人吗？"

"嗯，这绝对是原因之一。至少警方实际上并未去管他们，这种情况从当年一直持续到两个月前。如今警方已经出动了，正常情况下，应该能在近期查明他们的下落。但事实上，我可没这么乐观，他们可疑得不行，尤其是小野原夫妇。哪怕这两口子被高利贷逼得很紧，那么大的人直接消失十年，实在太不自然了。人类不可能如此轻易地和自己的过去一刀两断。除非遇到特殊情况。"

"晃司先生的父母和手足都在做些什么？"

"他的母亲和弟弟在横须贺市。他出身单亲家庭，弟弟结婚后便独立了，他母亲一个人住在老家，那是一户老式的木制独栋建筑。老太太现在已经年过七十，不过还在一小片田地上种菜，最近甚至去附近的医院当保洁员了。据说从十年前那桩案子之后，他们两人就再也没有收到过晃司的联络。伊津子的姐姐和弟弟也各自组建了家庭，但他们那边也是同样的情况。"

"这就意味着，晃司先生和伊津子太太说不定也遇害了吧？"

"嗯，我觉得确实存在这种可能性。"

"凶手或许是弘幸先生和美希太太？"

"没错，所以我建议应该再好好搜索一下多摩丘陵一带，也就是小迪被埋尸的地方，然而并没有被上面采纳。其实自打搜查本部成立以来，我们全员都超负荷工作，大家打心眼儿里不想再掺和更多麻烦事了。"

中村语带苦涩，从中可以感受到他的遗憾之情。

可即使如此，他仍打算奋勇前进。看来他真正继承了亡父身上的那股热血。

树来缓缓地开口了：

"实际上，我也对小野原夫妇的失踪抱有疑问。"

这是大实话。但他的思路和中村未必一致。

他补充道：

"被杀的或许是弘幸先生。起码也该研究一下这种情况的可能性，不是吗？"

"如果只论可能性，那么一切皆有可能。不过我们才刚刚重启对小迪被拐案的搜查工作，夕夏同学就承认了自己是杀死小迪的凶手。这一事实不正是她知道弘幸还活着的最大证据吗？"

中村答道。

他说的确实有道理。

树来也沉默了下来，一时间，两人相顾无言。

8

自从陪着夕夏接受问话之后，整整三天过去了，树来几乎都窝在自己的房间里，只挑吃饭和洗澡的时候下楼。

"如果只论可能性，那么一切皆有可能。"

中村的话在他脑中反复回响。

幸好他从小就是个不爱出门的书虫，就算在家闷上三四天，家人也不会觉得奇怪，母亲甚至还会亲切地帮他送上夜宵。这环境虽理想，但实际上他不仅没在学习，连最重要的写作都彻底停摆了，只是一边哼哼唧唧，一边虚度时光。

第三天晚上，事情终于有了进展。

为了假装自己在用功，他往书桌上摊了各种教科书，阵势摆得非常显眼，然而这点伎俩瞒不过麻亚知的眼睛。

"哥哥，你在干什么？"

十一点过后，麻亚知又一次不敲门就直接闯了进来，树来懒洋洋地回过头，只见她迅速扫视了一下四周，随后疑惑地盯住了他。

她总是这么旁若无人、不讲规矩。身上只穿着睡衣，却跟没事人一样出入年轻男性的房间。树来心想，她真是被自己给惯坏了——反正她相信，无论对哥哥做什么，哥哥都会原谅她。

"看了不就知道吗？我在念书呢。"

"骗人！你瞒着我有什么企图？我可都知道了！"

麻亚知嗤之以鼻，双手叉腰，气势汹汹地站在原地，眼神也迅速恢复了平日里的犀利感。

素雅的格纹睡衣实在太适合她了。尽管衣料质地略粗，显不出身材，但就她那副单薄的小身板，也确实让人无法期待能看到多么不得了的轮廓曲线。

换作平时，树来肯定就让步了，但今天不一样。和中村达成协议一事，他连爷爷都保密了。可以说，这是一场高风险的豪赌。更何况麻亚知是绝对站在夕夏那一边的。尽管他多少有些内疚，可自己也只是好好地做着该做的事。

"话说回来，你对催眠术的研究还顺利吗？"

树来急忙换了话题。

如果想转移麻亚知的注意力，那么把对话内容引到她擅长的领域里即可。

"这个嘛……"

她的表情瞬间黯淡了下来，答道，

"理论上应该没出问题，但进展总是不太理想……"

"为什么？你下了暗示之后，实验对象的反应不符合你的预设？"

"不是……不管我怎么做，对方从一开始就完全没能进入被催眠的状态。"

树来差点笑喷出来。

这肯定是因为她的实验对象邪念太重，思想不够集中。毕竟只有对麻亚知存了点"意思"的家伙才肯接受这种古怪的催眠实验。而且要是光凭一本教学书籍，任谁都能掌握催眠术，那么这门技术也不会在电视节目中大受称赞了。

"唉，成功与否也得看你和对方之间的匹配程度吧？"

树来安慰道。

"嗯，看样子就是这么回事。"

她难得面露佩服地点了点头。

"寿司师傅也好、花匠也好，据说都得花上十年工夫才能独当一面。你慢慢来就好。"

看到妹妹的反应，他有些得意，便多加了这么一句，可似乎说错话了。

"等等，哥哥你其实觉得无所谓吧？所以才随便敷衍我！"

麻亚知气得横眉竖目，瞥了一眼树来的书桌，恐吓道：

"我要去告诉妈妈，你根本没在学习！"

这下糟了！树来大为焦虑，不过麻亚知好像突然想起自己是有事才过来的。

"对了对了，我刚刚接到夕夏的电话，问我们俩明天能不能去她家。"

她边说边打量着树来的表情。

"夕夏家？就是葛木家在M市的宅子吧？"

"嗯，哥哥你肯定也很想看看犯罪现场哦，所以我就委婉地提出，或许我们三个人应该一起去做一次实地验证。"

她整个人都得意扬扬的。

提到位于M市的葛木宅邸，虽说那方关键的葫芦池已不复存在，但为了解开小迪死亡之谜，实地验证确实不可或缺。树来感到自己正心跳加速。

"我没问题。"

"太好了！那我这就去回复她。白天她父亲不在家，而且明天还是家政服务员的休息日。我建议明天一起吃午饭吧。"

这可真是太凑巧了。

"这几天有新的消息吗？"

"没有，从我们陪她接受问话那天起，一直到现在，警方都没有再联系过她。"

"哦。我们几点出发？"

"十点行吗？她说，等我们抵达M站后给她打电话即可，她会来公交车站接我们的。"

"明白了。"

"那么，明天见啦，你可别睡懒觉哟！"

麻亚知愉快地离开了，树来重新坐到书桌前开始思考接下来该怎么办。

前两天，树来和中村推心置腹地谈了一次。

"所谓的'犯罪'，本身就是不正当的行为。在现实里，有人犯了罪，又有人因此送命，警方却对这种不正当的行为放任不管，我认为这才是最大的不正当。在搜查阵营看来，既然案件已经发生，那么只要有人能充作'犯罪嫌疑人'，供警方完成任务就行，根本不必为了争取更多'成就'，而把世人不曾知晓的罪案都翻出来。但我已经受够这种做法了。

"有些人会觉得，一个'小兵'能干些什么？可我就算单打独斗，也要有所行动。中国的老子曾说过：'天网恢恢，疏而不漏。'我想，这正是警察应有的姿态。"

他回味着中村的话。

对方居然提出了中国的谚语，麻亚知要是听到了，想必会很开心。他俩或许会格外投缘。

想到这里，树来不禁莞尔，然而当时并不适合优哉游哉地闲聊。

"中村哥，我好像已经想通你为什么会提议和我联手了。"

听到树来的话，中村一下子扬起了眉毛。

"与你向我展示的信息相比，我手里的信息其实几近于无。"

"可以这么说。"

"可是，你却毫不犹豫地向我这个外人泄露了警方的内部信息。"

中村露出了诧异的眼神。

"你毕竟是警察，总有些不能做的事。因此，你希望我能代劳。没错吧？"

闻言，对方直视着树来，说道：

"如果你不愿意，也不必勉强。"

这时，树来或许应该顺坡而下，可他却干脆地摇了摇头说：

"我倒不是说不愿意，不过你能再给我一点时间考虑吗？"

"当然可以。"

中村点了点头。

于是，协议就这样成立了。

9

树来兄妹从M站坐上了开往E站的巴士，随后在东镇一号街站下车。他们是第一次来这里，可不知为何，眼前热闹的车站商业圈和宁静的街道都给人以一种怀旧的感觉。

夕夏就等在车站前，穿着初次见面时的那条牛仔短裙，搭配一件缀有大花边的浅米色波蕾若[1]上衣，依然是一派少女风味，和她那宛如人偶般的相貌非常相衬。

马路斜对面还有另一个车站，供反方向行驶的巴士停靠。十年前，被弘幸放走的夕夏就是在那里下了车，走着夜路回了家。即使树来和麻亚知不知道这一带的旧貌，此刻的氛围仍能让他们确信，这里和当时相比，几乎没有任何变化。时间就仿佛静止了一般。

"早上好，今早佐野刑警来电话了，说最近要做笔录，需要我去一趟S警署。因为这种情况是不允许他人陪同的，所以我得自己一个人去。"

简单地打过招呼后，夕夏便向树来汇报了近况。

她的语气中没有一丝犹疑，麻亚知故意重重地叹了一口气。

树来倒不怎么惊讶，中村提前联络过他，说近期会把夕夏叫到S

1　波蕾若是一种女式上衣，起源于西班牙，最开始指穿在礼服外的敞开式无纽扣短上衣，现在则已成为日常的穿着。——译者注

警署去。

"夕夏，关于你被警方问话这件事，你父亲有什么说法吗？"
树来问道。

"不，没说什么。因为这和我父亲没关系，我就没告诉他，而且就算他问我，我也不打算讲。"

夕夏摇摇头。

实际上，警方已经和邦高有所接触。既然他并未向夕夏提及此事，就说明他是故意装作不知道。尽管与他本人无关，但他的妻女很可能涉及了一桩重大犯罪案件。说真的，他该如何接受如此严峻的现实？就树来所知而言，只能认为邦高是个无法捉摸的人。

"夕夏，你父亲经常发脾气吗？"
麻亚知面露忧色。

"这倒没有……我和谷阿姨做错事时，他也不会训斥我们。"
夕夏支支吾吾的，也许是不想讲实话。

她口中的"谷阿姨"大概是指住在她家工作的家政服务员。听她的语气，这位阿姨本质上无疑代美希履行了母职。

夕夏的生活与树来兄妹截然不同，她长期与外人生活在同一屋檐下。树来家则是父母双全，充分诠释了何谓"平凡是福"。不论好坏，他们和夕夏说不定是两个世界的人。

"夕夏，你真了不起。"

"咦，为什么这么说？"

或许是因为成长环境不一样，夕夏并不理解"平凡"的含义。所以听到麻亚知的称赞，她满脸不解。

但当树来兄妹亲眼看到葛木家的宅邸时，"夕夏来自和他们不同的世界"这一观点便被彻底坐实了。

"到了。"

夕夏边说边伸手指向一户住所。

抹了灰浆的混凝土围墙牢牢地守护着家园；越过围墙，可以看见一栋洁白雅致的双层洋楼。由于围墙接近两米高，看不见庭院的样貌，但整户宅邸占地估计超过三百坪[1]，气派程度已然远超树来兄妹的想象。

"太豪华了！"

"这就是你家？"

树来和麻亚知都惊讶得说不出第二句话，而夕夏则自顾自地沿着混凝土围墙，大步向前走去。他们压根儿没找到出入口，可见这个位于转角处的院子全都属于葛木家。

等一转弯，一扇黝黑的坚固铁门便出现在他们眼前。它紧紧地闭着，与高得不寻常的围墙组合在一起，透出一种森严感，让人几乎以为这里是监狱。

大门前还贴了一张显眼的贴纸，上面写着：此处受安保摄像头

1　坪是日本传统计量系统尺贯法的面积单位，主要用于计算房屋、建筑用地面积，主要应用于日本和朝鲜半岛。1坪约合3.3平方米。——译者注

监控。

如此豪宅，当然会防范窃贼。然而，这与其说是"防护"，反倒更像是在"遮掩"着什么。

而站在门前的夕夏却毫无惧色，仿佛认为这样的安保措施都是理所当然的。她从口袋中掏出遥控式的电子钥匙，熟练地打开了电子门锁。

"请进！"

她带着天真的笑容，招呼树来和麻亚知进门。

"百闻不如一见"指的或许就是此刻这番情景。一踏入宅邸内，右侧便是一间可以容纳两辆车子的车库，左侧是用天然石料铺就的玄关道，十分雅致，而正面则是一块绿意盎然的开阔前庭。

"哇，好棒啊！"

也难怪麻亚知会大声感叹。对于在都市里长大的孩子来说，这里简直称得上不可思议。

"我爷爷奶奶住在这里的时候，庭院还是纯粹的日式风格呢。"

根据夕夏的说法，邦高对父母精心打造的庭院没有丝毫留恋，已经改造得连影子都不剩了。或许是由于维护起来很麻烦，要不就是因为他很喜欢打高尔夫，总之他用人工草皮铺满了整个院子，现在似乎专门拿这片草场来练习推杆和挥杆。从整体上看，这个改动还挺破坏景致的。

唯一的例外就是建筑的正面部分。那里原本好像是美希溺死的葫芦池，现在也是庭院内唯一一块留有泥土的区域，上面盛开着深浅不一的粉色与白色波斯菊。考虑到眼下还不是盛夏时分，它们想必是花期较早的品种。

"那叫作'歌传凡尔赛'，是波斯菊的一种，也是我母亲生前最喜爱的花儿。"

看到树来望着那片波斯菊，夕夏便立刻进行了解说。

据说美希投水自尽后，邦高填了池子，把爱妻最喜欢的花从后院移植了过来，以作祭奠和供奉。看来那些花花草草指的就是这一片波斯菊了。花朵直径从十厘米到十二厘米皆有，同时散发出少女的动人与成年女性的优雅，给人的感觉正符合树来耳闻中的美希。

夕夏大概也抱着同样的想法，说道：

"我觉得，我母亲既不像玫瑰，也不像虞美人，而是像波斯菊呢。"

但她的说话声好像突然变小了。

她肯定是重新想起了十年前在同一地点发生的那场悲剧。

她的视线落在了洋楼中央地带，那里有一个突出的晾台，上面建着一座简朴的木制祠堂，四周环绕着丛生的波斯菊。

美希去世后，邦高花了几千万日元，购置了一尊观音菩萨像。从他们当前所在的位置看过去，只能瞧见小祠堂的侧面，不过那尊几乎和真人一样大的观音像估计就放在其中。

邦高选择将它作为亡妻的替身，夕夏似乎也想去祭拜一下，于是不知不觉地向那边走去。

树来兄妹两人亦自然而然地跟了上去。

"夕夏,你母亲为什么会自杀?是因为参与犯罪而产生了罪恶感吗?还是怕被警察抓走?我想问问你的真实想法。"

麻亚知问道。

即使这并非麻亚知的本意,不过在她心中,仿佛已经认定了美希和小迪被害一案存在某种关联。

"我也不知道,硬要说的话,是出于绝望吧。"

夕夏答道。

"绝望?是因为小迪死了?"

"嗯,这也是原因之一,但也许……弘幸叔叔不要她了,对她来说才是最大的打击。"

"你的意思是,弘幸先生独自逃跑了?"

"是的,我觉得妈妈其实想和弘幸叔叔一起离开。"

"他也可能是为你着想才留下了美希太太,而不是甩开了她呀。"

"大概吧。只不过,妈妈终归还是被抛弃了。"

"这样啊……"

麻亚知没有再说下去。

能够理直气壮地提出难以启齿的问题是她特有的本领,树来可学不来。因为他害怕直言不讳会伤害到对方。然而,对于对方的痛苦袖手旁观绝非真正的友情。树来突然想到,夕夏不正是希望向他人倾诉自己的真心话，才会邀请他们兄妹俩过来吗？

他们来到了小祠堂的正前方。它的大门敞开着，里头的观音像精美得超乎想象，洁白丝滑的表面透着润泽的光亮，八成是用大理石雕琢而成的。

它立在底座上，体态纤细苗条，衣服柔顺地倾泻而下，隐隐显出身形曲线。它的左手放在腹部，右手的拇指和食指轻触，形成了一个圈形，其余三指随意向上伸着；头部微微偏向一边，稍稍颔首，面容沉静安谧，细长而清秀的双目并未注视着任何事物，小巧又饱满的唇上挂着一丝若有似无的笑意，美得无可指摘。

不知它是否和美希容貌相似，但它的姿态充满了高贵的美感，已经超越了佛像的范畴，能够作为一尊女性雕像而让观者为之心醉。因此邦高不惜花费巨资也要将它买下。然而，亲眼看到它的尺寸居然如此之大，树来还是不禁叹了一口气。

"好美的佛像啊！"

麻亚知也看入迷了。

"嗯，听说它叫作'慈母观音'。"

原来如此，所以它的表情才如此温柔。即使树来毫不具备这方面的知识，此刻也觉得这个名字起得堪称绝妙。

"说真的，夕夏你父亲对你母亲到底抱着怎样的感情？"

麻亚知又开始提问了。

树来再次叹了一口气，心想着要是自己也能像她这样，应该多少会比现在更适合"侦探"这个行当吧。

"我觉得他很爱我的母亲。"

夕夏的回答十分简洁。

"爱？不是愤怒或者后悔吗？"

"他当然会感到愤怒和后悔，只是，他依然在以自己的方式爱着我母亲。"

夕夏十分确定。

事实或许正如她所说。尽管麻亚知还是一脸困惑，树来倒是完全可以理解。不然，他根本不可能每天都面对那尊观音像长达十年之久。而夕夏说不定也正是明白这一点，最后才会原谅父亲。

他重新陷入了思考。

话说回来……曾沉入池底的应该不止美希一人，无辜的小迪也死在这里头。邦高其实知情吧？

重新环视四周，他发现人类的感觉真是随意得出乎意料。那些波斯菊方才还让他联想到美希，而此刻，他却觉得它们就宛如小野原迪那过早消逝的生命之火。

"那些波斯菊原本是种在后院里的吗？那么，后院如今变成什么样了？"

树来问道。

"我这就带你们去看看吧。"

夕夏利落地迈开了脚步。

树来其实还想再瞻仰一下慈母观音像，这下也没法子了，只能赶紧跟着离开。

所谓"后院"，恰如字面所示，是宅子背后的院子，与前庭相对，一前一后将宅子夹在中间。葛木家的后院比前庭小了许多，铺满了焦茶色的瓷砖而非人工草皮。环境相当幽静，不过似乎只是被当成晾晒衣物的场所。美希倾注了心血所培植的花花草草已经完全不见了。

十年的岁月，似乎彻底改变了这处宅邸以及住在其中的人们。

"后院是从什么时候开始变成现在这样的？"

果然麻亚知也觉得意外。

"大概在妈妈去世一两年之后吧。当时前庭正在改铺人工草坪，于是也把后院一起改造了。这里原本花草茂盛，但父亲认为找专人来除草、打理太费钱了。"

树来觉得，邦高其人——一言以蔽之，应该是个合理主义者，不想在没必要的地方花钱。那么，他对亡妻的爱与冷静的合理主义在他心中又是如何共存的呢？

果然非得见一次邦高不可。要是能直接和他本人对话，保不准能发现一些线索。

"差不多可以进屋了，你们觉得呢？"

就在树来重新下定决心时，夕夏开口了。

进入葛木家的宅子后，树来兄妹再次瞠目结舌。

那栋洋楼本身并不算庞大，但舒适的水泥地玄关，漂亮的陶制伞架，擦得反光锃亮的走廊，等等，每一项要素都是普通百姓的住宅所无法企及的。

"走在这条走廊上，一不小心就会滑倒吧？"

"毕竟谷阿姨每天都会打扫嘛。"

夕夏简洁地答道。

玄关处并排放着几双一模一样的新拖鞋，而且明显是夏天的款式；等到冬天，葛木家又肯定会换上松软厚实的冬季款。反观树来家，大家一年三百六十五天都趿着同一双旧拖鞋，上面到处都是磨损，和这里真是天壤之别。

夕夏却还是一派无忧无虑，不知有否察觉到两位客人的心思。她问道：

"午饭我打算叫比萨来吃，但现在就订餐会不会太早了？"

"确实，我早饭吃得很饱。"

"那么，在饭点前，我们就在这边聊聊好吗？"

夕夏将他们带到了一间豪华的客厅。它差不多位于宅子的正中央，面积估计不下二十个榻榻米，通过晾台便能够直接进入前庭。不过玻璃被厚实的蕾丝窗帘挡着，看不见外面的样子。

树来专注地观察着这间客厅。

木质地板上铺着厚重的毛纺织品，看着像是波斯地毯；一张长桌摆在房间正中，上面盖着亚麻质地的桌布。桌子周围也好，房间的角落也好，全都置着八脚沙发。室内有电视机，却没有餐桌，贴着墙面摆放的五斗柜上也不见餐具。再结合和夕夏刚才的话，估计她家有专用的饭厅，不需要坐在客厅进餐。

"这座钟可真不得了！"

兄妹两人看向五斗柜上的座钟，发出了赞叹。

"它是英国产的古董座钟，我去世的祖父母很中意它。"

夕夏解释道，但看样子似乎对它不感兴趣。

在见识过铺了人工草坪的前庭和砌了瓷砖的后院之后，他们已经颇能接受夕夏的回答。用古董装点自己的家宅实在不像是邦高的兴趣。

"你们渴了吧？要喝冰激凌可乐吗？"

"嗯，我要喝！"

"好，我去弄。"

"我来帮忙！"

目送麻亚知和夕夏一起离开客厅之后，树来慢悠悠地走向通往晾台的玻璃窗。他想亲眼看看从此处所能领略到的庭院景观。

眼前的蕾丝窗帘缀满了精致的刺绣，估计也是高级货。他拉开窗帘，整个前庭便一览无余。人工草坪比在近处观看时更显鲜绿，而白色大理石刻就的观音菩萨像也在阳光的映照下闪耀着唯美的光辉。

由于围墙极高，从外边看来，这处宅邸简直就和监狱一模一样，可一旦入内，就能深刻感悟到，这里其实是被白色围墙所守护着的另一方天地。波斯菊随着微风轻轻摇曳，还有一尊菩萨像伫立在此。关于惨案的记忆以及将之掩盖的人造美景同时存在于这栋房子之中。

回想第一次见到夕夏那天，当她被问及父亲是否打算再婚时，给出了果断的回答：

"如果我父亲有再婚的念头，他应该就不会在庭院里立观音像了。"

邦高对亡妻的爱意里，包含着愤怒与后悔……

树来刚想到这里，就察觉到铁制的大门被顺畅地打开了，一辆高级轿车随之驶入宅邸。

那是一辆光泽闪耀的黑色奔驰车。

到底发生了什么事？莫非邦高先生回家了？但为什么挑这种时候？

树来到底还是对这一意外产生了焦虑之情。明明他们兄妹俩没做任何坏事，只是接受了夕夏的邀请过来玩而已。

就在他拼命说服自己的同时，奔驰车恰恰好地停进了车库。

驾驶席的车门很快就开了，一位目测五十开外的男子走了下来。他中等身材，一身西装，充满威严，看来无疑是葛木邦高本人。

邦高下车后锁上车门，随后按下电子钥匙上的按键关上了大门。他的动作非常自然，丝毫不见焦急。但夕夏说过父亲不会回家，因此这无疑是预料之外的事情。

要是事前得知邦高在场，树来还能做好心理准备，然而这下子就没办法了，只能泰然处之。他调整了心态，想着这搞不好是千载难逢的良机，可以供他解明真相。

就在他横下心来，并打算把窗帘拉上时，原本一直低着头的邦高突然看向了他所在的位置。

通过夕夏的描述，树来已经充分感受到葛木邦高是个自以为是的人，浑身都释放着压迫感，但想不到对方的气场居然如此强大。"傲岸不羁"这个词简直就是为他量身定做的。经过这场出乎意料的邂逅，树来觉得自己对邦高的反感之情一下子高涨了起来。

隔着玻璃窗对视的瞬间，邦高的眼神如利箭般射向树来。不过他没想到的是，对方并没有露出惊讶的神色。不，不仅如此，那眼神让他直接感受到，邦高明确知道有他这么个人存在。

他迅速得出了结论——邦高很清楚自己会登门做客，所以才急匆匆地回来。绝对就是这样。于是，他姑且朝着窗外鞠躬示意。

邦高却忽然移开了视线，慢慢地朝着玄关走去。他的脚步充分彰显了身为一家之主的从容，无言却充满了威慑力。

树来回过头，发现夕夏和麻亚知不知什么时候已经回来了。她俩站在客厅桌前，面面相觑；夕夏手里还端着托盘，上面放着三杯饮品。她无疑听到了邦高回家时一连串的响动，杯中的冰块发出轻轻摇晃的声音，反映着她内心的不安。

"我没听爸爸说他要回家啊……"

夕夏越说越小声，都快让人听不见了。

"没事啦，我们会好好向伯父问好的。"

麻亚知说着根本算不上安慰的话语。

话一说完，邦高便踏着重重的步子出现在了客厅。看样子，他突然回家的理由果然是知道了树来兄妹的造访。

邦高肤色偏黑，眼角微微上吊，嘴唇厚实，一脸精悍。夕夏长得和他并不相像，但树来想起了邦高委托专业人士做过亲子鉴定一事，因此科学已经证明了两人确系亲生父女。

树来站定不动，等着邦高"出招"。邦高则对树来怒目而视，问道：

"教唆夕夏认罪的就是你？"

他连招呼都不打一声，便直截了当地来了个先发制人。

"爸爸，别说了！"

夕夏小声劝阻道，可他甚至没有看女儿一眼。

"我叫君原树来。"

树来极尽礼貌地鞠了一躬。

虽然该尽到礼仪，可如果不把要说的话说清楚，事情就麻烦了。

"我们是夕夏同学的朋友，她确实来找我们商量过事情，但我们没有教唆她去认罪。您只要问问夕夏同学就清楚了。"

不过邦高似乎并不想听这些。

"别想狡辩。"

他说得非常自信，嘴角也歪曲着，仿佛是在嘲笑树来，看来是有确凿的证据。

"夕夏只有十八岁，还没成年，精神年龄更是幼小。一旦有人用她去世的母亲做要挟，对她进行诱导式询问，一下子就能得逞。你和警察合谋让夕夏坦白的行为已经败露了！"

他硬生生地下了结论。

"爸爸，没这回事！"

夕夏的抗议似乎是在火上浇油，他索性吼了出来：

"没这回事?！我可是直接从警察嘴里听来的！！"

"警察？难道是佐野刑警？"

夕夏一下子失去了力气，连肩膀也垮了下来。

佐野背叛了她。看得出她有多么震惊。

她是做好了违逆父亲的准备才接受问话的，然而她绝对没想到，自己的发言居然被一五一十地泄露给了父亲。

但警察毕竟是一个组织，搜查人员之间当然共享着所有信息。因此，他们确实会在搜查会议上发表自己同意夕夏的朋友列席，且最终得到了冲击性的自白一事。而他们既然需要把未成年的女孩子列为重要证人，那么必须将此事告知其父母。就连中村也承认了这一点，所以任何人都不该责备佐野。

"警察就是一群无能之辈！孩子被拐也好，被杀也好，他们别说救人了，连凶手都逮不住，只管自己的面子。要是哪家民营公司端着这副做派，早就倒闭了！"

他从以前开始就对警察深恶痛绝，这一刻终于迎来了爆发。大概是看树来不吭声，他骂得更加来劲了：

"听说你爷爷是C县县警署的退休刑警？居然利用退休的刑警来给夕夏施压，原来警察的手段也这么肮脏。如何？你还能反驳吗？"

"您在说什么？"

听到这番荒唐的挑衅，饶是树来也没法保持沉默。自己受到指责倒也罢了，可他无法容忍对方把爷爷都扯进来。

"事实就像我说的那样，警察烂透了。不仅让弘幸跑了，还反咬我一口，打算把其他诱拐案的罪责栽赃给我的老婆和女儿。听说诱拐了小野原迪的女人长得很像美希？让十年前只瞥到诱拐犯一眼的目击者出来指证，这绝对就是胡来！"

"我爷爷和十年前的案子毫无关系。而且他老人家到底做了什么？"

面对树来的抗议，邦高毫不动摇，甚至目中无人地笑了起来。

"我应该刚讲过，那刑警把事情都告诉我了。你爷爷给夕夏灌输歪理，说没满十四岁的孩子不会受到刑罚，所以'知无不言是最佳对策'，是吧？连退休刑警都这么说了，夕夏便会考虑牺牲自己来保护母亲的名誉。这还用得着想吗？

"夕夏，我也要跟你说清楚，我刚才已经通知了警方，以后你不接受任何问话。要是有什么话非问你不可，那么就先逮捕了你再说。

但毕竟他们没法真的来抓人，因此不必担心。还有，别忘了，这两个家伙、退休刑警还有各路警察，他们全是一丘之貉。"

他依然气焰嚣张，不慌不忙地做了总结。

树来一下子无言以对。爷爷说过的话，夕夏说过的话，还有邦高刚说的话一齐在他脑中盘旋。恼怒、屈辱以及比它们更为强烈的疑惑感纷纷搅在一起，令他感到自己浑身的血液都在逆流，以至于没法整理好自己的心绪。

正在这时，一个冷静的声音传了出来：

"请问，您是怎么知道我们今天在这里的？"

提问的人是麻亚知。她还是那么我行我素。循声看去，她正紧紧挨着夕夏，似乎是想要保护自己的朋友。

邦高死死盯着麻亚知，说道：

"你是夕夏的同学，也是那个退休刑警的孙女？我听家政服务员说，今天夕夏叫了朋友来家里；再和刑警的话相对照，就知道她叫来的朋友肯定就是指你们。"

原来如此。

不过邦高好像不打算和半大的小鬼们多扯下去，于是扔下一句：

"我言尽于此，接下来要回去工作了。我很忙的。"

说罢，他便转过身，头也不回地离开了客厅。

他大概是真的事务繁忙，一出玄关就迅速钻进了车里，全程目不斜视。树来、麻亚知、夕夏则被留在了客厅。

　　眼下他们三人姑且算是松了一口气，但仍没有解除警惕。在邦高的奔驰车驶出宅邸之前，他们都只得立在原地不动。

　　当他们确认大门再次关上之后，麻亚知带头一屁股坐到了沙发上，说道：

　　"先坐下再说吧。哎——好渴啊！"

　　那三杯饮品就放在客厅的桌上，浮在可乐上的冰激凌球早已融得烂乎乎的。麻亚知却毫不介意，含住吸管，吸着早已黏稠的可乐。

　　"好甜！好好喝！"

　　她一口接一口地喝了下去。

　　乍看之下，她的举止相当轻浮。然而这却是她在以自己的方式，对惭愧得抬不起头来的夕夏表达关心。

　　"我真没想到会发生这种事。"

　　夕夏坐在麻亚知身边，挂着一副泫然欲泣的表情。

　　"我们明白的啦。"

　　"但是……我该怎么做才好啊？佐野刑警还说最近会叫我去做笔录……"

　　"嗯，这是挺让人为难的。"

　　树来窝在弹性十足的高级沙发中，远远地听着她俩的对话，并且继续思考着接下来该如何是好。

10

　　从夕夏家回来之后，又过了两天，树来在早上接到了中村的电话。

　　他很犹豫到底是否该向中村知会一下拜访葛木家时的遭遇，但邦高既然拒绝再次接受问话，那么警方应该会在搜查会议上提及这一点。因此他最终决定暂时保持沉默。

　　"葛木邦高好像怒火攻心啊。不过，眼看着高层计划把夕夏当作凶手来结案，连我这个外人都感到愤愤不平，更何况邦高。他身为夕夏的亲爸，当然会愤怒。"

　　不出树来所料，中村一开口便提到了邦高。

　　"警方今后的搜查工作可怎么做？"

　　在邦高出面喝止之后，佐野似乎就没再联系过夕夏。而树来好歹是个法律系的学生，他单纯想知道，这种情况下，警方会如何行事。

　　不过中村对此好像并不关心，只是简单地回答：

　　"不知道，反正上面总会有安排的。我今天找你其实是为了别的事，还挺有趣的哦。"

　　说到这里，只听他语调一变，接着往下讲道，

　　"你知道我们已经正式重启了搜查工作，目的在于找出失踪的葛木弘幸和小野原夫妇，对吧？"

　　"嗯，我知道。现在已经发现他们的居所了吗？"

"这倒还没,不过你对'诹访洋子'这个名字有印象吗?具体写法是——诹访湖[1]的'诹访',太平洋的'洋'。"

"'诹访洋子'?不,我没印象。"

"我想也是……她是弘幸的恋人,以前在私立幼儿园当老师。两人没有同居,但据说在当年弘幸失踪之前,他俩还维持着亲密的关系。"

"也就是说,这名女性并不清楚弘幸先生和美希太太的关系?"

"八成不清楚吧。当年案发之后,C县的警察也找她问话了,她说自己和诱拐案毫无关系,也未曾察觉到弘幸的企图,后来更是再未接到过对方的任何短信或电话。她的供述本身没有可疑之处。而经确认,在案发前后,她的出勤情况和生活习惯同样不存在任何改变。当时,警察并不打算拼命把弘幸找出来,因此对洋子的问话亦随之告一段落,没有再深究下去。

"但这次,我们拜访了她,希望重新进行问话,却查到她也下落不明了。"

"真的?!她是什么时候不见的?"

树来惊讶地提高了嗓门,心想着这一桩案子里到底要出现多少名

---

1 诹访湖位于日本长野县的中央,湖面海拔759米,周长16.2千米,是县内最大的湖泊。当冬季湖面被冻住,且连续10天以上最低气温低于-10℃后,因冰的收缩和膨胀,湖面冰块会发生龟裂并伴随着巨响,冰块向上隆起1米多,被称作"御神渡",属于稀有自然景观。——译者注

失踪者！

"当年负责案件的刑警告诉我说，时间差不多就在弘幸失踪三个月后。"

"她知道弘幸下落不明吗？"

"估计心里多少有点数吧。他们交往了三年，尽管弘幸跟嫂子出了轨，可她似乎是真心打算嫁给他，她父母也认同他们的关系。因此她声称无论如何都要找到弘幸。听说她已经为此把弘幸的朋友和熟人都问了个遍。"

"那么，她是怎么和失踪扯上关系的？"

"事实上，洋子和工作单位里的一位前辈无话不谈，凡事都会找她商量。按那名女教师的说法，在失踪几天前，洋子曾严肃地说自己联络上弘幸了。虽然他在案发后就杳无音信，不过唯独那次，他发了短信过来。于是洋子突然产生了想法，计划着要去弘幸身边。"

"弘幸先生人在哪里？"

"洋子好像也不清楚，或者就是她不想告诉别人……总之他肯定在首都圈内就是了。第二天一早，洋子的邻居看到她离开了自住的公寓，而且据说一身轻装，打扮得和平时没有两样。到最后，连洋子也失去了消息。"

"她的家人提出过寻人申请吗？"

闻言，中村却在电话那头苦笑了起来，树来一听便明白了。

"'寻人申请'，现在叫作'失踪人口搜查申请'，但你要是觉得一旦收到这类申请，警方就会立刻开展搜索行动的话，可就大错特错喽。"

"嗯，我知道，只不过，这可不是一般的失踪案啊，毕竟和实际发生过的诱拐案有关呢。"

面对树来的指摘，中村则压低了声音，答道：

"洋子的家人没有提出寻人申请，理由正是由于这份'特殊性'。不论弘幸会被如何判处，他终归是个诱拐犯。如果女儿和弘幸一起逃亡，那么便会成为诱拐犯的同类。父母在明白这一点的情况下，又怎么可能去惊动警方呢？"

"原来如此，你说得对。"

树来不得不接受这番说法。

"警方接下来就要追查弘幸先生和洋子女士两个人的行踪了吗？"

"是的，好在比起独自躲藏，男女两人一对的目标会更容易被找到，所以这反而算是顺了我们的意了。实际上，我们也陆陆续续收到了一些消息，内容都是和他们年纪相仿但身份不明的男女。目前的问题在于，夕夏知不知道洋子的存在。"

中村暂时停止了发言。

他应该也有属于自己的种种考量。

"我觉得妈妈其实想和弘幸叔叔一起离开。"

树来想起了夕夏之前说过的话。

她说，美希自杀的理由是感到绝望。而中村心里，两名女性围绕着弘幸而起的情仇故事似乎也正在躁动。

"中村哥，你觉得弘幸先生联络洋子女士的真正用意何在？"

中村顺畅地给出了结论：

"因为美希死了，他没有其他可以依靠的女性了吧？不过事实也可能正相反，是美希意识到弘幸对洋子还有留恋，为了刺激对方而赌气选择了自杀。但不管是哪种情况，弘幸都是个以利用女人为生的家伙。夕夏同学要是知道了，会深受打击哦。如果她为此而推翻了之前的证词，可是要出大乱子了。"

中村好像大体上能接受这种情况，但树来却没法立刻做出回答。于是他改变了话题，问道：

"小野原夫妇又怎么说？"

"我们也彻底梳理了他们的交友关系，虽然目前还仅仅停留在问话阶段，除了目击信息，就连那些朋友道听途说来的消息也一并收集了。比如看到了貌似是他们的男女啦，收到了不确定是否是他们俩本人的电话留言啦，反正各种不知真假的消息还挺多的。"

他好歹是个警察，所以仍在履行着警察应尽的职责。

树来索性开了口：

"中村哥，你能把现有的信息详细地说给我听吗？"

"嗯，好啊，我稍后发邮件给你，信息量相当大呢。如果你有在意的地方，随便什么都可以来问我。"

"谢谢你。我还有一件事想和你商量一下——我可以把我们刚才谈话的内容告诉我妹妹和夕夏吗？当然，我不会把机密事项泄露出去的。前几天和你的协议也同样保密。"

"我无所谓啊。只要你遵守规则，想怎么利用我给你的信息都是你的自由。"

中村爽快地同意了。

"我明白了。那么，今天就先这样吧，有新进展的话，我们再联系哦。"

树来坚定地说道，随即挂断了电话。

和中村通话之后，树来继续专注于思考。

对方似乎颇为乐观，但自己还是得谨慎行事。

他抬起头，重新拿起了手机。

"哎呀，这么早，怎么了？"

等待数秒后，电话那头传来了沉稳得一如平日的声音。

没错，现在该去问问爷爷的意见了。

一听到这个声音，树来便充满了安心感。

"爷爷，早上好！"

每当面对爷爷时，他总有一种回到孩提时代的错觉。

他久违地兴奋了起来，连声调都变了。

"爷爷，我有些事想征求您的意见……今天方便去您那边吗？"

第 三 章

急 变

1

　　从JR镰仓站步行十三分钟，即可抵达高濑家的别墅公寓。它位于一栋总高四层的分售公寓的顶层，离三浦半岛末端的由比滨很近。那里非常适合散步和享受海水浴。

　　树来的外公外婆在二十多年前买下了这套房子。外公原本经营着一家医药制品公司，当他把社长的位置交由长子继承，自己则退休担任会长时，便趁机和妻子一起移居到了古都镰仓，而将东京都内的宅子让给了长子一家居住。

　　从镰仓搭乘横须贺线前往东京，仅需花费一个多小时，去公司很方便，同时还能充分感受到大自然与文化遗产之美，因此在这里养老似乎是他们多年来的梦想。而事实上，此地绿植丰富，气候温暖，一年四季都非常舒适，自古以来便有许多文人雅士热爱着镰仓并住了下来。

　　树来和麻亚知对这间别墅公寓也相当熟悉。他们打小就会陪着母亲一起回娘家；升入中学后，还会自己过来玩。兄妹俩都很喜欢神社与寺院，而且从新年参拜开始，一直到春天的赏花活动、夏天的烟花大会、秋天的赏枫之旅，这里每年皆有众多乐事。只消走在小町街和若宫大路上，便永远不乏新鲜事物。

树来的母亲是外公外婆最宝贝的小女儿，简直将她奉若掌上明珠。或许正是因此，即使二老还有其他孙辈，也依然把树来和麻亚知宠上了天。

去年秋天，他们离开了久居的镰仓，回到了东京的家中。理由是二老年事已高。外公都快九十岁了，外婆也过了八十，每天购物与做饭总归是个不小的负担，而且还得经常跑医院。

长子夫妇的孩子们已经从家里搬出去独立生活了，所以即使老人搬回老家也毫无问题。至于空出来的别墅公寓，则可供家人们自由使用。

它的地理条件堪比度假酒店，又不用花住宿费用，自然在亲戚中大受好评。而在诸多孙辈、曾孙辈之中，获益最多的无疑便是麻亚知。

她本来就是孙辈中最年幼的，外公外婆对她尤其照顾；她也不负二老的厚爱，在他们住在镰仓期间，她每逢假期便带着朋友们过去玩耍。其间，她亲近了大自然及古都的风貌，对寻访历史亦很有兴趣，因此成为一位坚定的"历史少女"。当然，向外公外婆尽孝之余，她似乎还有额外收获，那便是从不缺零花钱。

总之，麻亚知提出了一项计划——招待夕夏去镰仓的别墅，和他们兄妹一起在古都欢度假日，同时协商今后的对策。

"哥哥，下周我们约夕夏去镰仓吧？"

她在上周提议道。

"去镰仓干什么？"

树来不怎么起劲。

他已经习惯对麻亚知的主意保持警惕。

"听说夕夏的父亲经常去中国台湾，下周开始又要到那边去待上五天四夜。"

"哦？是吗？"

"这下子，夕夏不得不留下看家，根本是被软禁了嘛。所以哪怕只能外宿一晚上也好，要是我们不带她出门，她就太可怜了。"

麻亚知打量着树来的表情。

她似乎打心眼里同情宛如笼中鸟的朋友。

自从在葛木家经历了那样的意外之后，连麻亚知都没有再见到过夕夏。不论邦高的误会和愤怒有多么强烈，发言有多么无理，他都是夕夏的父亲。麻亚知当然不希望让夕夏难做。

实际上，佐野刑警好像也未再找过夕夏。理由绝对是因为邦高明确拒绝了问话。由于眼下还处在任意侦查的阶段，警方不能无视问话对象监护人的意见。

"不过要在镰仓过夜的话，肯定会传到她父亲耳朵里去的。毕竟夕夏不可能瞒着谷阿姨离开家嘛。"

树来提醒道。

但麻亚知自然早就发现了这一点，于是抓紧机会，据理力争道：

"没事的啦，别告诉谷阿姨是跟我们一起去的就行了！如果说是大学研讨会的合宿活动，她父亲应该也没法反对。"

说得也是，树来认可了。

能在现阶段和夕夏再好好聊一次，对他而言简直是求之不得的机会。下周起便是八月了，由于正值暑假，镰仓估计会热闹非凡。去那座久违的古都四处走走倒也不错。

"那就好。对了，夕夏的父亲确实是去了中国台湾没错吧？"

"嗯，好像真去了。这趟考察旅行是行业主办的，他担任干事，所以抵达目的地之后还得继续忙活。"

这样的话，问题不大。不过他依然不敢肯定，便追问道：

"夕夏同意了？"

毕竟她应该也有自己的想法和安排，即使是他们主动邀请，她也未必会答应下来。

麻亚知却对他露出了笑容，说道：

"她已经决定要和我们一起去镰仓了，因为能和哥哥你见面嘛。"

但下一秒，她又话锋一转，提出了质疑，

"对了，中村刑警没说什么吗？你其实在和他偷偷联系吧？"

真是一记重拳。

她的视线透过镜片直射过来，既犀利又刺人。树来心想，绝对不能小看她。

"这个啊……"

他索性把心一横，坦白道，

"说实话，上次问话之后，中村刑警就时刻将搜查上取得的进展与我同步。按照他给的信息，警方已经了解到有诹访洋子这么一位女性存在，而搜查本部也调整了方针，开始认真搜寻那几位行踪不明的嫌疑人。

"小野原夫妇，以及葛木弘幸和诹访洋子这两对男女现在未必全都活着，警方接受了中村刑警先前的提议，于小迪被埋尸的多摩丘陵一带展开了搜查。"

麻亚知和夕夏都不瞎，既然事情出现了如此转变，要是不照实告诉她们警方在各个阶段的工作进展，她们八成是不会罢休的。

"中村刑警对我非常亲切，当然了，这也和他父亲与我们家爷爷的关系有关，不过他知道我对这桩案子很感兴趣，所以私下透露了些未公开的搜查信息给我。"

"哦？你是说，在职刑警对重要证人的朋友大谈特谈搜查中的秘密信息？"

听着树来的解释，麻亚知依然露骨地表示怀疑。

"不，我觉得他并没有把所有信息都告诉我。诚然，机密本就是不该往外说的。可中村刑警对搜查本部所制定的方针抱有疑问。警界高层打算顺着夕夏的自白，轻易结案，而他不能允许这种计划继续实行，所以向我们提供信息，希望和我们一起靠自己的力量找到解决方法。反正我是这么认为的。"

树来斟酌着词汇。

"他具体给了你哪些信息？"

"截至目前，还没有决定性的内容。等搜查取得更多成果时，我们就可以得到相当有意义的信息。"

他撒了个小谎。

"嗯，能实时获得敌方的信息，光想想就觉得厉害。看不出中村刑警还是有些可取之处的嘛。"

"是吧？"

"那么，我们三个人就要抢在警方前面！反正不管发生什么，对夕夏来说，都不会比现在更糟！"

麻亚知已经充满干劲了。

她想要证明朋友的清白。这是她的一片心意，和不到刑事责任年龄便可免罪完全是两码事。

可话虽如此，她却仍语带叹息地小声嘀咕着，气愤的心情一览无遗。

"问题在于夕夏本人想扛罪呀！"

"算了算了。我们去镰仓时，总能取得一些进展的。"

树来将对话收了尾。

他没有如实告诉麻亚知，其实接下来才是胜负的关键，因此必须谨慎。

他努力打起了精神。

2

树来的外公外婆年纪虽大，却喜欢时髦的事物，而这一点也体现在了他们的别墅公寓里：3LDK[1]的房子统一装修成北欧风格，极为适合居住；步行即可很快抵达车站，交通便利；再算上其沉稳的建筑外观，无论男女老少无疑都会中意这处住所。

树来很久没来过镰仓了。别墅公寓的客厅采光很棒，还面朝海景。此刻他正站在其中，重新环视这间整洁的房间。

爷爷奶奶居住的木制独栋房子和这里完全不同，然而树来对这两处居所都怀着深厚的感情。因为它们是爷爷奶奶和外公外婆的家，家里到处充满着令他难以割舍的童年记忆。

而且不仅是房屋本身，连这两处的起居食宿与玩耍方式都迥然相异。即使时至今日，他仍对这一点深有体会。

爷爷总是紧绷着身板，起身非常麻利。而外公则是个大个子，性子又豪放磊落。在树来的印象中，每次见到外公，他都瘫坐在单人沙发中，而看到树来兄妹来访，他便会缓缓地站起来，伸开双臂，笑容满面地出来迎接他们，大声招呼着："哎呀，你们来玩啦！"

---

1 LDK是户型配置的简称，L指客厅（living room），D指饭厅（dining room），K指厨房（kitchen），3LDK即指三室一客厅一厨房一饭厅。——译者注

可如今，外公也消瘦了许多，完全成了一位沉稳慈祥的老人。昔日的那股精气神与魄力仿佛都被他遗忘在了镰仓。虽然有些遗憾，不过故地重游，怀念的心情果然还是远胜于寂寥之感。

这栋公寓是临海处最大的"招牌"，站在阳台上望出去，便可将由比滨的海水浴场尽收眼底。夏季时分，树来一家四口总会来看望外公外婆，随后抛下一切去尽情享受海水浴。

他们每次都先简单地问候过二老，接着急匆匆地换上泳装，趿着拖鞋，披上毛巾，奔向海岸。树来很不擅长运动，唯有游泳是强项。这全靠海水浴的锻炼。不过也正因如此，他在给自己特训过游泳的父亲面前，总是得意不起来。

他会在海水中畅游一会儿再上岸，而这时母亲已经等在父亲支起来的海滨遮阳伞下，摆出了点心和瓶装饮料。她也穿着泳衣，然而几乎从不下水。

等玩个痛快之后，他们便回到外公外婆家。烧得一手好菜的外婆则已准备好满满一大盘饭团，还做了炸虾、炸鸡以及炖蔬菜，就等着他们享用。树来和麻亚知的饮品绝对是麦茶，席间不断传出玻璃杯相触的叮当声、孩子们的喧闹声，以及大人们的谈笑声……

爷爷家散发着清冽而宁静的气氛，而外公外婆家则拥有着爷爷家所不具备的明朗与活力。

麻亚知说，夕夏高兴地答应了她的邀请。想不到她居然是第一次来镰仓，真是一朵彻头彻尾的温室花朵。她听从了麻亚知的主意，称是赴研讨会的同学之邀。他们约好了明天中午前在镰仓站碰头，随后三个人一起去市内逛一圈。

天气如此炎热，其实泡在海水里才是最舒适的，但每到这个季节，海边总是人满为患，所以他们瞄准了让观光客敬而远之的烈日寺庙巡礼。而这也是麻亚知的意思。

她从前几天起便执着于杀入镰仓，说是想要亲自下厨招待夕夏。毕竟她深受热衷于料理的外婆熏陶。此次她准备挑战牛肉咖喱和沙拉，甜品则是同样由她亲手制作的巧克力蛋糕。或许是为了展示自己的女人味有多足，她当真是铆足了劲。

菜谱确实很理想，然而烹饪却是件麻烦事，需要购买食材，提前备菜，慢慢地炒洋葱，把牛腱子肉煮透……总之得花上大量时间。因此，她坚持要在前一天晚上就开始着手处理。

树来很想由着她去，可到底还是不能让年轻姑娘一个人去外地。结果他不得不和妹妹同行，而且肯定会被要求打下手。这么看来，即使他带着笔记本电脑，估计也不会有时间写作。

他悄悄叹了一口气，觉得自己实在是太顺着麻亚知的步调走了。然而她还觉得自己是在帮哥哥的忙，真是难办得很。

外公外婆原先的卧室有八张榻榻米大，是这套3LDK的别墅公寓中的主卧，里面放了两张小双人床；另外两间次卧均为六张榻榻米大，且同样各置有一张小双人床。自从此处变为整个家族共用的别墅后，大家经常会带家人和朋友过来，因此最多可以住下八人。

主卧里也有桌子。树来原本理所当然地认为它将由三人中最为年长的自己使用，而麻亚知和夕夏一人住一间次卧即可。没想到麻亚知迅速地把自己的行李放进了主卧，随后若无其事地说道：

"不好意思，我带的东西太多了，把主卧让给我吧！对了，哥哥你睡哪间？"

亲人间的熟不拘礼正是体现在这种地方。可事到如今，即使感慨也无济于事。

那两间次卧中，一间靠海，原本就是为客人准备的，可以从室内直接进入阳台。换言之，它是这套别墅公寓里的"特等房"。所以说，将它让给客人居住便是主人应有的礼仪。

树来乖乖将行李搬到了玄关旁的次卧。那里没有任何景观可言，却是最适合监视人员出入大门的房间。说真的，就这一点而言，这间次卧可谓是他此行的最佳选择。

虽然对麻亚知保密了，但实际上，树来在四天前的晚上从中村那里听来了一项尚未公开的重要信息——警方在多摩丘陵发现了其他尸骨，而且不是一具，是两具。

看情况，那两具尸骨很可能属于小迪被拐案的相关人员。如果真是这样，那么本案的搜查无疑取得了堪称戏剧化的进展。

"真的吗?！"

树来意识到自己的声音变得激动了起来。

"真的，那里分别埋着一男一女两具遗骨，每一具都距离小迪被埋尸的地点三四十米，已经死了很久。"

即使隔着电话，树来也听得出中村那掩盖不住的兴奋之情。

"所以我一直说应该彻底搜查小迪被埋尸的附近地带嘛。可是上面那帮家伙老是充耳不闻，现在倒吭哧吭哧地行动了起来。毕竟遗骨一经发现，就完全算是他们的功劳了。"

他还是老样子，一边抱怨，一边表示自己的设想是正确的，说得很起劲。

"那两名死者的身份已经查明了吗？"

"还没有，不过十之八九和小迪的案子有关。"

"嗯，有可能。"

树来思索了起来：这一男一女究竟是谁？

根据调查结果，这桩案件或许会被一举破获，而在同一时间，他也能够验证自己的推理是否正确。因此，他想不妨趁着现在把自己的想法告诉中村。

"中村哥，其实下周，我们兄妹会和夕夏在镰仓见面……"

人一旦起了话头，便能毫不犹豫地将后文也说出口。

他思考着——夕夏被拐一案与小迪被拐一案关系密切，而它们背后究竟有何隐情？若确有内幕，那么自己现在又该做些什么？

说到底，他并非搜查人员，只是一个外人。因此他有做得到的事，亦有做不到的事；有该做的事，亦有不该做的事。他明白自己未必是正确的一方，但要是袖手旁观的话，推理也就没有任何意义了。

树来说完后，中村不仅没有否定他的想法，甚至还认为很有价值。

“‘假设’需经过证实才会成为‘现实’。你的计划值得一试！”

他的热忱透过电话传达给了树来。

“十分感谢！”

树来则将手机贴在耳畔，隔着电话向这位在职刑警鞠了一躬。

就目前来看，中村是他最理想的援军。其余的便如同麻亚知所说，问题集中在夕夏身上。一切都取决于她的态度。

卧室里的床单上过浆，挺挺括括。他将手支于其上，沉浸在思考中。

次日，树来兄妹在镰仓站看到了夕夏，只见她比他们想象的更精神。也许是有些晒着了，她那日式人偶般的肌肤正微微泛红。

今天她没穿短裙，而是换上了牛仔短裤和白T恤，走简洁风格；她的凉鞋里是一双赤着的玉足，白嫩得耀眼，整套打扮倒也给人以一种新鲜感。

“好久不见！”

她在车站前的人潮中瞧见了麻亚知，满面笑容地跑了过来。

“电车挤不挤啊？”

“挺挤的，不过我运气不错，半路上坐到了座位！”

"今天很热吧？"

"嗯，但这里总比东京好些。"

两个女孩子聊得兴高采烈。

"你好啊，听说你还是第一次来镰仓？"

树来在麻亚知身后说道。

"树来哥你好！是的，我以前从没来过这里，所以很期待呢！要麻烦你们多多关照了！"

她鞠了一躬，表情就宛如刚加入社团的新成员一般温驯老实。

但或许是因为她有一阵子没见到麻亚知了，整个人都显得非常高兴，于是很快便又恢复了笑嘻嘻的样子，牵住了麻亚知的手。

"对了，我们最先去哪儿呀？"

她迅速化身成了一名观光客。

其实今天相当炎热，光是站着不动就要冒汗。加之此处人头攒动，他们三人仿佛是被汹涌的人潮给推了出去一般，走向了小町街。

镰仓不是个小地方，一天可逛不完。麻亚知把游览计划安排得满满当当，打算以鹤岗八幡宫为起点，一路参观赖朝之墓、钱洗弁财天、佐助稻荷神社、镰仓大佛、长谷观音……然而，现在并非适合旅游的春秋季节。烈日当头，逛寺庙确实折磨人。树来不一会儿就陷入了懊悔之中，心想真是该打"安全牌"——去泡海水浴。

树来和麻亚知都是坚定的无神论者，却意外有着信仰心深刻的一面。一旦有事发生，便会老老实实地仰赖神佛，对于护身符、符纸等物品也绝不随意处置，还会去求签。当然了，拜谒时同样少不了香火钱。即使只有五日元、十日元，也是自掏腰包以将心声传达给神佛。这几乎可以说是毫无道理地信神了。

但这些行为终归还是要视季节而定。面对如此炎夏，树来只得认输。即使想要正儿八经地许愿，脑子里也是一团糨糊。别说游览了，这单纯就是苦修而已，万一中暑倒下，那么好不容易酝酿好的计划都得泡汤。

"话说，我们稍微调整一下计划呗？"

他在途中多次向麻亚知提出建议，对方却完全不听。

"哥哥你是不是苦夏了啊？真没用欸！"

最后，他被麻亚知小瞧了。

总之，他们终于在下午四点左右完成了全程计划。回到别墅公寓时，他们已经连汗都流尽了。他充分明白了顶着酷暑在沙漠中行军的步兵们的心境。

踏入大门，空调的冷气让他一下子浑身绷紧。他勉强才挨过寒意，"复活"了过来，而麻亚知和夕夏却仿佛没事人一般。想来，他在几年前也跟她们一样……于是他瞬间觉得自己已经"老了"。

进入房间后，夕夏、麻亚知、树来依序去淋了浴。

空调把树来刺激出了一身鸡皮疙瘩，眼下碰到热水，简直令他舒服得欲仙欲死。他彻底恢复舒适，随即用干爽的浴巾擦拭了身体，穿上新的棉质衬衫，拢了拢头发，走进客厅。

此时桌上已经放好了加有冰块的可乐。

麻亚知还是毫无风情地穿着牛仔裤和T恤，夕夏则换上了纯白色的连衣裙，裙长及膝，将她衬得宛如从绘本里走出来的公主。她果然是真正的大小姐，她家的豪宅以及她的表现都让人对这一事实感到信服。

客厅的窗帘敞开着，可以直接透过窗户看到海岸。

"这里真的离大海很近呀！"

"要去走走吗？"

即使这个时间了，这两个姑娘也可能马上就跑到海边去，但今晚还有该做的事，可不能继续浪费时间。

"不行，明天再去海边吧。"树来斩钉截铁地宣布道，"好了，先别说那些了，我很饿，快点吃饭吧。"

为了尽可能地享受丰盛的晚餐，麻亚知提了个"好主意"——中午随便吃点荞麦面果腹。也多亏了她，树来可是从方才起就饿得腿都软了。

"夕夏，你饿吗？"

"嗯，有点。"

"明白啦！那么我去准备晚餐！"

麻亚知总算有心思做饭了。

"我也一起！"

"谢谢！不过我昨天就把咖喱和蛋糕搞定了，接下来煮个饭，再做一份沙拉就好。"

"你还烤了蛋糕！好厉害——"

夕夏吃惊地瞪圆了眼睛。

树来则觉得自己似乎争取到了一点时间，因此不能继续磨蹭下去。

他快速地喝完可乐，不再管其乐融融地走向厨房的姑娘们，匆匆忙忙地钻进了自己的房间。

他紧紧关上房门，给中村发去了短信：

"我们回公寓了，接下来准备先吃饭，然后三个人一起聊聊那桩案子。我现在在自己的房间里。"

对方似乎一直等着他的联络，直接用电话替代了回复短信。估计是搜查工作有了新进展。

"你好……"

厨房传来了欢声笑语，感觉很是热闹，因此树来不必担心通话内容被她们听去，但仍自然而然地压低了声音。

"死者的身份查清楚了。"

中村跳过寒暄，直奔主题。

"真的？"

这进展着实迅速，从他们的遗骨被发现至今才过了五天而已，可见搜查阵营有多么全力以赴。

"千真万确。我们做了齿型比对，肯定没问题。不过结果很让人意外，搜查本部都吵疯了。"

"已经开过记者发布会了吗？"

"还没，现在我们必须彻彻底底地重新思考这整桩案子了。就连搜查本部也还没能把意见统一好。"

"也就是说……"

"嗯，你的推理应该是正确的，这下子，搜查人员都白忙活喽。"

树来心想，果真不出所料——可即便他对自己的见解相当自信，听到中村这么说，依然感到浑身紧张。

他重新端正了姿势，把手机紧贴着耳朵，集中全身精力倾听对方的话。

3

晚饭期间，他们三人有说有笑，气氛和乐融融。或许是因为没有烦人的家长们在场，让他们有一种"解放感"。麻亚知当然一如既往的健谈，夕夏也难得说了很多话。

由于麻亚知在烹饪时格外用心，那道牛肉咖喱简直绝了。虽然用了市售的咖喱酱，但把洋葱炒成茶色得花上一小时，牛腱子肉则要煮两个半小时才会软烂，至于酱汁的调味，和他们母亲平时做的蔬菜咖喱完全不同。不是吹捧，它绝对达到了饭店的水平。

三人凑在一起，一碗接一碗地大吃特吃，锅子很快就见底了。

"你们这么捧场，我好开心啊！"

麻亚知心满意足。

"真的太好吃了！"

"嗯，确实美味。"

夕夏和树来都衷心地夸赞道。

怎奈树来还是吃太多了，咖喱仿佛从胃里一直塞到了他的喉咙口，如果不小心张开嘴，就要打出嗝来，饱得连水也喝不下去，何况吃巧克力蛋糕。而既然他都撑成了这样，可想而知，娇小的夕夏此刻是怎样的状态。

"那么，我们过会儿再吃蛋糕、喝咖啡，先聊正事吧？"

麻亚知把桌子收拾干净，随后进入了今天的主要议题。

有道是，"三个臭皮匠，赛过诸葛亮"。现如今，警方的搜查工作正在稳步推进，夕夏的父亲也已断然地拒绝配合任意侦查。于是，夹在这两方之中的夕夏究竟该如何行事呢？这次聚会的要点就在于针对这一问题，提出可靠的对策。

然而，搜查的速度超过了他们的预期，要是无法从警方那里获得信息，即使商量也没有意义。

"夕夏，你应该也好好思考过了吧？但哥哥好像有些话想要提前告诉你。"

夕夏坦率地点了点头，并与树来四目相对。

树来单刀直入地问道：

"夕夏，你知道'诹访洋子'这个人吗？"

"诹访洋子？"

夕夏皱了皱眉。

"嗯，她是弘幸先生的恋人，两人的关系一直保持到弘幸先生失踪。"

"你这么一说……弘幸叔叔的女朋友好像是叫'洋子'。"

她点头答道。

"你见过她吗？"

"没有，不过我记得她应该是在幼儿园工作的……在我被诱拐又回家之后，曾经听父母和刑警们提起过她……她怎么了？"

她盯着树来，眼神毫不动摇。

"你说得没错，洋子女士是幼儿园老师，和弘幸先生交往了三年多。虽然没有同居，但听说她父母已经认可弘幸先生了。当然了，洋子女士似乎也认真地对待着两人的未来。据她周围的人说，在弘幸先生失踪后，她仍拼命地寻找男友的下落。"

"难道她也和诱拐案有关？"

麻亚知也来了兴致，一脸严肃地问道。

树来摇了摇头。

"如果你想问她是否参与了案子，那么我只能说不知道。至少十年前的搜查工作存在疏失，并未得到明确的结论。夕夏被诱拐后，C县县警署的刑警们找她问过话，可她没有任何可疑之处，不在场证明也很确凿。所以他们往后就不再关心她的动向。

"然而目前，小迪的遗骨再次引燃了问题。警视厅开始认真搜寻弘幸先生的下落。就在他们重新进行问话调查时，查明了洋子女士同样下落不明的事实。"

"怎么可能！"

麻亚知大叫了起来，而夕夏虽然没有喊叫，一双眼睛却瞪得更大了。

"我说的是实话。"

树来用力点头答道。

"她是什么时候不见的？"

"据说是在弘幸先生失踪三个月后。就像我刚才所说，她为了寻找弘幸先生而孤军奋战。按她工作单位的前辈的证词，她自称和弘幸先生取得了联系，随即便失去了踪影。"

"要怎么才联系得上失踪人口？"

"她把弘幸先生的朋友和熟人都找了个遍，其间收到了弘幸先生的短信。"

"出了如此重大的事件，为什么至今都没有引起警方重视？"

"因为她的家人刻意不公布事实。既然她想要和弘幸先生一起过逃亡生活，就说明她是自己决定'人间蒸发'的。因此，她的家人大概认为不要引发乱子比较好。"

"太过分了！这样一来，协助了弘幸先生并因此被逼到自杀的美希太太又算什么?! 弘幸先生不光脚踏两条船, 还利用了美希太太吗?! ”

麻亚知气得拔尖了嗓音。

“树来哥, 你为什么知道这些? ”

夕夏冷静地插话道, 声音中包含着些许怀疑。但这不能怪她, 毕竟她不知道树来和中村之间的合作协议, 会觉得有问题也是理所当然。

“其实是中村刑警告诉我的。”

树来再次直视着夕夏。

“中村刑警? 是警视厅的那位中村刑警? ”

“嗯。”

“可他是搜查阵营的人, 为什么会把这些信息告诉你? ”

她已经掩藏不住自己的疑心, 麻亚知轻轻将手搭上了她的肩膀。

树来缓缓开口道:

“夕夏, 你父亲觉得所有的警察都可以若无其事地栽赃无辜的人, 但这种想法绝对大错特错。诚然, 有些警察或许会胡乱搜查, 又硬是指鹿为马; 可也有人不惜违背高层的方针, 只求一个真相, 就像中村刑警那样。

“中村刑警并不认为你杀了小迪。不仅如此, 他还对搜查本部打算把你作为凶手来结案的计划感到愤慨。于是他单独找我合作, 想要找出真相。而我也决定配合他。”

说到这里，树来暂时住了口。可夕夏还是一言不发。

她一脸僵硬地凝视着树来，这反应说明她或许无法理解树来的话。

于是树来继续说了下去：

"警方自然也在履行自己的职责。他们追查着去向不明的案件相关人士，所以才会掌握到诹访洋子失踪的信息。而且搜查本部还在不断收集其他线索。说白了，他们现在正被迫把整桩诱拐案重新梳理，而非只盯着是谁杀了小迪这一个问题。

"你要是觉得其中有古怪也很正常，不过对现在的我们而言，能得到警方的信息是非常有意义的。中村刑警希望借由给我提供未公开的信息，来取得有别于搜查本部的观点。既然我们和他目标一致，都奔着真相而去，难道你不认为我们双方联手是一件相当有价值的事吗？"

"这我倒能接受。哥哥，你再把那些未公开的信息说得详细一点吧。你应该还知道些其他的哦。"

麻亚知代沉默的夕夏催促道。

树来点头同意了。

"其实，五天前，警方在小迪被埋的多摩丘陵一带，又找到了两具白骨。"

麻亚知和夕夏压根儿没想到这所谓的"未公开的信息"竟会如此惊人。尽管树来说得波澜不惊，她俩还是屏住了呼吸。

"你干吗不早说?!"

"那两名死者是谁?!"

她俩总算能出声了。树来则沉稳地看向她们,答道:

"我也是刚接到中村刑警的电话。根据齿形对比,死者的身份已经明确。不过你们不要太惊讶。其中一具遗骨属于小野原晃司。他被埋在距离小迪大约三十米的地方,而且全身赤裸。"

空气变得沉重而压抑。

"结果小野原夫妇还是被杀了呀。"

麻亚知喃喃自语道,语气颇为收敛。

她大概是在以自己的方式照顾夕夏的感受——假如杀害小野原夫妇的人正是弘幸,那么警方八成会认为美希也涉及了这桩命案。要是自己的母亲杀了人,夕夏将情何以堪!

可在说出下文之前,树来先重重地叹了一口气。

"另一具遗骨则是在距离晃司先生十米左右处被发现的。死者虽为女性,却并非小野原伊津子。据说警方已经确认了,她是弘幸先生的恋人——诹访洋子。"

气氛一瞬间掉到了冰点。

"为什么不是伊津子太太,而是洋子女士?!"

最早反应过来的是麻亚知。不过她当然无法理解,死者居然不是小野原夫妇,而是小野原晃司和诹访洋子!

"我绝对接受不了这种说法。洋子女士不是和弘幸先生一起逃亡了吗?!"

麻亚知怒气冲冲的,可夕夏却在一旁嗫嚅着说:

"也就是说,弘幸叔叔还活着吧?"

她最关心的,既不是伊津子的去向,也不是洋子被杀害的理由,而是弘幸的安危。随后,她像是重新提醒麻亚知一般,开口道:

"这确实让人觉得难以置信,然而事实就是事实。"

"但可以确定的是,美希太太和洋子女士的死无关吧?毕竟在洋子女士失踪一个月前,美希太太就已经去世了。"

麻亚知断定道。

她大概是想尽量减轻夕夏的心理负担,说完还偷偷打量着夕夏的脸色。

"这怎么想都很古怪,我不明白洋子女士为什么会遇害?弘幸叔叔为什么要杀她?"

夕夏却始终只惦记着弘幸先生,也不知道她到底有没有明白麻亚知的用心。

"不管怎么假设,我们都没下结论。按中村刑警的说法,警方似乎也难以判断。"

树来回答得很是谨慎。

"算了,怎样都行,我们还是先动动脑筋吧,不然根本谈不下去。"

"说得也是。麻亚知，你是怎么想的？"

夕夏赞成麻亚知的提议，而麻亚知重重点了点头，仿佛等的就是这句话。

"首先，晃司先生的遗骨和小迪埋在一个地方，这说明他也是被弘幸先生杀害的。这一点大家都没意见哦。那么，晃司先生应该是查出了诱拐小迪的人，随后闯入葛木家，打算靠自己的力量把孩子抢回来，却反遭毒手，对吧？"

她立刻发表了自己的推理。

"怎么说呢……你觉得晃司先生查出了诱拐犯的身份，那么他为什么不向警方求助？你的推理解释不了这一点。"

树来温和地提出了异议。

"因为对方手里有他不想被警方知道的把柄？"

"这有点牵强了吧？而且就算晃司先生因此被杀，伊津子太太又如何解释？要是不弄清这个问题，你的假设或许很难成立。"

"嗯——也是哦……"

麻亚知抱头苦思。

"我听中村刑警说，警方当初好像认为，小野原夫妇欠了大钱，走投无路，于是企图通过美希太太的协助而伪造诱拐案，然后在不惊动警方的情况下让伊津子太太的父亲支付赎金。不过她父亲却没上钩，反而逼着他们拨打110报警，他们的计划彻底乱了套。结果，夫妇俩一起从现场逃跑了。"

实际上，在晃司先生和洋子女士的遗骨被发现之前，警方一直坚信这套假说，但无奈没有证据，估计也是因此才始终没有将之公开。

总之，由于该假说滴水不漏，就连麻亚知也认真倾听着，看样子是认可这套说法的。

"既然有了上述假设，警方打算以夕夏为凶手结案的理由也就不言自明了。小野原夫妇和美希太太都没想过杀害小迪，只不过小孩子的恶作剧不幸导致了此次意外事故。这样的话，根本就不存在凶恶的犯罪嫌疑人了，警方也没有任何过错。"

"警方现在还认为诱拐案是小野原夫妇伪造的吗？"

夕夏插话道，眼神相当刺人。

树来则悠悠地开了口：

"不。如今晃司先生和洋子女士的遗骨被发现，警方应该也会对至今为止的想法做出全盘更改。"

"因为那两人遇害的理由尚不明朗吗？"

"那是当然。但这并不是唯一的原因。眼下完全解释不了伊津子太太的情况。她身上发生了什么？更重要的是，她在案件中到底担任了怎样的角色？我想，搜查本部也正在围绕这些问题争论不休。"

"嗯，确实呢。"

说完，话题又暂时中止了。

"我们其实不必想得那么复杂。真相就是，弘幸先生除了美希太太和洋子女士，还和伊津子太太有男女关系。"

麻亚知干脆地断言。

"我刚才听哥哥说的时候就在想了，如果小野原夫妇和弘幸先生、美希太太串通，伪造了诱拐案，他们应该会提前商量吧？那么，在彼此接触期间，弘幸先生与伊津子太太之间产生感情也不奇怪。"

麻亚知说得振振有词，随后又看着夕夏的表情，继续道：

"夕夏不是也说了吗，美希太太是因为绝望而自杀的。"

她的见解确实没有明显的矛盾之处。不过夕夏似乎唯独不想认同这一假设，于是低着头，沉默不语。

"你的意思是，弘幸先生不仅劈腿，而且脚踏三条船？"

树来替夕夏发问。

"嗯，他在玩弄女人的感情。"

"所以，你觉得伊津子太太和他合谋杀死了自己的丈夫？"

"对。"

"那么，杀害小迪的又是谁？"

"这个嘛……"

麻亚知犹豫了一刹那，随后斩钉截铁地答道：

"不是美希太太吗？"

"美希太太因为痛恨伊津子太太，便亲自动手杀了小迪？"

"是，虽然我不愿这么想。"

麻亚知慢慢地挑选着妥当的措辞，继续往下说：

"在我看来，要是弘幸先生和伊津子太太存在私情，就能解释晃司先生和洋子女士遇害以及美希太太自杀的理由了。对伊津子太太来说，碍事的丈夫被解决了，最大的情敌美希太太也已不在人世，接下来终于可以独占弘幸先生。可如意算盘才打没多久，弘幸先生又和洋子女士重修旧好，她便一时冲动，杀死了洋子女士。这不是顺理成章的吗？夕夏，你怎么看？"

听麻亚知这么说，夕夏慢慢抬起头，反问友人：

"晃司先生和洋子女士是在什么时候、被如何杀害的呢？"

麻亚知答不上来，反而看向了树来。

"一切都不确定，包括他们的死因在内。就连他俩是不是同时被杀的都是个谜。"

这些问题确实很重要，不过死者身份也是今天才刚水落石出，因此他们只能等待鉴定的结果。

"凶手没有把晃司先生和洋子女士埋在同一个坑里，可见两人应该不是同时丧命的。"

"嗯，大概不是。"

"我很在意他们死时，整桩案件进行到了哪个阶段。"

"警方一旦找到这方面的线索，就会公布了。先不论死因，他们起码能查出死者被埋尸的时间以及周围的状况吧？"

树来和麻亚知一问一答。

"嗯，应该吧。"

夕夏只是偶尔简单地附和一两句。

"只不过，警方也正从多个角度开展着搜查工作，或许会在意想不到的地方找到破案的线索。中村刑警的话就到此为止，但看来他们已经收集到许多和弘幸先生及小野原夫妇有关的信息了。"

树来有意改变了话题。

可夕夏的眼睛瞪得更大了，问道：

"有目击信息吗？"

她果然还是很在意这个问题。

"嗯，有目击者称看到过相像的人，还有人告密说职场上的同事或附近的居民不对劲，总之各路消息来得比警方预计的更多。当然，大部分都只能算是误会或者假消息就是了。只不过其中有晃司先生的童年好友提供的手机电话留言，这似乎引起了搜查本部的注意。"

"那是什么时候的事？"

"那通电话还是在两年前打来的，那位朋友因为对留言内容心存顾虑，便一直没有删除。来电者大概是晃司先生，声音很低沉，像是用了车站的公共电话，对他说：'我到这附近来了，想跟你见上一面。'"

"对方确实是晃司先生吗？"

麻亚知插话道，树来则点头表示认同。

"嗯，这就是最大的问题。来电者没有自报姓名，可声音及说话方式却都很像晃司先生。那位朋友直观地认为，既然对方是晃司先生，那么肯定是缺钱，想找他借一点。

"若真是这样，晃司先生被杀就是在最近两年之内了。这绝对是重要信息，而且应该还会继续出现与他有过接触的人，但事实上警方却并未收到其他信息。所以中村刑警认为这条手机电话留言也不靠谱。"

"哦……这样啊……"

听了树来的说明，麻亚知陷入了思考。

同时，夕夏依然凝视着树来，大概也在琢磨着什么，整个人都散发出一种不会看漏任何表情的气势。

树来看向夕夏，继续往下说道：

"事实上，目前搜查本部最关注的是弘幸先生。据说他们得到了相当可信的消息。"

"真的?！"

麻亚知和夕夏异口同声地问道。

"嗯，消息来源是一家位于东京的理发店。店家说，有一位客人不时上门理发，此人很可能就是弘幸先生。"

"他们怎么这么清楚哦?"

"我刚听到这个消息时，也是这么想的。不过，不论是否隐藏自己的身份，正常生活的男性都必须理发。尤其是弘幸先生那样时尚、注意仪容的人。因此，警方以理发业的从业者为对象，开展了地毯式的搜索。结果成功找对了路子，有一名理发师在看到照片时，指出那正是弘幸先生。"

"原来是这么一回事。"

"随后，他们便埋伏在那家理发店里。一旦弘幸先生如他们计划般出现了，本案即可一举告破。但事已至此，弘幸先生本人当然也会提高警惕，毕竟他本就在逃亡，如今也不可能和十年前一模一样。因此中村刑警的观点是，该抓捕方案不会轻易成功。"

树来解说道。

"嗯……"

夕夏轻哼一声，听起来既像是安心，又像是沮丧，感觉十分微妙。

"你知道那家理发店的店名吗？"

她向树来投去严肃的目光。

"不知道，他不可能对我交代到这地步啊。包括地址，我只晓得是在东京而已。"

树来摇头否认。

"那也难怪，中村刑警归根到底还是个警察嘛，再怎么透漏消息给哥哥也总有个限度呢。"

与失落的夕夏相反，麻亚知看起来倒是能接受树来的说法。

这其实很正常。要是站在嫌疑人一方的人与基本上没有心理负担的外人反应一致，那才奇怪。

至此，信息公开得差不多了，树来收敛了表情，说道：

"好了，接下来该谈谈正事了。"

闻言，单肘支在桌上的麻亚知端正了坐姿，双手僵硬地交握在胸前，仿佛在祈祷一般，看起来忧心颇重。

夕夏表面上还是一派镇定，教人猜不透她内心的想法。她挺直了背脊，双手放在桌下，坐得板正，活像是在接受面试一般。

"事情已经如此严重，警方应该不会毫无行动。佐野刑警说不定明天就会来找你问话。"

"嗯，也是。"

夕夏认真地点了点头，同意树来的说法。

"要是他们真的来找你，你怎么办？"

麻亚知提心吊胆地问道。

"我打算接受问话。"

夕夏干脆地作答。

"这可违背了你父亲的嘱咐，不要紧吗？"

"他发火也无所谓，这是需要我自己去面对的问题。"

"我明白了。"

"被问话时，你也准备采取同样的说法？"

"嗯，毕竟事实就是如此。"

麻亚知听了直摇头，仿佛在坚决否定夕夏的判断。对着思想犯白费力气的人肯定也是这种心情。

"可是，此一时也，彼一时也。警方发现了晃司先生和洋子女士的遗骨，这桩案子就不仅仅是小迪被杀这么简单了。不管你有多么想要保护你的叔叔和母亲，你也该知道，现在已经没有法子了。"

麻亚知越说越激动，夕夏坦率地低下了头，答道：

"抱歉。"

"保险起见，我多问一句，夕夏你对晃司先生和洋子女士没有什么奇怪的记忆吧？比如曾见到过他们脖子上缠着绳子的场面……"

"没有。"

夕夏毫不犹豫地答道，而麻亚知也随之放松了下来。

她提问时虽然故意用了半开玩笑的口气，然而很明显，这是因为她害怕得到最糟糕的回答。

树来暗想着，自己的妹妹那真挚的友情，究竟有几分能够传达到夕夏心中。

夕夏则没有理会树来的感受，只管咬着嘴唇说道：

"如果……弘幸叔叔真的杀了洋子女士……如果真的是他干的……那么，我也不会原谅他的……"

"还不知道真相呢！"

麻亚知悄悄伸手搭住了夕夏的肩膀，对方却像个小孩子一样拼命摇头。

"你不用安慰我了，爸爸果然是对的。在我爸妈吵架那阵子，每当妈妈向爸爸极力争辩时，爸爸就会说她被弘幸叔叔骗了，还说不能相信弘幸叔叔，他这个人早就烂到骨子里了……"

说着说着，大颗的泪珠从夕夏眼中涌出。

她那蓬蓬松松的裙子上有口袋，她从中掏出了一块雪青色的手帕，轻轻擦拭着脸颊。

树来很不擅长应付这种场面，不知道该作何表情。于是面对着两个沉默的女孩子，他故作淡定地说道：

"既然夕夏已经有这么深刻的觉悟了，那就按她的想法办吧。我们也不必说这说那的。"

"但也不能……"

麻亚知还有异议，树来伸手制止了她。

"不管夕夏在被问话时说了什么，如今警方都不会把她当成祭品来结案。毕竟小野原夫妇和弘幸先生的关系已经引起了他们的高度关注。因此他们准备连同最初的夕夏被拐案一起，从头开始重新审视整桩案子。"

"嗯，说得对。"

尽管麻亚知仍想发话，但一旁的夕夏却大力点了点头。

她的动作乍看之下天真无邪，可其中却透露着她强烈的意志——任凭别人怎么说，她都会做自己认为该做的事。

树来重重叹了一口气。

"我们可以吃甜品了吧？"

麻亚知朗声说道，似乎是想活跃一下沉闷的气氛。

"好主意。"

"哇，吃甜品最开心了！"

树来和夕夏立即响应。

"夕夏，能帮我一起把蛋糕拿过来吗？"

"当然！"

树来看准她俩离席的空当，从口袋中取出手机。在谈话期间，他并未感受到振动提示，可为求保险，他还是确认了一下有没有收到短信。结果果然没有。

"来啦！久等哦！"

稍过片刻，麻亚知便用他熟悉的花纹托盘，小心翼翼地端着一个直径约十五厘米的圆形蛋糕走了过来，夕夏则拿着同款花色的分装碟与叉子，跟在麻亚知身后。

这款巧克力蛋糕似乎深得外婆的真传，麻亚知非常自信。昨天树来看她烤的时候，还只是一坨乱七八糟的焦茶色物体，现在经过糖霜的装扮，已经变得极为漂亮，简直媲美店里售卖的产品。

"夕夏，我要去弄冰咖啡，能请你分一下蛋糕吗？"

她把蛋糕刀递给夕夏，随后便回到了厨房。等她再次出现时，则又端着一个托盘，上面是三个特大号的玻璃杯，杯中装满了加有冰块的咖啡。

"这不是买来的塑料瓶装咖啡，是我亲手冲的曼特宁[1]，其实我

1　曼特宁是一种咖啡，产于印度尼西亚的苏门答腊，风味非常浓郁醇厚，烘烤后苦味较重，带有一些烟草芳香，常被作为单品饮用，但也可用于调配混合咖啡。——译者注

希望你们能直接品尝，但也可以按自己的口味加入稀奶油和糖浆。"

麻亚知充满自信地宣称道。

这咖啡和她做的咖喱一样，味道相当好。蛋糕那浓郁香醇的甘甜和曼特宁特有的苦味真是绝配，果然不加糖浆才是正确的。

"这冰咖啡好好喝啊！"

夕夏加了很多稀奶油和糖浆，随后把咖啡喝得一滴不剩。在吃完辛辣的咖喱之后，确实会感到口渴。

这一刻，气氛平和得仿佛让他们忘记了杀人案的存在。但这样的时间并没有持续很久。

"我有点累了，反正还有明天，今天就先睡吧。"

麻亚知打着呵欠提议道，从他们开始吃甜食起，还不到三十分钟。和树来这个夜猫子不同，麻亚知是个健康的"理科少女"，早上总是起得很早。

"有道理，我好像也觉得困了。"

"因为我们白天走了很多路，可能有些疲倦。"

她俩相互点点头，看来今天确实当了一回强行军。尤其是麻亚知，她从昨天就开始"奋战"，疲劳感估计一下子涌了上来。

"你们早点休息吧，我来收拾就好。"

树来主动提出帮忙。

"哎呀，谢谢！那么就拜托你善后啦！"

麻亚知毫不客气，再次大大地打了一个呵欠，随即迅速地站起身来。

同时，她又硬是抓着夕夏的胳膊，把她拉了起来，说道：

"夕夏，睡前我还有些东西想给你看，不好意思，能稍微到我的房间来一下吗？"

"我也想帮着一起收拾……"

夕夏有些为难，麻亚知却完全不介意，说道：

"没事没事，我们家就是男人负责洗碗的！"

接着，她便强拉着夕夏进了主卧。树来看到她们离开，终于安心地吁出一口气，心想这样才好，这下子他总算可以一个人待着了。

他起身走到厨房，不出所料，现场之惨烈堪比战场。餐具和烹饪工具被扔得到处都是，仿佛一群残兵败将。这简直就像男人用过的厨房。当然，他是在反讽。

话虽如此，这种纯粹的体力劳动其实最适合用来整理思绪。通过机械化的手部动作，可以摒除杂念。因此他一边在水槽中大洗特洗，一边专注于思考接下来的问题。

4

时间来到了晚上十点半，别墅公寓中已经悄无人声。麻亚知和夕夏都窝在了自己的房间里。

现在正值暑假，外头按说该是车来人往，络绎不绝，不过主干道上的嘈杂声可传不到树来这间位于玄关旁边的房间。

今天就这样结束了吗？还是说，好戏接下来才要登场？期待与不安交织在一起，令树来感到胸口阵阵闷堵。

之前他收拾完厨房时，已经将近十点。当时客厅里空空如也。想必是因为女生们都在饭前就淋了浴，所以不再泡澡，而是选择早早刷牙睡觉。

树来慢腾腾地从床上爬起来。

他之前只是躺着放松疲惫的身体，并没有入睡。其间他始终竖着耳朵，因此可以断定，大门一次都没有被打开过。

可他只得保持着高度注意。要是夕夏打算偷偷地摸出门去，现在就是最后的机会了。虽说离末班电车还有些时候，然而考虑到换乘等步骤，时间便算不得充裕了。

他打开门，悄悄窥探着。

他睡的那间次卧以及被麻亚知占领的主卧都能直接经由走廊来到玄关，不过夕夏睡的那间靠海的次卧则必须穿过客厅才能抵达玄关。就是说，这条路线上共有两扇门，一扇是整套房子的大门，另一扇是将客厅与走廊隔开的客厅门。其中客厅门相当沉重，还装有磁铁，想要打开它却不发出任何动静是不现实的。

树来深深吸了一口气，蹑手蹑脚地走到大门前，小心谨慎地伸手握住门把手——幸好，它还锁得好好的。

这里毕竟是一栋四层公寓的顶楼，怎么说都不可能垂根绳子就从阳台溜到地面上。换言之，夕夏此刻确实在房间里。他有一种介于气馁与焦躁之间的复杂感受，但同时又觉得这样就好。

这时，突然有人"嘭嘭"地拍着他的肩膀，吓得他一下子大叫起来。

一回头，只见是麻亚知。她按说已经睡着了才对，却不知何时来到了哥哥身后。

她站得笔挺，雄赳赳气昂昂的，活像是毗沙门天[1]再世。而且她身上穿的也不是睡衣，还和之前保持着同样的打扮。

或许是树来把全部精力都投注在了大门上，忽略了背后的情况，才被妹妹乘虚而入。

"是你啊，别吓我好吗？"

他姑且放下心来，然而这种状态却只持续了短短一瞬间。

"你调查这种地方也没用，夕夏睡得很死哦。"

麻亚知慢悠悠地开口道。

她镜片后那双细长的美目带着微光，宛如刀刃，整个人都毫无睡意。面对这样的她，树来一下子答不出话来。

但她没有理会树来，转身大步走开了。

---

1 毗沙门天即多闻天王，原为佛教护法之大神，是四天尊王之一，原为古代印度婆罗门教、印度教中的财神与北方保护神俱毗罗，早在印度古代史诗《摩诃婆罗多》等书中就已出现过。而唐朝的毗沙门天信仰流传到日本后，又被推崇为战神。日本战国时代战争名将上杉谦信便自诩为毗沙门天的化身。——译者注

树来不自觉地跟了上去，她一直走到主卧门前才站定下来，把房门完全打开，随后再次猛地回头，以挑衅的口吻说道：

"来，看看。"

只一眼，树来就看到夕夏躺在其中一张床上。他甚至来不及纳闷她为什么会在麻亚知的房间里。

夕夏也和方才一样，身着一袭白色的连衣裙，裙摆轻柔地展开，露出了一双纤细的玉腿。而且她是直接仰躺在了被褥上，床还铺得好好的，被子压根儿就没有被掀开。

她的胸脯正规律地上下起伏着，看来还有呼吸。不过她一动不动，跟一具尸体似的，双眼紧闭，嘴巴微张，脸色惨白，简直就是杜莎夫人[1]的蜡像。

树来回想起，夕夏应该是在晚饭过后，受到麻亚知的邀请去了主卧，那么她很可能就是在那时候睡着的。同时，她并非自然入睡，而是由于某些人为手段——

想到此处，他立即条件反射般地看向麻亚知。

"话先说清楚，我没有用哥罗芳之类的东西。我只是在冰咖啡里加了一点强效的助眠药，估计再过五六个小时，她就会自然睡醒。"

麻亚知的嘴角微微上扬。

1　杜莎夫人是法国蜡制雕塑家，生于1761年12月，逝于1850年4月16日，她于1835年在英国伦敦创办了杜莎夫人蜡像馆，后在全球多个国家地区设有分馆，代表着蜡像制作的最高技术之一。——译者注

"你为什么要这么做？"

其实不用问也知道。

"因为哥哥你和中村刑警串通好，打算陷害夕夏。"

她下了断言，随后继续说道，

"你刚才提到弘幸先生常去的理发店，于是我突然明白过来了——原来这就是警方给夕夏准备的陷阱啊！

"他们觉得夕夏和弘幸先生是一伙的，哥哥你好像也很信任中村刑警，但他可是专业的搜查人员欸！他假装给你提供信息，其实是想利用你！"

听她这副自信十足的语气，树来便明白了，其实她在来镰仓之前即已预测到这般局面，于是暗中侦查哥哥的举动，并且采取了对策。

"如果理发店的信息不假，警方打算监视那家店，那么弘幸先生被捕也只是早晚的事。可说到底，这必须建立在'信息真实'的基础上，对吧？"

她继续说道：

"就算是中村刑警，要是把这么机密的信息外泄，也没法轻易收场。我不认为他蠢到这个地步。因此，警方肯定另有目的。"

"嗯——怎么说？"

她是如此雄辩滔滔，而树来则相反，只得把声音放低。

"听到这些信息，夕夏当然忍不下去，肯定会立刻去联络弘幸先生。这么一来不就很明显了吗？警方能通过夕夏的联络，迅速捕捉到弘幸先生的手机定位信息，接着马上抓住他。总之，中村刑警制定的抓捕方案就是——用假鱼饵把真犯罪嫌疑人给‘钓’出来呗。"

"哦……"

"哥，你就是太相信中村刑警了。即使爷爷对他们家恩重如山，警视厅搜查一科的刑警也不可能找你这么个平民百姓来合作啊。所以肯定有所企图！"

其实，麻亚知的观点是正确的，让人难以反驳。也难怪她会如此信心十足、盛气凌人。

不过，树来却正是因此才能够相信中村。然而，他才不敢吐露这番真心话。因为他对中村的信赖并非出于"理性"范畴，而主要出自他的"感觉"。

看到哥哥完全沉默了下来，麻亚知的表情稍微有所缓和。她喃喃道：

"我也觉得自己做得不对，可是为了避免最糟糕的结果，姑且只能先让夕夏入睡。"

而她那苦涩的表情，也在诉说着做出这个决定对她而言有多么艰难。

"也就是说，你觉得夕夏知道弘幸先生的住所以及联络方式？"
树来悄声问道。

他到底还是在意，夕夏目前真的睡着了吗？尽管躺在床上的夕夏只是闭着眼睛，没有任何动静，可是人在睡觉时，听觉应该还是在运作的。

“是哥哥你这么认为而已。”

听到树来的话，麻亚知不满地噘起了嘴。

她仿佛毫不在意夕夏可能听到自己的话，看来是对助眠药的药效有着绝对的自信。

“反正，夕夏的手机肯定被窃听了。警方提出要求的话，就能拿到联络记录。”

“不，进行强制搜查时必须拿出搜查令。”

树来冷静地提出异议，但麻亚知根本不听，还在继续往下说：

“当然了，这不是公开的手段，可毕竟出了命案，警方肯定会有所行动。夕夏按说也明白这一点，不过凡事总有万一。我刚刚已经擅自看过她的联络记录了。”

她边说边去掏夕夏的连衣裙口袋，然后取出了一台金属粉色的手机。

那是夕夏爱用的翻盖式多功能手机，常有人问她为什么不用智能手机，她便说智能机体积又大，耗电又快，而且不能盲打，她不喜欢。

“事态紧急，我想她肯定会原谅我的。结果果然，她今天一整天都没有给别人打过电话，也没有发过短信。”

树来觉得，麻亚知已经坚信自己的想法是正确的，因此多说无益。

她瞥了一眼始终不开口的哥哥，说道：

"你认为夕夏八成打算在半夜里溜出去，找公共电话是吗？但这不正如了警方的意吗？莫非中村刑警现在就在这栋公寓的入口处盯梢?!

"说真的，就算你是我哥，我也不能认同你背叛夕夏！她并不是那种自己无罪就万事大吉的人，她实在是太单纯了！她就是希望保护弘幸先生，才会来向我求助！"

说着说着，麻亚知的眼中泛起了一层泪光。

即使她的认知是错误的，这份心意却没有任何问题。她拼命守护的其实是夕夏对她的信赖，是夕夏与她之间的信赖。对此，又有谁能责怪呢?

树来深深叹息着，正视着妹妹，解释道：

"你的怀疑也不是没有道理，然而我刚才告诉夕夏的都是真消息。"

他们把熟睡的夕夏留在主卧，转而坐到了客厅的沙发上。这样便可以敞开心扉进行交流了。

这套别墅公寓其实原本有一间大小超过二十个榻榻米的大客厅，外公外婆将它分隔成了如今的客厅和主卧，寻思着这样更便于老两口生活。拜此所赐，只要打开主卧的门，就能随时去看看夕夏的状态。

由于兄妹俩喝了很多黑咖啡，现在睡意全无，而且情绪还很高涨，头脑也非常清晰。

"警方开展了地毯式的搜索，结果得到了理发店的信息，说是有个很像弘幸先生的男客会上门光顾，这是毋庸置疑的事实。我只是把中村刑警的话原封不动地转告给了夕夏，我并不认为他故意给了我假消息。"

树来说的是实话，无论他和中村制定了怎样的战术，他都没有打算欺骗自己的亲妹妹。他好歹也是个法学专业的学生，具备最起码的正义感，决不允许违法的教唆以及"钓鱼执法[1]"。

但是想要挽回一度遭到破坏的信任绝非易事。听到树来的说法，麻亚知的回答完全在他的预料之中：

"哥哥，你太天真了。"

对深深信赖着的哥哥的失望以及愤怒，从她那简短的回答中满溢而出。

"这跟天真与否没有关系。"

树来直视着麻亚知的双眼答道，

"中村先生和我瞄准的不是同一个方向。就像我方才说过的那样，他本人对弘幸先生被目击的信息以及所谓'晃司先生'的电话留言都抱着怀疑态度。换句话说，至少在现阶段，警方窃听夕夏手机的可能性还很低，不是吗？"

"所以我才说你天真嘛！"

麻亚知倔强地瞪了回来。

1　钓鱼执法指当事人原本没有违法意图，但在执法人员的引诱之下，才从事了违法活动。——译者注

树来很久没见到妹妹如此生气了。虽然两人还在争执不下，他却突然觉得怀念。因为他俩只在小学时代吵过架，之后好像就再也没红过脸。

"哥哥你从小就喜欢爷爷，所以认定了警察都拥有强烈的正义感。"

听妹妹这么说，树来明白了，原来她抱着这样的想法。

"我很尊敬爷爷，但我并不会因此认为警察全都是清白廉洁的。"

"我也觉得爷爷绝对不会做出不正当的行为，不过我信不过那个中村刑警，他总给人一种轻浮的感觉。"

麻亚知断言道。

她的语气里不带半分迟疑，似乎对中村的评价相当之差。

看来中村对麻亚知的好感是不会有开花结果的一天了，真可怜。

"而且不止他一个！夕夏可是被害人呢，警方却只盘算着利用她，那帮人到底有哪里可信了？"

她的愤怒仍未平息，索性掉转枪头，对准了全体警察，直接把他们给"一竿子打死"了。

"我没有能够用于判断整个警察组织是否可信的资料，它毕竟是一个巨大的行政机关，自然会有善恶两面。我也是因此才会认为夕夏的手机不太可能遭到窃听，而不是由于对警方深信不疑。"

"这话怎么说？"

麻亚知似乎来了兴趣。

"你代入弘幸先生的立场考虑一下就知道了。夕夏被诱拐时，还只是个八岁的小孩子，虽然不能把话说得太绝对，不过那个年龄的孩子，一般还无法与他人构建起强烈的信赖关系。更何况她的父亲和弘幸先生处于敌对状态，她自打母亲死后，就一直受到父亲的监视。那么，弘幸先生作为一个身背多条人命的逃犯，会把自己的手机号码和所在地告诉这样的侄女吗？也太冒险了吧？"

"嗯——倒也是。"

麻亚知认真思考了起来。

"警方当然也明白这一点，所以无法心存侥幸，盼着夕夏与弘幸先生之间有联络。倒是麻亚知你啊，今晚你下药让夕夏睡死过去，好歹躲过了危机，可之后你打算怎么办？总不能一直把她关在这里哦。"

树来说道。

"这个嘛……我觉得只有先和你商量一下，然后我们俩一起去说服夕夏。她应该会听你的！"

麻亚知点头答道。

她性格强势，但终归是被家人爱护着长大的，所以养成了这副直性子。

树来脸上露出一丝苦笑，回答了妹妹的建议：

"你才天真呢。夕夏很坚持自己的想法，估计没法轻易说动她。"

"确实。我也明白，朋友能劝的程度总归有限。其实我考虑过索性把她的手机藏起来得了，可如果我是她，也肯定会生气的……到头来，还是只好由着她做自己想做的事了。"

麻亚知表示同意。她琢磨够了，于是突然把头一抬，问道：

"话说回来，哥哥你说过，中村刑警和你瞄准的不是同一个方向，对吧？这是什么意思？"

她的双眼在镜片后闪耀着好奇的神采，看来她发火归发火，却依然认真地把哥哥的话听进去了。

树来正打算开口，口袋里的手机却恰好振了起来。

"你好。"

他的声音在颤抖，连他自己都有所察觉。

"嗯——果然是这样啊——是的——好，我明白了。"

麻亚知全程盯着哥哥，表情紧张，屏息凝神，似乎明白这通电话是来告知重大搜查进展的。

挂断电话后，树来松了一口气，说道：

"是中村刑警。"

"他说了些什么？"

"他今晚去监视晃司先生母亲的房子了。"

客厅里回响着树来那刻意压低的声音。

"为什么？！"

麻亚知大吃一惊，直勾勾地看向树来。

"晃司先生的母亲现在已经七十多岁了，一个人居住在横须贺市内的一户独栋房子里，还在医院当保洁员。刚才有人打算纵火烧了她的房子，结果未遂，被抓了个现行。"

"纵火未遂？啊？真的?！"

麻亚知怪叫道。

随即她便下意识地看向主卧，生怕忽然大声会把夕夏吵醒。然而门后还是一片寂静。

于是，她又小声嘀咕着：

"横须贺市不是离这里很近吗？不过警方怎么又盯上晃司母亲的家了？"

她觉得不可思议也很正常，毕竟她对真相一无所知。

"因为老太太家里保管着许多本属于小野原夫妇的物品。纵火犯的目的在于把那些东西和老太太一起烧干净。"

"骗人！凶手是谁?！难道是弘幸先生?！"

她已经惊呆了，树来看着她，静静地摇了摇头，回答说：

"不，纵火犯是女性。"

"是伊津子太太？说起来，晃司先生的母亲是伊津子太太的婆婆吧？"

麻亚知喃喃自语道，可树来又一次摇头，说道：

"我担心的是今晚夕夏亲自行动。还好她从一开始就完全没有这种打算。但中村刑警抓到的并不是伊津子太太。如果我的推理正确，伊津子太太其实早就被杀了。"

"可还有谁会做这种事呀？不，首先，你说她早就被杀了，依据呢？"

麻亚知瞪大了双眼，屏住呼吸等待着哥哥的回答。

而树来却报以一个悲伤的微笑。因为只有在案件与自己完全无关时，推理命中真相才会让他感到高兴。

"夕夏不惜牺牲自己也要守护的对象不是弘幸先生，而是自己的母亲。中村刑警今晚逮捕了美希太太。"

5

"哥哥，你是什么时候知道美希太太其实还活着的？"

麻亚知一边啜饮着加了大量冰块的可尔必思[1]，一边问道。

她似乎已经从暂时的混乱与兴奋中恢复了过来。他们兄妹俩有一个共通之处，那便是恢复速度快。不论发生了多么激烈的争论，只要结论让人信服，他们就会坦率接受，而非继续固执己见。此乃麻亚知的优点。

话虽如此，她方才好像真的受到了很大的冲击。

1　可尔必思是一种日本饮料，创始人三岛海云在去蒙古访问时，喝了当地牧民珍藏的白色液体状酸乳后受启发，从而开发了该饮品。它自1919年正式面市发售起一直受到大众的喜爱，可以单独饮用、调和其他饮料或酒类饮用，也可用于甜点与菜肴的制作。——译者注

"咦？！美希太太没有死？！"

她的尖叫声响彻了整栋公寓楼。

"嘘——小声点！"

树来慌忙制止了妹妹。

"你是说，美希太太自杀是假的？！"

"嗯。"

"那么，沉在葛木家的池子里的是谁？！"

"是失踪的伊津子太太吧？我想，她是被当成美希太太的替身而遭到杀害的。从时间上来看，也只能这么认为了。"

"那么，美希太太这十年来一直潜伏在某处啰？"

"是的。"

树来平静地答道。

"哥你说得倒是轻巧，可当年辨认遗体的又不止夕夏一个，连邦高先生也看了欸！那具遗体面部肿胀溃烂，或许能骗过不认识死者的警察和医生，但总不可能连丈夫都瞒得了吧？"

麻亚知反驳道。

她太过兴奋了，说话时还带着喘，不过这也是由于她一直对自己的朋友深信不疑。

树来心想着，不仔细给她解释一下可不行了。

"对夕夏而言，从头到尾都没必要对自己的父亲撒谎哦。因为他们父女俩在面对这桩杀人案时，根本就是一条心。

"美希太太和弘幸先生的不伦关系是精心编造的故事，弘幸先生既不是诱拐犯，也不是杀人犯，只是葛木夫妇手下的亡魂之一罢了。他肯定长眠在葛木家庭院里的波斯菊花田下——也就是曾经的葫芦池。"

"天哪！！"

麻亚知震惊得双目圆睁，泪水在她的眼眶里打转。

见此情景，树来噌地站起来，双手搭在她的肩上，说道：

"我说的是真的。一切都是因为葛木夫妇在杀死了弘幸先生之后，为了隐藏犯罪事实所做的伪装工作。当然，那很可能是突发的杀人行为，而夕夏则是父母的共犯。"

"怎么会这样……"

"也难怪你不信，毕竟你没有亲眼看见任何东西，全程都被夕夏的话牵着走。如今美希太太还健在。中村刑警抓到她纵火未遂就是最有力的证据。"

听着哥哥的说明，麻亚知慢慢地摇着头，说道：

"我听夕夏说，她八岁时就失去了母亲，所以我非常同情她……她却还能那么开朗，真的很不可思议。我心想着，也许是她特别坚强吧。但结果她其实是被双亲深深疼爱着的呀……"

尽管遭到了背弃，麻亚知在提起夕夏时，声音依旧非常温柔。

"夕夏百分百是站在自己父母那边的，而且从始至终都是如此。她这十年间的所作所为全都是在拼命保护他们。"

树来找不到其他话来安慰失落的妹妹。

过了几分钟，麻亚知站起身来，问道：

"好渴。要喝点什么吗？"

她止住了泪水，虽然眼睛还是因为充血而显得红红的，却已经恢复了坚强本色。这才是真正的她。

树来说了太多话，等回过神来，才发现自己的喉咙也干得发燥。

他把麻亚知递来的罐装啤酒一饮而尽，便继续将情况缓缓道来：

"直到方才接到中村刑警的电话，我才终于能确定美希太太并未去世。再把这一事实和之前已经明确的信息相对照，我也只能认为他们一家合谋犯了罪。然而，这充其量不过是我的推论。"

即便素材仅仅是一张张再普通不过的静物画和风景画，通过组合交叠，就可得到意想不到的图案。这，便是"推理"。

"促成你得出结论的契机是什么？"

麻亚知似乎很感兴趣，认真地问道。

"因为夕夏明显对我们有所隐瞒。你还记得我们和夕夏一起去拜访爷爷的事吗？"

树来的声音闷闷的。

"当然记得。"

麻亚知点了点头。

"难道真的是我杀了他吗？"

夕夏就是在那一天坦白了这个惊人的事实，麻亚知不可能忘得了。况且那天还是自己的哥哥和夕夏初次见面的纪念日。

"那一天，我们听夕夏详细诉说了十年前发生在葛木家的一连串事件。'诱拐犯'弘幸先生至今仍在逃。而且由于警视厅搜查一科的刑警近期接触过她，她头一次知道了自己被诱拐一案的背后，还有一个或许是死于她之手的小孩子。"

"嗯，是的。"

"可是，那时候我们完全无从得知那个死去的孩子是谁、住在哪里，以及和夕夏被拐一案有着怎样的关系。毕竟连夕夏本人都压根儿不清楚个中详情。"

"没错。"

"两天后，我们从《每日新闻》早报的报道中了解到，今年五月在多摩丘陵被发现的那副孩子尸骨，属于一个叫作'小野原迪'的孩子，同时他也是十年前的另一桩诱拐案的被害人。"

"对，我看了那篇报道，觉得很惊讶，心想夕夏的话果然是真的。"

麻亚知用力点头，似乎对上述情况还记忆犹新。

"可是，爷爷在听到夕夏的陈述时，已经预料到这一事态了。"

"真的？"

麻亚知十分惊讶。

"千真万确。大概在两个月前，五月二日的《每日新闻》刊登了一篇报道，称有人在多摩丘陵发现了一具五岁至八岁的孩子骸骨。我虽然看漏了，可爷爷每天都会关注报纸和电视新闻。他听着夕夏的话，便立刻想起了那篇报道，还说那就是警视厅搜查一科开始行动的理由。"

"不愧是退休刑警。"

"是啊。然而这还不是关键问题。我想说的是，夕夏其实知道五月的那篇报道，却没有告诉我们。"

"你是怎么判断的？"

麻亚知露出了怀疑的神色。

树来深吸一口气，答道：

"因为《每日新闻》刊登第二篇报道时，夕夏给我发来了短信，内容是——'今天的《每日新闻》早报上刊登了五月二日那篇报道的后续。照片上的那个小男孩果然死于十年前，而且好像涉及另一桩诱拐案。'

"我估计她是不小心，但既然她提了不该提的东西，那么再找任何借口都行不通了。她从一开始就看过第一篇报道，于是我只能认为，她很清楚警视厅在调查的是那副儿童白骨的相关事宜。"

"……"

麻亚知彻底哑火，想必是陷入了震惊之中。

"尽管如此，那天大家一起对话时，夕夏对此却只字未提。你觉得这意味着什么？"

树来提出了问题，麻亚知却没有回话，只是目不转睛地看着他。

于是，树来继续说了下去：

"把她往好里想，也许她当时有些不能跟别人说的事。但之后，让我产生怀疑的就是决定性的事项了。我可以确定，她不仅有事瞒着我们，甚至还主动撒了谎。"

"她撒了什么谎？"

麻亚知八成憋不住了，终于开口问道。

"我们前几天去夕夏家时，意外见到了邦高先生。他浑身散发着强烈的压迫感，明显对警方和我们俩抱有厌恶感。"

"确实。"

"这和夕夏原先的说法是一致的，并没有任何不对劲。而那个决定性的疑点就在于，邦高先生在对话中，讲出了一件按说他绝不该知道的事实。"

"怎么说？"

麻亚知直接愣住了。

树来微微一笑，答道：

"你回想一下，他硬说我们爷爷和刑警们合谋，想诱导夕夏坦白一切。他的原话是：'听说你爷爷是C县县警署的退休刑警？居然利用退休的刑警来给夕夏施压，原来警察的手段也这么肮脏。'"

"嗯嗯，我也记得。"

"接着他还说：'那刑警把事情都告诉我了。你爷爷给夕夏灌输歪理，说没满十四岁的孩子不会受到刑罚，所以'知无不言是最佳对策'，是吧？连退休刑警都这么说了，夕夏便会考虑牺牲自己来保护母亲的名誉。这还用得着想吗？'"

"是，他就是这么说的。"

"可这实在太奇怪了。爷爷在和夕夏沟通的过程中，的确提到过'刑事责任年龄'。但当时是夕夏提问在先。然而，邦高先生居然没关心爷爷到底给夕夏支了什么招，而直接称是刑警把事情都告诉了他。这明显与事实相反，因为这种情况是百分之一百不可能发生的。"

说到这里，树来稍稍中断了一会儿。

这一事实便是本案最大的问题所在，是推理中最为关键的一环。眼下，最重要的是要让麻亚知接受现实。

"我们在山南凉水院聊完之后，夕夏就只接受过一次警视厅的问话，而且全程都由我们陪同，对吧？"

"嗯。"

"如果当时的对话中，多少涉及了刑事责任年龄，那么佐野刑警和中村刑警确实有可能将这段内容转述至搜查本部。可不知道是走运还是倒霉，夕夏那天的自白过于震撼，结果还没有进入年龄的话题，问话就结束了。那么——"

"那么，警方不可能知道爷爷对夕夏解释过刑事责任年龄的问题！换句话说，邦高先生说他是从警方嘴里听来的，就纯属胡扯了。"

不愧是麻亚知，一点就通。

树来又露出了微笑，进一步解释道：

"这么一来，把这些信息提供给邦高先生的，只可能是夕夏本人。但这里又有一个很重要的问题——她曾明确地表示，没有向父亲交代任何与本案有关的事宜。她跟我们爷爷谈话时，态度也很坚决，说自己不想把这件事告诉父亲。此外，在拜访她家那天，我们还问了她，是否对父亲提起过接受刑警问话的事。而她同样回答得很干脆，称那和父亲没关系，所以就没提——而且就算被父亲问起，她也不打算说。

"总而言之，她绝对没有对我们说实话。恰恰相反，应该说她一直在欺骗我们。"

"啊……这样啊……"

麻亚知的声音已经近乎呻吟。

"现在重新回顾一下那天的情景——夕夏邀请我们去她家也好，家政服务员不在也好，邦高先生回家的时间巧得简直像算好的一样也好，你就能明白，凡此种种都是基于周全的计划。这说明，夕夏和她父亲之间不仅不是对立关系，反而在密切合作，暗中想出了某些计策来对付警方。这就是我的结论。

"由于我们在夕夏接受问话时出面陪同，邦高先生便理所当然地认为，我们肯定会在过程中谈到'刑事责任年龄'的话题。说真的，要是佐野刑警没有急匆匆地赶回去的话，夕夏肯定还打算细说她跟我们爷爷的对话内容，因为这将成为邦高先生痛斥警方的绝佳借口。他届时会主张：警方怎能利用女儿对母亲的守护之心，来逼夕夏坦白呢？简直岂有此理，他坚决拒绝接受警方的问话。

"那父女俩之所以把我们叫去家里，原因之一是我们好歹得亲眼看一次案发现场，但主要目的不还是为了让我们目睹他们两人的关系到底有多么恶劣吗？说真的，但凡没有出那个小差错，他们的意图想必能大获全胜吧。"

树来暂时住了口，麻亚知却仍在沉思，整间客厅都被一股可怕的寂静所笼罩，甚至还能隐约听到夕夏睡梦中的呼吸声从隔壁主卧传来。

面对着低头不语的妹妹，树来的眼神不知不觉便投向了主卧的房门。

"接下来，就得从夕夏找上我们的根本动机来考虑了。"

他重新开了口。

主卧的房门还关着，他心想，要是夕夏也在场的话，自己还能照样斥责她吗？此刻的他，仿佛在进行一场当事人缺席的审判，往后肯定会心生愧疚。

"'动机'……听起来像是在说犯罪者呢。"

麻亚知回了话。

她应该已经从震惊中恢复过来了，不过说话声中却少了平日里的活泼。可这也在所难免。这阵子以来，她把大部分心思都用在夕夏的案子上，而事实却从头开始噼里啪啦地崩裂得稀碎，无疑会让她心生动摇。

"我直到现在都不希望把夕夏当成犯罪者，从广义角度上看，她其实也是受害者之一。但她协助父母犯罪却是难以否认的事实。按我的想法，她是为了搅乱警方的搜查，才故意接近身为退休刑警的爷爷，并做出了爆炸性的发言。"

"这么做能有什么好处？"

树来正视着麻亚知的双眼，答道：

"夕夏的自白暗示着自己和小迪被杀一案之间存在某些关联。所谓'自白'，实际上就是在承认对自身不利的事实，因此一般都会被默认为实话。但是，夕夏口中说出的可不是单纯的自白。她通过在关键的部分扣上'记忆缺失'的说法，不着痕迹地强调了这份不自然。听了她的话，任谁都会觉得那两桩诱拐案的幕后黑手是弘幸先生。包括她因催眠术而失去了一段记忆，自然也是弘幸先生的手笔。

"换言之，夕夏装得好像是在保护逃亡中的叔叔，实际却意在表达，弘幸先生才是小迪被拐案的主谋。"

"原来如此。"

"我们全中计了。具有良知的退休刑警不可能劝案发时才八岁的未成年人做虚假供述，肯定会建议对方如实坦白。于是，所有人都被她利用了，就为了编造这样一个故事——受强势的父亲所支配的少女鼓起勇气，向警方阐明真相。而事实上，事情的后续发展也的确一直按着她预计的节奏推进。

"然而，如果父女之间的冲突是假装的，整个故事便会被彻底颠覆。因此我们必须彻底逆转自己的思维，去想想夕夏那番惊人的自白背后，到底有着怎样的意图。结果，我只能认为她是为了在小迪被拐案中凸显弘幸先生的存在感。反过来看，他们父女俩希望弘幸先生就是诱拐并杀死小迪的凶手。或者说，要是凶手并非弘幸先生，事情就麻烦了。而这又是为什么呢？为此，我试着建立了一套假说。"

"就是你刚才说的，弘幸先生既不是诱拐犯，也不是杀人犯吗？"

麻亚知依然半信半疑。

"是的。"

树来重重地点头道。

"夕夏的父母杀了弘幸先生，随后又把他埋在了自家的院子里？"

"就是这么回事。你冷静地思考一下，夕夏被拐案中，其实没有任何客观证据能够证明弘幸先生存在犯罪行为。将他定性为诱拐犯的决定性因素，也不过是夕夏本人的证词以及邦高先生的供述。"

"但警方不是从那张一千日元的纸币上验出了弘幸先生的指纹吗？这总没法作假吧？"

麻亚知果然提出了反对意见。

树来则面带微笑，回答说：

"只要提前从弘幸先生的遗体上采集指纹就行了。所有人都会觉得沾有犯罪嫌疑人指纹的物证是铁证。他们正是巧妙地利用了这一固定思维。"

"可三个月后洋子女士收到了弘幸先生的短信啊，这又是为什么？"

"这没有任何矛盾。邦高先生杀了弘幸先生之后，当然会把他的手机给扣下。这么一来，只要有必要，他就随时可以装成弘幸先生给别人发短信。对他来说，寻找弘幸先生下落的洋子女士是个威胁，而那条短信就是把洋子女士引出来的手段，也是弘幸先生还活着的有效证明。"

麻亚知叹了口气。

"就是说，他们在杀死弘幸先生的同时，便已经策划了夕夏被诱拐的案子？"

树来却摇了摇头，答道：

"这个，怎么说呢……我想，大概是他们兄弟两在融资的问题上动起了手吧。但遗憾的是，这只是我个人的想象。不管怎样，比起谋杀，还是激情杀人[1]的可能性更高。"

"嗯，我也觉得。"

1　激情杀人是刑法理论上激情犯罪的一种，与预谋杀人相对应，即本无任何故意杀人动机，但在被害人的刺激、挑逗下失去理智，进而失控地将他人杀死。——译者注

"葛木夫妇估计先将弘幸先生的尸体埋在了后院的花坛里。美希太太平时就喜欢干些园艺活,不必担心翻土松土会显得不自然。不过,到这里为止,事情还不算圆满解决。他们必须安排好善后计划,以使周围的人都能接受弘幸先生突然消失的事实。因为他有个叫作诹访洋子的恋人,一旦她委托私人侦探找人,后患可就大了。

"他们需要让大家认识到,弘幸先生确实活着,但从某天起便失踪了,且这一事实是合理可信的。这就是成功实施善后计划的绝对条件。结果,他们想出了一个好办法,即夕夏被弘幸先生诱拐了。"

"这样啊……"

"这样一想,你就能明白为什么她那桩案子里都是特例了吧?其中最异常的当数被拐孩子的父亲干脆地拒绝了诱拐犯的要求。这场表演是如此异想天开,甚至让在场的警察们都饱受惊吓,然而这无疑是经过严密筹备的。毕竟有了那通电话,邦高先生看穿诱拐犯就是自己的弟弟弘幸也好,诱拐犯在认输后爽快地把夕夏放回来也好,这一切便都能顺理成章地让人接受了。"

"等等,就算诱拐案是假的,夕夏的父母可是真的收到了要求支付赎金的电话呀。所以他们肯定有共犯,而这又是怎么做到的?"

麻亚知不解地问道。

"对,这确实是个问题。"

看到妹妹做出了自己预料之中的反应,树来的嘴角又不禁微微上扬。

他之前把这番话说给中村听的时候，这位警视厅搜查一科的刑警也几乎提出了同样的疑问，不过接下来才是他这套推理的重头戏。

"这时终于轮到小野原夫妇登场了。伊津子太太是美希太太就读于短期大学时结交的好友，我们最开始曾认为美希太太、弘幸先生和小野原夫妇狼狈为奸，但反过来想想，你不觉得葛木夫妇和小野原夫妇相互勾结也完全说得通吗？"

或许是无法回答，麻亚知不吱声了。

"这两对夫妻，一对意外杀了人，一对则深陷债务地狱，双方都已处在绝境，要是不赶紧想出对策，显然会一起走向灭亡。而伪装诱拐案便是极为有效的出路。"

"于是，他们就彼此互为诱拐犯，来诱拐对方的孩子吗？"

"是的，这就叫'交换诱拐'吧？是'交换杀人'的诱拐版本。"

"'交换杀人'又是什么？"

麻亚知很是纳闷。

她是个才女，却不了解推理小说。但谁都有不擅长的领域，树来心想，需要对此略做说明。

"'交换杀人'是推理小说中常见的诡计之一，简单地说，就是各自对他人抱有杀意之人，相互交换目标后行凶。因为动机与不在场证明均是锁定凶手的重要因素，所以他们便利用这一点来迷惑警方。到头来，每个有杀人动机的人都拥有不在场证明，而没有不在场证明的人则没有杀人动机。'交换杀人'正是以此给搜查工作造成莫大的困难。先不论现实中有没有成功案例，但在理论上是相当可圈可点的妙计。"

"哦——原来如此。"

"然而，警方并不傻，因此再巧妙的计划也未必能够顺利完成。不过让他们下定决心进行交换诱拐的，是由于夕夏被拐一案本属兄弟纠纷，最后不会发生实质性的恶果，且小迪被拐一案拥有一项大前提，即小野原夫妇拒绝报警。"

"原来是这么回事。所以说，是晃司先生装成弘幸先生，再以诱拐夕夏的诱拐犯的名义往葛木家打了电话？"

麻亚知似乎接受了哥哥的说法。

"对，双方应该在事前进行了周密的协商，包括打电话的地点、释放夕夏的地点，想必都经过了他们的精心谋划。诱拐期间，如果有人看到夕夏就不妙了，所以她应该和伊津子太太躲在某个地方，或者就是在位于东京的小野原家吧。但要是遭到深究也很麻烦，因此他们还有一个撒手锏，那便是让夕夏的相关记忆消失。"

"啊……"

麻亚知再次发出了呻吟般的声音。

一想到夕夏那消失的记忆片段，以及掌握着解锁钥匙的催眠术……这起震荡人心的案件的内幕被揭晓后，她的内心到底无法继续保持平静。

"其实，仅以夕夏'被诱拐'一事而言，他们的计划可以说是大获成功，完美地骗过了警方。可小迪'被诱拐'时却出事了。他们没料到，计划的关键人物——小迪的外公外婆很冷静，导致小野原夫妇不得不报警。而葛木夫妇也陷入了始料未及的危机之中。"

"具体说来是怎么回事？"

"第一，有外人目击了小迪'被拐走'的现场，估计是他们没想到后来会有警方参与，于是大意了。美希太太的容貌本就容易给人留下深刻印象，再加上她和伊津子太太是同学，要是警方通过照片拼贴，迟早会找到她。邦高要不惜一切代价让她免遭逮捕。而她假装自杀，也是一条苦肉计，只为避开最糟糕的结局。

"第二，当然就是小野原夫妇报了警。这一点逼着葛木夫妇不得不杀死小迪。"

"为什么？"

"估计是小迪对葛木家太了解了吧。既然两家人有来往的话，这也是理所当然的，而且他肯定知道葛木一家三口的长相，所以才会安心地上了美希太太的车。

"小迪当时在念小学一年级，这实际上是个很微妙的年纪，一方面具备了足够的理解力和记忆力，一方面却没本事漂亮地撒谎。葛木夫妇应该很头疼，不管事前如何叮嘱小迪，下场都是显而易见的——他即使能瞒过外公外婆，也必定会在资深刑警们的诱导之下，把一切都交代出来。让他平安回家实在太危险了。"

"啊——我懂了。"

"不仅如此，根据事情的后续发展，小野原夫妇本身也保不准会在警方的追逼之下坦白一切。说白了，仅仅伪造两桩诱拐案并不是重罪，老实交代甚至还有酌情轻判的余地。要是他们横下心来认罪伏法，事情也就完了。而这大概才是邦高先生最大的恐惧。"

"杀害弘幸先生的罪行一旦曝光，就彻底要命了。小野原夫妇和葛木夫妇罪状的轻重根本不在同一个水平。"

"你说得对。"

"最终，小野原一家三口都丢了性命对吧？虽然邦高先生在最开始只是激情杀人，但这一次，为了掩盖杀死弘幸先生的事实，便只得罪上加罪……这就是所谓的'泥足深陷'吧……"

麻亚知小声地自言自语了一通，随后低下了头。

她的声音和她那低垂的脖颈，都透着被信任之人背叛的悲伤与不甘。树来坐在沙发上，抱着胳膊，牢牢地盯着天花板。

凶手极度自私，轻易夺走了小野原一家的生命；而从另一个角度上来说，夕夏也同样是凶杀案的牺牲品。满心懊恼却无处排遣的不止麻亚知，还有树来。

这时，主卧中传来了轻微的响动。

兄妹俩都看向对方，麻亚知用眼神询问道：夕夏是不是醒了？

但响动随即就止住了，四周又恢复了寂静。

"可能只是翻了个身。"

麻亚知小声说道。

于是两人相互点了点头，一致认为还是先安静一会儿比较保险。

"小野原一家三口是如何被杀的呢？"

树来兄妹重新开始对话。此时，他们的注意力已经集中到了极点，凝视彼此的眼神也越发锐利。

"我也只是想象了一下而已哦。在小野原夫妇消失的那天，邦高先生打电话给他们，说小迪发生不测，比如突然生病或者出意外了，并叫他们去葛木家一趟。不然他俩可没理由慌慌张张地跑出去。"

"嗯，有道理。"

麻亚知认同哥哥的看法。

"说真的，我不知道葛木夫妇用什么方法杀害了晃司先生和小迪，总之只能问凶手了。不过考虑到对方抵抗的风险，很可能是用了某种毒药吧。比如混在饮料里。

"得手后，他们又把尸体运到了多摩丘陵。但或许是出于邦高先生周密的行事风格，为避免遭人发现，便把这对父子分开埋葬，彼此隔开了一定距离。要是没有中村刑警的努力，晃司先生和洋子女士的尸体八成至今都不会被找到。"

"那么，伊津子太太呢？"

"伊津子太太有另一项重要任务，那就是替美希太太去死。由于他们在杀死晃司父子的次日要去多摩丘陵埋尸，所以应该是一整天都把她软禁在葛木家，之后给她喝下掺了安眠药的红酒，趁她意识蒙眬的时候将她推进了院子里的葫芦池。"

"啊……"

麻亚知思考了一会儿，随后提出了一个直击根本的问题：

"哥哥，我觉得你的推理是正确的，不过替身真的能如此顺利地骗过警方吗？"

"嗯，确实可以。"

树来十分肯定地向妹妹点了点头。

其实他和中村已经彻底聊过这个话题，两人的结论也完全一致。

"日本的警察确实非常优秀，可这仅仅指高超的犯罪搜查能力，而在遇到自杀或意外时，检验工作却松散得惊人。"

"真的？"

"嗯。除非出现了疑似他杀案的观察结果与情况，那当然就另当别论了。但只要自杀方法和尸体没有疑点，家属也确认了死者的身份，案子就算是结了。"

"不解剖吗？"

"我听说，如果死者明显死于自杀，警方一般就只做尸检而不予解剖。当年，既然丈夫和女儿都直接确定那具尸体就是美希太太，再加上她亲笔写下的遗书，死者身份有误的可能性以及他杀的嫌疑便不复存在。葛木一家打了一场'胜仗'。"

"对了，弘幸先生被埋葬的位置，肯定是原本的葫芦池吗？"

自己曾踏足过的地面下，其实埋着尸体……这种事光是想想就糟心。麻亚知吓得脸都白了。

"很有可能。"

树来只得放低声音，继续答道，

"证据有二：其一是警方进行了如此大规模的搜索，却没能在多摩丘陵找到弘幸先生的尸体；其二是邦高先生特意在那里安置了一尊观音菩萨像。

"对他而言，其他死者姑且不论，唯独不能让警方发现弘幸先生的尸体。为求安全，他应该只能把死去的弟弟埋进自家的院子。而在埋尸前，他肯定已将尸体碎成小块并烧了个干净。至于那尊菩萨像，与其说是在悼念故人，其实更主要是为了防止日后有人重挖那块土地吧？"

"洋子女士又是在哪里遇害的呢？"

麻亚知似乎重振了精神，开始继续提问。

"这我就不太清楚了。可能是把她引到了最终下葬的多摩丘陵，也可能是用花言巧语把她哄到了葛木家。"

"花言巧语？比如？"

"比如说弘幸先生已经和兄嫂和解了，不过考虑到警方的面子，他还得再潜伏一阵子。洋子女士非常迷恋弘幸先生，肯定会飞奔去他身边的。"

"一旦犯了杀戒，就会被迫一个接一个地继续杀下去，简直像是多米诺骨牌[1]。"

闻言，树来也在心中默默道了一句"正是如此"。

这便是一条由杀意构成的锁链。

只要多米诺骨牌开始倒下，就没人能够将其停止。而最后那一块骨牌，就是发生于今晚的纵火未遂行为。

"话说，你记得不？夕夏之前提起过，邦高先生经常因为工作去东京，还有很多在外头过夜的差旅工作。"

"当然记得，而且说到她父亲在东京或许有女友时，她也没有否认这个可能性。"

"但事实根本不像我们想象的那样，邦高先生的'女友'，其实就是美希太太吧？"

"嗯。"

"那么，夕夏也能不时见到母亲啰？"

正是如此。

树来再次默念道。

夕夏在父女二人组成的家庭中长大，可她童年时的衣服、玩具、用品，大概全都是母亲亲自挑选的。其中包含着母亲对她那几乎满溢

1　多米诺骨牌是一种用木头、骨制或塑料制成的长方体骨牌，起源于中国北宋时期，由意大利传教士等带往欧洲。玩法是将骨牌按一定间距排列成行，轻轻碰倒第一枚骨牌，其余的骨牌就会产生连锁反应，依次倒下。——译者注

出来的爱。

据说在美希"自杀"后，邦高委托专业人员做了亲子鉴定，以确认夕夏是不是自己的亲生骨肉。树来从中村口中听到这一消息时，甚至说不出话，只觉得夕夏肯定很伤心。如今回想，那仍是邦高所做的伪装工作中的一环。

即使是最为卑劣的杀人犯，对孩子而言，父母仍是永远不可替代的存在。但又或者，这样的双亲，其实不要也罢？

"接下来，该说说今晚的事了。"

树来换了一副语气。

对他而言，这不仅是和夕夏之间的对决，也是和正坐在自己面前的妹妹之间的对决。

"哥哥，你果然还是给夕夏设下陷阱了？"

不出所料，麻亚知的声音中带着一股生硬感。

"这我不能否认。不过我刚才就说了，我没有对夕夏撒谎。"

他直视着麻亚知，答道，

"晃司先生幼时的朋友说自己收到了一通电话留言，对方应该就是晃司。而这条信息只是搜查本部收集到的大量信息中的一条。虽然它们大部分都和本案没关系，也有很多假消息，不过，在'锁定晃司先生的死亡时间'这一点上，那通电话留言有着非常重要的作用。因此它确实突然受到了警方的关注。

"到了这一步，警方势必要确认来电者究竟是不是晃司先生本人。听了我刚才的话，夕夏产生了恐惧。她害怕警方用保存在晃司母亲家的录像来做声纹鉴定。"

"问话时，佐野刑警说起过小野原夫妇婚礼的纪念录像是吧？婚宴上，新郎新娘爽朗地发表着讲话、玩着游戏……"

"没错，因为那份录像确实录下了晃司先生的声音。"

"但犯得着这么提防它吗？就算那通电话并不是晃司先生打来的，也无法构成让葛木夫妇背上嫌疑的理由呀。"

麻亚知歪着脑袋，不解地问道。

可树来却摇了摇头，解释道：

"问题不在于那通电话是谁打来的。他们害怕的是警方通过那份纪念录像，得到晃司先生真正的声纹。因为他的声纹和当年'诱拐'夕夏的'诱拐犯'的声纹完全一致。

"即使靠变声器改变了音色，声纹也不会有变化。晃司先生和洋子女士的尸体一经发现，搜查本部便坚定了'彻底重查这一连串案件'的方针。等警方发现晃司先生和夕夏'被拐'案的'诱拐犯'声纹相同时，迟早会察觉到'交换诱拐'的诡计。对葛木一家来说，危险已经近在眼前。"

"于是，美希太太采取了强硬的手段，企图纵火……就算晃司先生的母亲会因此被烧死……太残忍了！"

麻亚知咬住了嘴唇。

"其实，邦高先生应该不希望由美希太太去放火，可他如今正在中国台湾出差，根本回不来。而中村刑警从一开始就瞄准了这一点。他今晚一直在监视晃司母亲的家。"

麻亚知猛地抬起了眼。

"但葛木夫妇又是什么时候得知这个消息的？哥哥你说起这些时，夕夏压根儿没有独处过。因为我一直盯着她。她不可能避开我们的视线，给父母发短信或者打电话。"

树来用悲伤的眼神看向一脸不可思议的妹妹。

"你错了。夕夏今晚穿着一件白色的连衣裙，裙摆蓬松。你也知道，除了手帕，她还会把心爱的翻盖手机放在裙子口袋里。而她很擅长一边和人对话，一边把手伸进口袋，盲打短信吧？所以当时她顶着一副若无其事的表情，偷偷给父母发了短信。当然，事后她应该就立刻把短信删了。"

"原来是这样……"

麻亚知垂头丧气的，不过树来已经没有什么可说的了。

过了一会儿，麻亚知慢慢抬起头来，打破了沉默：

"我去看看夕夏。"

说完，她便起身走向主卧。

此刻，天色已经蒙蒙亮。

她打开门，却没有立刻进入房间，只是一言不发地呆立在原地。随后她静静地回过头来，仿佛在用眼神询问：她已经醒来多久了？

而树来则无言地对她点了点头。

这样就好。

他们两人明白彼此的意思，也不打算阻止夕夏离开。毕竟她有权利自己选择今后该做的事和该走的路。

最终，葛木夕夏从高濑家的别墅公寓里消失了。

6

葛木美希遭到逮捕一事轰动了全日本，而五十个小时后，葛木邦高的尸体也被发现于中国台北市内。具体地点是酒店房间内，且该酒店处在治安状况不算良好的郊区地带，日本游客通常不会前往此处。

他的死因是氰化钾[1]中毒。根据尸体的状态和现场的状况，再加上房间里还留有他亲笔写给家人及警视总监的遗书，警方断定他是自杀。

他作为行业主办的考察旅行的干事，目前暂时留在中国台湾，但据说大约五十小时前，原本与集体一起行动的他突然失踪了。而当同行者及旅行团领队意识到他不见了时，他已经关闭了手机电源。

当然，大家起初都担心他是遭遇了抢劫或者以赎金为目的的诱

1　氰化钾，分子式为KCN，是一种无机化合物，为白色结晶性粉末，有剧毒，在湿空气中潮解并放出微量的氰化氢气体，易溶于水、乙醇、甘油，微溶于甲醇、氢氧化钠水溶液，水溶液呈强碱性，并很快水解。——译者注

拐，可当他们用备用钥匙进入所住酒店的客房之后，却发现已是人去屋空。别说行李了，连一丝垃圾都没有留下，不知他是什么时候把东西搬走的，本事真是惊人。

自失踪起直到自行了断，当中的那段时间他去了哪里、做了什么全都是谜。只不过按照酒店工作人员们的说法，他简短地说过几句中文，听起来对当地颇为了解，因此大概率在台北市内有熟人。

另外，他服下的氰化钾似乎是他本人从日本境内携带至中国台湾的，就是说，他在异国他乡自杀绝非突发行为；虽然还停留在假设阶段，但这极有可能是他提前便计划好的。

他在写给警视总监的那封遗书中，坦白自己杀死了葛木弘幸、小野原晃司、小野原伊津子、小野原迪以及诹访洋子，共计五人。

同时，他也表明了自己的妻女和这一连串案子没有任何关系。这五桩命案全是他一人所为，妻子美希和女儿夕夏都是无辜的。这便是他对世人传递出的声音。

或许是为了预先把搜查阵营进行反驳与臆测的余地都消除干净，他完全没有提及任何犯罪过程中的具体行为，只是写道：

这一切都是我自己的决定，责任也全在我一人。

没有任何一名搜查人员对上述遗言表示接受，只是眼下的情况可正应了"死人不会说话"这句谚语。既然本人已不在人世，无论抱有怎样的疑问，都已经没法继续追究了。是故，搜查本部倍感头疼。

被捕的美希则始终保持着缄默，就像是在回应为了保护她而死的丈夫一般。从报道上刊登的照片来看，她的面貌变化明显，仿佛反映了长达十年的逃亡生活是何等严酷。可尽管如此，这位冷静沉稳的女性体内依然掩藏着强韧非凡的精神。

她被捕时，还随身携带着手机。根据其历史记录，发现她在对晃司母亲现居的房屋放火之前，和身在中国台湾的丈夫邦高有过密切联络，但即使资深搜查员们使出各种手段，她都不为所动。

他们夫妇俩大概是早就约好了，而美希似乎也已经做足了丈夫在异国自杀的思想准备。据说就算给她看邦高尸体的照片，她也能直视着画面，连一滴眼泪都不掉。

只有搜查人员对她说起女儿夕夏时，她才终于未能掩盖住内心的动摇，可这其中又有多少是真情流露呢？包括夕夏的行动在内，很可能一切都是按邦高的计划进行的。

毕竟他们的独生女夕夏从美希被捕那天起就完全消失了，如同与"死而复生"的母亲美希交换了状态似的。

中村把葛木美希被捕的消息告诉树来之后，便没有再联系过他。而树来期盼已久的第二份通知则是在时隔几日的某个大白天才收到的。

树来曾说，为了防止录有小野原晃司声音的录像落入警方手中，凶手肯定会出现在晃司母亲家。尽管中村采信了这番推理，且没有告知搜查本部便单独付诸了行动，但由于他目击了美希的纵火现场，并将她作为现行犯逮捕归案，本部对他盯梢抓人的前因与经过也就不予追究了。

警察有权在任何区域抓捕现行犯。因此中村的行为并不存在法律上的问题，可是他行动的地点在神奈川县，因此他立刻联系了负责管辖该区域的警署，拜托他们前来支援，同时也向位于东京的搜查本部做了汇报。结果，搜查本部当然也乱得跟被捅了的马蜂窝似的。

随后，他因处理各种手续和说明忙得脚不沾地，别说休息了，连吃饭都顾不上，根本没有余力给树来发短信。可他还是在百忙之中抓住了一丝空隙，打来了电话。这必须得夸奖一番了。

"话说，中村哥你不会受处分吧？"

树来非常担心，下意识地蹦出了一句不吉利的话。可对方或许是靠着大胜之后的高昂情绪，强而有力地回答说：

"没事啦，等真受处分了再说！"

实际上，搜查本部的氛围并没有险恶到会让中村心生恐惧。他违反规定、无视命令，按说被大骂一顿都无可奈何。然而他毕竟立了大功；相比之下，警方则是失态不断，光找到了尸体，却让最要紧的犯人逃跑了，因此对他们而言，中村无疑就是"救世主"。

再加上中村曾多次建言，高层却始终无视，就这么留下了把柄，最终只能放过他的独断专行。这对中村本人而言当然是件好事，对树来兄妹来说也是同样。多亏了这一点，警方虽因夕夏的失踪而对他俩进行了长时间的问话，但全程都没有任何刁难行为。

中村指点过他们，叫他们一口咬定，就说压根儿没意识到夕夏是什么时候离开公寓的。而麻亚知给她下过助眠药一事肯定也得瞒下。

鉴于故意向夕夏和树来兄妹透露搜查信息的人是中村，目的在于引出葛木夫妇，所以树来兄妹只是被他利用了而已。搜查阵营肯定是提前就决定好了要用这种说法来把事情结掉。

"哥哥，你才是真正的大侦探，可中村刑警把荣誉都抢走了，好奸诈哦！"

麻亚知气鼓鼓的，只不过他们好歹顺利放跑了夕夏，这似乎已经让她感到宽慰。

夕夏应该也完全不恨麻亚知。她想必已经充分了解了麻亚知下药让她入睡的真正用意。

树来如此自言自语着。

但是，夕夏对他又抱着怎样的想法呢？

"夕夏同学印象最深的是哪部作品呢？"

"叫我夕夏就行啦！我的话，还要数《罗杰疑案》了吧。"

他想起了初遇夕夏那天，他们俩进行的对话。

他觉得夕夏应该也不恨他。因为她和他是同类。

而当他回过神来时，却发现自己正追寻着夕夏的影子，如此一来，他也不得不意识到，她已经在不知不觉间走进了自己心中。

"明天一起吃个饭呗？"

邦高自杀后过了三周左右，中村联系了树来。

那是一个周六，夏季差不多已经落幕，案件所引发的大骚动也终于告一段落，中村能久违地休息上一整天。

虽然树来一篇不漏地看了报纸和网络上的相关报道，可还是很想知道后续的搜查工作到底进行得如何。因此中村的邀约简直是他求之不得的机会。

"吃牛排也行，寿司也行，反正你爱吃什么我都请客，当作给你的谢礼。"

见中村如此大度，树来便不失时机地提议道：

"我能叫上我妹妹一起去吗？"

想邀请节俭自制的女性出门，食物便是最好的"诱饵"。中村肯定没有异议，麻亚知也未必特别反感。女人嘛，总归希望自己在异性之中"左右逢源"，除非男方净喜欢做出讨人嫌的行为。

"行啊，但她肯来？她不是恨死我了吗？"

中村怯弱了起来，树来却向他保证道：

"你别介意，没这回事！"

"好，那就说定了！麻亚知同学就靠你说服啦，树来君！"

不出所料，中村似乎很高兴。他和麻亚知的年龄相差不小，然而他长着一张娃娃脸，心态好像也同样年轻。

他们约在上次和中村一起前往的连锁咖啡店，离新宿站很近。时间则定于傍晚五点。

中村当初其实做好了被贬职的准备，狠狠赌了一把，结果大爆冷门，这大概就是所谓的人生正值"顺风期"吧。

但由于连日来的操劳，他看起来还是消耗了许多精力。在他准点抵达时，那模样简直让人吓一跳。虽不至于满脸胡子拉碴，不过面颊上泛出的青黑色却体现着他所积累的疲劳。

树来原本以为他肯定一派意气风发，现在反倒只能说是意外了。无论如何，他都再次认识到，在职刑警就是这么辛苦。

"中村哥，你好像瘦了点。"

他不禁脱口而出。

"这个，唉，我好不容易逮到了纵火犯，但接下来，邦高自杀了，美希不肯开口，夕夏同学又跑了，真是祸不单行。而且上面还说我擅自行动就是为了抢头功，正狠狠压榨我呢。这下子，连我都瘦了。"

中村重重叹了一口气。

然而他在看到麻亚知时，消瘦憔悴的面庞还是"唰"地一下亮了起来。因此他刚才说的可未必是真心话。

"警方真的不知道夕夏的去向吗？"

麻亚知提问道。

他们兄妹俩在意的果然还是这个问题。毕竟媒体报道完全没有提到相关信息。

"嗯，现在我们尚未掌握任何具体信息。我觉得，葛木邦高为了不知何时便会到来的败局，很早就开始着手准备，时间远早于他此次出发去中国台湾旅行。"

中村沉着一张脸，边点头边说。

"应该是的。"

树来答道。

其实通过夕夏的行动，便很容易想到这一点。

"葛木美希'自杀'案在十年前骗过了警方的眼睛。如今随着她与小野原一家的关系浮出水面，警方开始彻底重新调查那两桩诱拐案。邦高应该已经充分预测到，若关于美希'自杀'的尸检报告被仔细审查的话，风险究竟有多大。于是，他其实也考虑过在情况变得更恶劣之前，一家三口直接逃去国外吧。"

"原来如此。"

"不过，事态突然发生了转变，他没有那么多的时间和精力去办妥那些事宜。在意识到自己彻底输了之后，便下了决心服毒自杀。换句话说，他选择牺牲自己，保护妻女，只求避开最糟糕的结果。"

"他肯定对美希仔细叮嘱过要坚决保持沉默，不论她有多可疑，也毫无证据显示她与任何一桩命案有关。既然如此，只要死不吭声，警方便只得'投降'。他很清楚，反正一切都只能靠警方的想象，于是故意不提具体的杀人方法以及下手时间。"

或许是葛木一家的行为刺激到了中村的刑警本色，他的脸上露出了发自内心的懊丧之色。

"还有夕夏同学，邦高肯定提前指示过她，在紧急关头该怎么做。通过追溯美希手机的信号，我们发现她用邦高的名义租了一间位于新宿的公寓房，并查明了那就是她的住所，而且邦高也会定期前去。那里八成有逃亡所需的资金、衣物甚至假护照。"

"你是说，夕夏已经飞去国外了？"

麻亚知有些不可置信。

"嗯。"

中村干脆地点了点头，继续答道，

"不能小看邦高。就像我刚才说的，检方大概率无法围绕那五桩杀人案起诉葛木美希。小迪被拐一案倒是有目击证人，可还真不好判断它是否足以构成刑事案件。因为说白了，它很可能是美希和小迪的亲生父母合谋的假案。

"这样下去，美希只需偿清本次纵火未遂的罪行，不久之后就能回归社会。邦高算准了这一点，故而在美希服刑期间，他或许准备让国外的熟人把夕夏藏起来。通过他这趟中国台湾旅行，我们可以明白，他对台北市很熟悉，恐怕在当地有熟人。俗话说'有钱能使鬼推磨'，估计有人会助他一臂之力。"

"嗯。"

树来轻声应允着，可麻亚知似乎无法释然，她继续咬住问题不放：

"我不太能理解，为什么警方会以夕夏远走高飞为前提呢？在你们眼里，她也是犯罪嫌疑人吧？"

"现阶段，我们无法确定任何事。"

不知是否因为被麻亚知的气势给压倒了，中村的声音中透着一丝惊慌。

"即使在本次纵火案中，夕夏也只是把树来君说的话传达给父母而已，这不属于犯罪。不过，要是他们就纵火展开过具体讨论，那就另当别论了。她说不准会被视作共谋共同正犯[1]，也就是共犯。"

"原来如此。"

麻亚知无力地说道。

"然而，美希一直保持沉默。她不可能做出对女儿不利的供述。那么，夕夏被问罪的可能性实际上接近于零。所以问题并不在于夕夏算不算得上犯罪嫌疑人，而在于她的父亲是穷凶极恶的杀人犯，她会因此无法继续在日本安居乐业。"

听了中村的话，树来在心中默默表示赞同。

法律绝非万能。世间的大多数问题，都逃不开名为"社会"的法官的审判，而它所采取的裁量基准则不同于法律。

"即使不被问罪，夕夏也还是太可怜了。"

1　共谋共同正犯指两人以上共谋实行某犯罪行为，但只有一部分人基于共同的意思实行了犯罪。没有直接实行犯罪的共谋人与实行了犯罪的人，一起构成所共谋之罪的共同正犯。——译者注

麻亚知喃喃自语。

"她有那样的父母，又碰巧是个非常孝顺的孩子，这正是她最大的不幸。"

中村的声音中满是苦涩。

"夕夏最后会有怎样的结局呢？"

麻亚知提出了问题，但没有人回答。

在令人窒息的沉默中，树来再次回想起了第一次见到夕夏的那一天。

"可是，《罗杰疑案》的谜底给读者造成的冲击绝对强于《无人生还》，这两部作品所带来的宣泄感就不在一个档次上，树来哥你不这么看吗？"

他默默回味着夕夏的话。只记得当时的她，有一双充满生机的眼睛和一张天真无邪的笑脸。虽说生在那样的家中是她最大的不幸，可事实真的如此吗？

新的疑问涌上了树来的心头。

尽管她已经消失不见，但在树来的脑海中，她的存在感却日益鲜明。

"这种情况下，警视厅可以找中国台湾的警察合作吗？"

"不行啊，首先，夕夏未必在那里；其次，她也不是罪犯。"

树来回过神来，发现麻亚知和中村还在谈论这个问题。

他止住了内心的动摇，开始认真倾听他俩的对话。

7

和中村相约吃饭的次日，树来久违地造访了山南凉水院。他上次来这里已经是一个月前了。这一个月来，他虽然给爷爷打过好几次电话，不过如今事情已经发生了很大变化——小野原晃司和诹访洋子的尸骨被发现了，葛木美希突然现身，邦高也随即自杀身亡并留书自白。此外，最重要的是，夕夏失踪了。

上一次见面时，他围绕着发生在葛木家和小野原家的两桩诱拐案，向爷爷提出了自己的推理。

夕夏肯定在撒谎，而且很明显和父亲邦高是一伙的。她一直在隐约地吐露着对父亲的反感以及对叔叔弘幸的思念。往陈述中掺假话，应该就是她所采取的战术，目的在于欺骗树来和君原老人，进而扰乱搜查工作。

但他没有证据，有的只是一些确定的事实，以及将它们串联起来的推理。

"我觉得，你的推理很可能是对的。"

听完孙儿的解说，君原老人当场就表示了赞同。

树来简直觉得喜出望外。

　　在他看来，夕夏被拐案只不过是邦高在杀死弘幸之后，为了混淆视听所设计的假案。可同时他又觉得，如此异常的结论，肯定会被人指出说逻辑太过跳跃。

　　"问题是，我没证据。"

　　树来的语气有些失落，爷爷却干脆地摇着头，说道：

　　"在法庭上，证据的确是核心所在。要是没有证据的话，就无法逮捕及起诉怀疑对象。但在搜查阶段，可不是只收集切实的证据便万事大吉的。此时掌握到的证据，于质于量都很有限。倘若没有意识到这一点，一味执着于证据，再通过证据来倒推事实，反而很危险。因为这会让人把推理往逻辑上套，只要前后没有矛盾即可，结果却离真相越来越远。

　　"犯罪者毕竟也是人，无论案件乍看之下有多么不寻常，对他们而言，都具备必然性。一旦牢牢地抓住了与这份必然性相关的线索，并依此追查下去，即使没有证据，搜查工作也不会大幅偏离正轨。"

　　"但在现实中，没有证据就无法逮捕犯罪嫌疑人吧？这时候该怎么办呢？"

　　听到孙儿的提问，君原老人微微一笑，答道：

　　"你所擅长的推理，不就是为了这种情况而存在的吗？推理不是光靠理论就能成立的，它需要以事实为基础，加上理论、经验、常识以及想象力，方可被称作真正的推理，而非空中楼阁。正因为有了正确的推理，搜查工作才能够逐渐接近真相。若届时证据依然不充分，那么也只得作罢。但是，当我们真的逼近真相时，便会开启不可思议的道路。"

树来恍然大悟。他目不转睛地看向爷爷。

不过当时的树来还没有勇气向爷爷坦白自己和中村之间的协议。

任何人都想不到，一位在职刑警居然会和区区一名学生联手，更何况他们还为了引出凶手而对朋友设下陷阱。在探求真相的过程中，究竟什么做法是正确的，而什么又是禁忌呢？

当他和麻亚知准备去旁听警方对夕夏的问话时，爷爷就告诉过他，说他并不是律师，只是个纯粹的外人，不该轻易涉足搜查过程。因此他无法否认，自己其实害怕遭到爷爷的反对。毕竟他老人家这一辈子都是个正直严明的警察。

然而，现在不同于当时，警方的搜查虽在继续，但这整桩案子在树来心里已经落下了帷幕。说起来，那一连串的案件到底为什么非发生不可呢？这个问题如今占据了他整个脑海。

从夕夏的说法以及邦高的遗书来看，他们对案件的真正起源都守口如瓶。而填补这片"消失的断章"的，不正是爷爷定义中的"推理"吗？

树来打算在今天把一切都对爷爷如实相告。

君原老人在养老院一楼大厅的桌前等着树来，脸上的微笑沉稳得一如平日。

他的背脊挺得直直的，浑身散发着坚毅的气质，完全看不出已经年过八旬，但不得不说，他整个人看上去还是比以前缩小了一圈。

"爷爷，您是不是瘦了？"

树来担心地问道。

"是吗？可能是因为夏天的关系吧。"

君原老人似乎心里有数，伸出瘦骨嶙峋的手指摸了摸自己的脸颊。

养老院的伙食由营养师负责管理，因此分量及营养均衡性都十分完美。尤其是这家山南凉水院，使用产自当地的新鲜食材本就是其宣传口号之一。而实际上，尽管菜单和调味都尽善尽美，但这里毕竟不比家中，未必会在老人们乐意用餐的时候端上他们想吃的食物。每逢食欲不振的夏季，老人们很可能吃不完食堂供应的饭菜。

树来今天打算和爷爷一起在大厅里吃午饭，于是在来的路上买了外带的寿司。

醋饭特有的香气从置于桌上的纸袋中飘出，君原老人也露出了微笑。

他们爷孙俩都特别爱吃握寿司。

在树来的小学时代，每当他去爷爷家玩并过夜时，爷爷都会带他去车站前的回转寿司店大快朵颐。他想起老人家当时已经退休了，奶奶又先走一步，是故生活得相当简朴。但每次吃寿司时，爷爷总是很高兴地喝下一大杯生啤。

由于部分入住的老人被医生下了"禁酒令"，山南凉水院原则上不允许饮酒。于是在享用完寿司和煎茶之后，他们总会再喝上一杯从自动贩卖机买来的咖啡。而且那是一台滴滤咖啡机，冲出来的咖啡味道相当不错。

吃饭时，他们平和地聊着树来的大学生活、推理小说、家庭生活等话题，而餐后终于要进入正题了。树来把餐具收拾完，随后一下子绷紧了神经。

在他叙述期间，爷爷一次都没有插过话，从始至终都在认真倾听。

而等他刚一说完，爷爷便重重地点了点头，说道：

"嗯，看来你的想法是正确的。"

"真的？那，爷爷您怎么想？"

树来不禁反问道。

"你指什么？"

"就是夕夏父母的所作所为……"

"这个啊……"

君原老人略一思考，随后答道，

"葛木夫妇明显做错了，结果却把女儿越逼越紧，但是我们很难予以指责，毕竟这就是所谓的'父母'啊。"

是吗？如果这事发生在自己的双亲身上又会怎样呢？唉，我果然不明白啊。

树来一边想着，一边摇了摇头。

当人面对不曾想象的事情时，根本无法预测自己会做出什么来。

其实，他还对另一件事十分在意。

"像我和中村哥这样，一个正规搜查人员和一个普通人合作行动，爷爷您是怎么看的？请实话告诉我。"

树来掂酌着词句。

按君原老人的性格，无论他多么无法接受搜查本部的方针，估计也会直接和上司谈判，而不会如此自作主张。

但不知为何，他却没有给出树来预想中的回答，只是露出了悠远的目光，说道：

"他呀，果然是中村赖太的儿子。身为警察，应当遵守职务规章。组织绝不允许任何成员做出逾矩行为。可如果要问，是否那些和我一样忠于命令的人即所谓的'好警察'，答案其实不然。我虽无法佩服那些单纯想要出风头的人，不过能拥有即使违抗上司也要贯彻的信念，真的很让人羡慕。"

爷爷居然会说这种话？！

听到这位退休的老刑警的心声，树来哑口无言，而老人却淡然地继续道：

"要说这世上最不合理的事，那无疑是卑劣的犯罪行为得以安全过关，理当受到惩罚的人被置之不管。毕竟，既然存在犯罪者，也就必然有被他们夺走了宝贵的生命、财产或者名誉的被害人。"

"嗯。"

"认为这种行为不可饶恕的人，才会选择警察这一职业。但在现实中，他们牢记了各种法律与规则，被上司严格训练，又进入了组织，于是随着时间流逝，都逐渐变得犹如上班拿钱的工薪族。这大概就是能平安无事地工作到退休的警察们的结局了。"

"难道爷爷您也是这样的？"

面对孙儿的提问，君原老人静静地点点头，说：

"不仅警察如此，政府机关也好，民营企业也罢，但凡在可以被称为'组织'的地方，若是人人都随心所欲，'组织'便无法发挥机能。"

"这不是很无聊吗？"

树来脱口而出。其实他没有恶意，却还是不小心说了有些任性的话，而君原老人则露出了微笑，继续道：

"中村老弟呢，一旦有犯罪者出现在他的眼前，他就会不管不顾地冲上前去。我不知道他的儿子将如何度过自己的警察生涯，反正肯定谈不上一帆风顺。但只要这位年轻的中村刑警继承了父亲的血脉，便不会为此感到后悔吧。

"然而，我和你的父亲其实是同一类人，我们会作为组织的一个齿轮，尽力去履行自己肩负的职责，因为这个世上同样需要能为社会做出贡献的人。"

听到这番回答，树来不禁涨红了脸，只见爷爷用温柔的眼神注视着他。

"爷爷，对不起。"

他深深地低下了头。

"您要再来一杯咖啡吗？"

"好，给我一杯吧。"

君原老人带着一抹笑意说道。

灿烂的阳光透过大大的玻璃窗直射进来，照得老人那日益稀疏的华发银光闪耀。

树来慢慢地从椅子上站起身来，心想着：

能做您的孙儿，我真的很幸福。

又过了一个月，树来收到了一封长信，是夕夏寄来的。

信中讲述了她那"消失"的记忆片段。要是没有这段内容，那么整个故事便无法画上句号。不过，树来总觉得自己很久以前就明白，这一刻迟早会到来。

夕夏淡淡地写下了自己的回忆，而内容就宛如描摹着树来的推理一般。

这是只会呈给树来一阅的断章。

她果然是他的同类。

包括眼下这一瞬间，她也在树来不知道的地方注视着他，而他也同样追寻着她的身影。

树来将视线投向天空，出神地望了一会儿。

消失的断章

那已经是十年前的事了，但我至今仍记得很清楚。就在我被"诱拐"的几天前，恰逢"黄金周"的周日，我的叔叔弘幸死在了我家，死因是后脑勺和脖子的交界处即延髓[1]神经遭到破坏。不过这毕竟是我们这些外行人的判断，真正的理由始终不明。总之他是当场死亡的。

那时候，爸爸总是忙得不可开交，每天都泡在工作里，平时很少在我睡前回家，周六日和节假日也是如此，因为他需要去参加高尔夫社交和行业聚会。

事发那天，爸爸照例从早上开始就不见人影了。可当我从每周日参加的儿童游泳俱乐部回到家时（大约中午十一点半），却发现玄关处的三合土地面上放着一双眼熟的男式皮鞋，这让我觉得非常不快。

那是一双黑色的鳄鱼皮正装皮鞋，油光锃亮的，在我周围只有弘幸叔叔一个人会穿那种鞋子。而不知为何，弘幸叔叔专挑我爸爸不在

1　延髓也叫延脑。居于脑的最下部，与脊髓相连，上接脑桥，向下经枕骨大孔连结脊髓，其主要功能为控制基本生命活动，如呼吸、心跳、消化等。延髓神经若遭到破坏，人会即时陷入近似植物人的状态而动弹不得，只保留最低端的脊髓神经反射功能，随后迅速死亡。——译者注

的时候上我家来。

妈妈和爸爸结婚前，曾在葛木商业股份有限公司担任会计。其实会计是一个很重要的岗位，负责管钱，但听说在事业上屡次失败的弘幸叔叔也曾去葛木商业帮过一阵子忙，做的同样是会计。因此，他从那时开始就和我妈妈很熟，彼此间没什么隔阂。后来妈妈成了他的嫂子，他也会一有大事小事就来拜托她。

我爸爸生性认真，热衷于工作，并不喜欢这个为人轻浮又大手大脚的弟弟。弘幸叔叔总是仗着自己作为葛木家的一分子，享受特别待遇，从葛木商业那里拿到融资，可从不努力工作，是爸爸最讨厌的那类人。尤其是他在返还利息时总是拖拖拉拉的，两人几乎一见面就要吵架。

而我妈妈非常温和，面对小叔子的求助，她没法一口回绝。虽说他在辈分上算是弟弟，但其实他的年龄要比妈妈大得多，所以妈妈当然对他礼让三分。这倒也罢了，弘幸叔叔甚至还会提出一些相当让人难办的要求。在爷爷奶奶相继去世之后，他对妈妈的依赖看起来更露骨了。

爸爸做生意时，从不夹杂私情，唯独对妈妈例外。看到妈妈这么帮着弘幸叔叔，他虽然有些惊讶，不过妈妈最后总能说服他。这其中亦包括了他对妻子人品的信赖。他们兄弟俩吵架时，也有好几次都是靠妈妈的调解才消停的。我当时只有小学三年级，但已经能够理解这些事了。

其实我单纯觉得，妈妈太温柔了，就算夹在丈夫和小叔子之间左右为难，也不能对小叔子不管不顾。

而在那一天，我终于意识到自己想错了。

对小孩子来说，既然知道净会让妈妈头疼的叔叔上家里做客来了，那么自然不想和他打照面。于是我打算悄悄地直接经过走廊，不去客厅。

客厅里却传来了弘幸叔叔和妈妈的对话声。

"嫂子啊，你说不能再帮我了……但你有资格讲这种话吗？"

他一改平时的卑躬屈膝，声音低沉而可怕。

"请你别再说了！"

妈妈几乎是在悲鸣着。

看看时间，她应该很清楚，我差不多该从游泳俱乐部回来了。平时，我到家的第一件事便是对她说一声"我到家啦"，所以她或许是因为没听到我的声音而大意了，不过也有可能是在小叔子的威胁之下过分狼狈，始终顾不上回头瞧一眼吧……

我不由得站在原地，他俩则还在继续往下说。

"你以前偷拿了公司的钱给自己的娘家父母，这事要是让哥哥知道了会怎么样呢？还不是我在那时候帮了你一把？不然估计你也过不上现在的日子。"

"所以我一直在支持你啊！"

"这我当然是很感谢的啦。正因如此，我才一直对哥哥保密的嘛。毕竟我也不想看到你过得不幸福。"

"那么，算我求你，请别再让我难做了！"

"可是我真的很烦恼欸。最后一次了好吗？一次就行，去说服我大哥再帮帮我。"

"我办不到。"

"哪会办不到？嫂子你真心求他的话，他可不会拒绝。因为他打心底里爱你呀。不过你要是不肯帮忙，一旦他知道你婚前的所作所为，可真不晓得会出什么事哟。"

我根本不想听到这些，恨不得把耳朵塞住。

妈妈被弘幸叔叔威胁了。我直接上二楼钻进了自己的房间，坐在床上，琢磨着到底怎样才能帮助妈妈。

说实话，我也是后来才知道的，原来葛木家看不上妈妈的娘家，不欢迎她嫁进来。

由于妈妈的父亲，也就是我的外公嗜赌成瘾，从妈妈懂事开始，家里就一直很拮据。尤其是外公挪用公款被公司发现，遭到解雇，结果便一个劲地向亲戚和熟人借钱又赖账，到最后简直没有出路了。

要不是在市立小学工作的外婆拼命努力，妈妈肯定连短期大学都没法去念。

因此，妈妈一毕业就参加了工作。这下子，她便能和外婆一起分担家计。但讽刺的是，她也跟自己的父亲一样，落入了挪用公款的深渊。

　　我听说，她之所以会走上歧路，还是因为一位借钱给外公的女性远亲多次催债不成，终于恼羞成怒，直接追到她就职的葛木商业来了。这么看来，或许可以说，外公才是把她害惨了的元凶。

　　不知是幸还是不幸，妈妈动了公司的钱，结果却没有被捅出去。原来是弘幸叔叔迅速发现了问题，瞒着爷爷奶奶和爸爸把这件事消化掉了。反正他被称为"废物儿子"，最后索性替妈妈扛下了责任。

　　我也不明白他为什么要这么做。是同情妈妈不幸的身世，还是暗恋妈妈呢？

　　如今冷静地反思起来，我觉得叔叔其实不是一个本性恶劣的人。他当时可能也有着自己的无奈，所以顾不上那么多了。而且在他心里，自己对嫂子的威胁，说不定本质上只是在撒娇或者恳求，而非敲诈勒索。

　　尽管我躲在房间里，隔着门还是能听到叔叔的声音。它就像是毒蛇那鲜红的芯子，阴险、潮湿而又丑恶。换作现在的我，当然可以断言事实绝非我所误解的那样，但在那时候的我眼里，弘幸叔叔就是个让妈妈头疼的大恶人。

　　过了大约二十分钟，妈妈偶然来到了我的房间。

　　"夕夏，你什么时候回来的？弘幸叔叔在客厅呢，快去和叔叔打个招呼。"

　　她应该是在玄关看到了我的鞋子，所以来我这里看看。她的表情和平时一样，可是语气中还是下意识地流露出一丝生硬。

见我不情不愿地下了楼，妈妈便去厨房泡咖啡了。我看着她那仿佛认命的背影，心里产生了一种直觉，明白她又一次答应了叔叔。

我没法子，只好前往客厅。结果果然如我所料，他们两人之间明显已经谈出了结果。面向前庭的玻璃窗打开着，弘幸叔叔脱掉了西装外套，身穿一件白衬衫，趿着拖鞋，蹲在葫芦池边。我可以看到他的背影。

他正略略欠着身，专注地盯着池子，大概是在看浮在水面上的睡莲，姿态非常放松，整个人散发着一股事已谈妥的安心感。而在这一刻，吸引我视线的，并非弘幸叔叔本人，而是一把除草镰刀。它被人随意扔在叔叔身后的地面上。

妈妈喜欢打理花草，那是她爱用的工具，长度最多也就二十五厘米，轻便又好拿，连小孩子都能轻易使用。它的刀刃窄窄的，前端尖锐，开刃处还带着锯齿，光是看着都知道很危险。

一般情况下，她绝不会把除草镰刀放在地上不管。大概是她正在院子里忙活时，弘幸叔叔突然来访，于是她急急忙忙把工具一扔就去接待他了。

"叔叔，你好。"

我故意大声向他问好，并同样换上拖鞋，走到了院子里。

"嗨，夕夏！"

他还是保持着蹲姿，直接转过头来回话，随即又继续看向水面。

不知为何，葫芦池的正中一带正孤零零地漂着一朵睡莲。那素雅清冽的白花，和他这位不得志的胁迫者又究竟有哪里重叠在了一起呢？

而我根本没法去考虑任何问题，只是看准了这一瞬间，一下子将决心付诸行动。

我随手捡起那把除草镰刀，绕到弘幸叔叔背后，盯紧着他的后颈部位，用尽力气把刀挥下去，刺中了他的后颈。而他连哼都没哼一声，就直接坠入了池子。

然而，妈妈还在厨房，坠池的巨响和四溅的水花避过了她的耳目，她并未察觉到前庭发生了骤变。

当她端着热咖啡来到客厅时，我还独自呆立在池边，出神地看着水中的叔叔——他没有丝毫打算站起来的意思，颈部却升腾起如烟气般的红色血雾。

之后，我家乱成一片，你应该都已经想象到了。那番光景确实如你所料。

看到被染红的池水，妈妈惨叫了起来。她似乎明白了一切，甚至没有开口问我，便冲进前庭，拼命抱紧了我，根本不去看一眼沉在池底的小叔子。

妈妈不仅样貌清纯，内心也同样如少女一般单纯而不谙世事。她压根儿不知道该如何应对这种异常事件。

"叔叔欺负妈妈，所以我就把叔叔杀掉了……"

听到我的自白，妈妈也只会颤抖着身子，反复说着"没关系，没关系"，就像是在念咒语一般。

从妈妈那里得到消息后，爸爸火速赶了回来，但他却很冷静。

他给妈妈下了指示，迅速开展了行动。他们首先抽干了池子里的水，把叔叔的尸体打捞上来，埋在了后院的花坛里。

这番善后处理确实做得及时。毕竟他在任何时候都拥有强大的判断力。

妈妈向爸爸坦白了一切。对她来说，这也许比杀人更需要勇气。而她也没有看错自己的丈夫。爸爸虽然知道了所有的真相，依然决定保护妻儿。他以自己的行动证明了他对妈妈的爱意始终不变。

话虽如此，接下来还有令人无法想象的残酷命运等待着妈妈。爸爸和妈妈不知道重复说了多少次"我们女儿怎么可能做出这种事来"，然而开弓没有回头箭，我们一家最终只能这样继续横冲直撞。

在"自杀"的骚乱之后，妈妈不得已过上了看不见未来的潜伏生活。爸爸在新宿的某栋公寓里为她租了一个住处。

那栋公寓的一楼是宠物医院，二楼至四楼则是出租给住户们的2LDK套房，每层楼各有两户，三层楼共计六户，没有电梯。它离交通便利的繁华街很近，但建筑外观和内部都晦暗而朴素。

爸爸租房时，用了假身份，自称是某中坚公司销售人员，名叫"山口清二"。而妈妈似乎被说成是他的情妇，住在这里和他私会。

他选择此处其实有两个原因。一方面，位于繁华街的公寓中的住户们都专注于自身，邻里之间形同陌路，有别于好奇心旺盛的家庭主妇及老年人众多的联建小区。而更重要的是，这栋公寓"有问题"。

无论多好的房子，一旦里面有居住者自杀或横死，就会被当作"凶宅"来处理。更何况妈妈隐居的公寓曾连续出过两次"问题"，应该很难找到租客。也正是多亏了这一点，据说房屋中介对爸爸和妈妈的身份根本没有多问一句。

不过，这种丈夫偶尔来访，且每年只能见上女儿几面的半封闭式生活，确实侵蚀着妈妈的精神和肉体。十年岁月对一个人所造成的改变，真的堪称残酷。

之前，《每日新闻》早报刊登了那篇题为《多摩丘陵惊现儿童遗骨》的报道。我们正是在看到它时，才开始想到，只需用上一点点手段，即使不做任何乔装打扮，妈妈也肯定能"重生"成为另一个人。

于是，以那一天为分界线，我们虽然采取了伪装策略，但仍勉强称得上平稳的家庭生活就此结束了。

其实，未满十四岁的孩子即便杀人也不会受到刑罚。不过当我知道"刑事责任年龄"的相关法律规定时，当然已经长大了不少。

假如爸爸在叔叔死时直接报警，如实交代我的行为，那么我们家也不会发生后续的一系列惨剧。

明明我根本就不可能成为犯人，我的父母还是决定将我杀人一事完全隐瞒。

法律是人类理性的产物，但与此同时，人类又是感情动物。爸爸和妈妈深知，要是我的所作所为被全社会所知，即便我不用负任何法律责任，世人也绝不会原谅我。无论如何，他们都希望我能度过平凡的一生。可怜天下父母心，面对他们，我实在无以为报。

从结果上来看，我父母的人生就这样被八岁时的我给毁了。爸爸扛下了所有的罪孽，离开了人世，妈妈则还要经受服刑的磨难。

现在，我失去了可以依赖的支柱，只能按死去的爸爸的叮嘱，好好躲起来，等待妈妈回来。她已经为我牺牲了大半辈子，所以我也打算向她献上自己一生的爱，聊以偿还。

请你代我向麻亚知说一声抱歉。

她给我喝的曼特宁里，明显有一股和咖啡不同的苦味，那是药品所特有的。虽然很对不起她冲泡咖啡时花费的心思，但我只好往里头加入稀奶油和糖浆。一想到她为了保护我，甚至都做到了这般地步，我对她便只有感激之意。那杯咖啡满载了她的友谊，喝完之后，我终于可以安心地熟睡了。

还有，树来哥，我一丁点儿都不恨你。这一切都是我和父母应当承担的结果。即使没有这次的事，我们家也早晚会毁灭的。

那天晚上，你对麻亚知（也包括对我）诉说了案件的真相。对于你的推理，我唯有佩服。但那并非全部的谜底，只有一点是你当时没有提及的，不过你应该已经察觉到了吧？

因此，我怀着所有的敬意与感谢，下定决心给你寄去了这封信。

最后，我衷心祈祷你和麻亚知，以及和蔼沉稳的君原爷爷过得幸福。

如果可能的话，真希望和你再闲聊一次呀。这是我现在仅存的遗憾了。

北京市版权局著作合同登记号：图字 01-2022-7070

图书在版编目（CIP）数据

消失的断章 / （日）深木章子著；邢利颉译. -- 北
京：台海出版社，2023.3
ISBN 978-7-5168-3484-8

Ⅰ.①消… Ⅱ.①深…②邢… Ⅲ.①推理小说 – 日
本 – 现代 Ⅳ.① I313.45

中国版本图书馆 CIP 数据核字 (2023) 第 022096 号

消失的断章

著　者：[日]深木章子		译　者：邢利颉	

出 版 人：蔡　旭　　　　　　　　　封面设计：车　球
责任编辑：员晓博　　　　　　　　　版式设计：李宗男

出版发行　台海出版社
地　　址：北京市东城区景山东街 20 号　　邮政编码：100009
电　　话：010-64041652（发行、邮购）
传　　真：010-84045799（总编室）
网　　址：www.taimeng.org.cn/thcbs/default.htm
E – mail：thcbs@126.com

经　　销：全国各地新华书店
印　　刷：北京盛通印刷股份有限公司
本书如有破损、缺页、装订错误，请与本社联系调换

开　　本：880 毫米 × 1230 毫米　　　　1/32
字　　数：198 千字　　　　　　　　　印　张：10
版　　次：2023 年 3 月第 1 版　　　　印　次：2023 年 6 月第 1 次印刷
书　　号：ISBN 978-7-5168-3484-8

定　　价：58.00 元